PEPINO DE ALUMÍNIO

PEDINO DE ALUMINIO

KANG BYOUNG YOONG
Роман КАН БЕН ЮНа

PEPINO DE ALUMÍNIO
Алюминиевые огурцы

TRADUÇÃO
Woo Young-Sun

Copyright © Topbooks 2018

Esta obra é publicada com o apoio do Instituto de Tradução de Literatura da Coreia (LTI Korea). *[This work is published under the support of the Literature Translation Institute of Korea (LTI Korea).]*

EDITOR
José Mario Pereira

EDITORA ASSISTENTE
Christine Ajuz

TRADUÇÃO
Woo Young-Sun

REVISÃO
Felipe Fortuna

REVISÃO TÉCNICA
Miguel Barros

PRODUÇÃO
Mariângela Felix

CAPA
Miriam Lerner | Equatorium Design

PROJETO GRÁFICO E DIAGRAMAÇÃO
Arte das Letras

CIP-BRASIL CATALOGAÇÃO NA FONTE.
SINDICATO NACIONAL DOS EDITORES DE LIVROS, RJ.

Y57p

    Yoong, Kang Byoung, 1975-
        Pepino de aluminio / Kang Byoung Yoong; tradução Woo Young-Sun. – 1ª ed. – Rio de Janeiro: Topbooks, 2018.
        270 p.; 23 cm.

    Tradução de: Алюминиевые огурцы
    ISBN 978-85-7475-281-5

    1. Ficção coreana. I. Young-Sun, Woo. II. Título.

18-53864   CDD: 895.73
                                                  CDU: 82-3(519)

TODOS OS DIREITOS RESERVADOS POR
Topbooks Editora e Distribuidora de Livros Ltda.
Rua Visconde de Inhaúma, 58 / gr. 203 – Centro
Rio de Janeiro – CEP: 20091-007
Telefax: (21) 2233-8718 e 2283-1039
topbooks@topbooks.com.br/www.topbooks.com.br
Estamos também no Facebook e Instagram.

Para meu pai, Kang Moohwan, com respeito.

Para minha mãe, Jung Soon Ja, com amor.

E para Viktor Robertovich Tsoi.

SUMÁRIO

Lado A

Intro 11
01. O menino 17
02. O verão termina 25
03. Eu sou asfalto 37
04. Quero estar com você 50
05. A chuva para nós 57
06. A vida nas vitrines de vidro 68
07. Canção sem letras 77
08. História estranha 89
09. Um espaço para dar um passo adiante 95
10. Convidado 98
11. Isso não é amor 105
12. Eu quero ser foguista 115

Lado B

01. Deixe-me 121
02. A música das ondas 127
03. Seja um pássaro 130
04. Passeio de um romântico 138
05. O último herói 150
06. Os dias ensolarados 153
07. Toda noite 161
08. Eu entre as pessoas 170
09. Nós ainda agiremos 178
10. Está na hora 184
11. Crianças que passam entre prédios 187
12. Lenda 191
Outro 193

Faixas ocultas

01. Foi um pepino de alumínio o que Vitório tinha plantado 15
02. Menino que nasceu abraçando o silêncio 33
03. Felizmente não é surdo, mas... 47
04. Canção desafinada sem ritmo 75
05. Única pessoa incapaz de se entusiasmar na Copa 87
06. Transformando cantiga infantil em dueto 113
07. Perco, perco, perco, e perco 145
08. Cegonhas de papel a voar 167
09. Meu Vitório sobe ao palco 181
10. Dia das Crianças em 1990 189

Entrevista do escritor Kang ao crítico literário
e poeta Park Sang-soo 195
Letras das canções (em português e russo) 209
Cronologia de Viktor Tsoi 269

INTRO

Três sábios murmuram sem parar:
"Um pedaço de aço não dá frutos.
E não adianta trabalhar.
Vai ser um esforço inútil".
Ainda assim eu planto um pepino de alumínio
No solo impermeável da pastagem.
Eu planto um pepino de alumínio
No solo impermeável da pastagem.

Meus joelhos brancos malvados
Que rangem.
Que adormecem.
Com a esperança de desvendar o segredo,
Eu planto um pepino de alumínio
No solo impermeável da pastagem.
Eu planto um pepino de alumínio
No solo impermeável da pastagem.

Letra da canção "Pepino de alumínio" (Алюминиевые огурцы) do álbum 45, da banda Kino, da qual Viktor Tsoi foi líder.

Será que realmente um pepino de alumínio não dá frutos?
Realmente não seria possível, ainda que se faça muito esforço?
Realmente todo o esforço seria inútil?
Fiquei curioso.
Por isso, decidi plantar um pepino de alumínio.
Foi só por isso.

Faixa oculta 01

Foi um pepino de alumínio o que Vitório tinha plantado

Vitório enrolou as folhas de alumínio de cozinha. Claro que demorou um tempão. Ele enterrou o tubo de alumínio comprido e enroladinho que ele mesmo fez no jardim do apartamento. Eu lhe perguntei o que era aquilo, mas Vitório não respondeu. Sem olhar para trás, cavava o chão com uma pequena pá. Suando pesadamente, concentrava-se apenas naquilo. Vitório era um menino que não costumava responder.

Passaram-se horas a fio. Depois de terminar de cavar o chão, ele enterrou cuidadosamente o rolo bem comprido e duro de alumínio. Como se se tratasse de algo muito importante, ele tinha posto o pedaço de alumínio no buraco. De novo cobriu-o de terra com a pá de jardinagem. Mais uma vez, demorou um tempão.

Vitório não fazia nada com pressa. Com muita calma, ele fazia uma coisa depois de outra coisa. Até quem o observava sentia isso. O alumínio desapareceu no fundo do chão e Vitório pisou bem por cima. Era uma gracinha vê-lo pulando. Mostrava uma expressão no rosto como se houvesse realizado algo, porém não havia um pingo de sorriso. Ainda assim ele era uma gracinha. Eu me aproximei dele e indaguei mais uma vez, olhando nos dois olhos de Vitório. Perguntei-lhe, lenta e precisamente. Perguntei para que ele pudesse entender.

— VI-TÓ-RIO
Ele não respondeu.
— O que foi que você enterrou no chão?
Vitório respondeu. Respondeu lenta e precisamente. Repetidamente respondeu.

| 15

— Um pepino de alumínio.
— Um pepino de alumínio.

Assim, Vitório enterrou um pepino de alumínio no jardim do apartamento. Foi antes que ele tivesse sido matriculado numa escola. Foi ainda antes de ir ao jardim de infância. Então foi há muito tempo atrás. Ele era uma criança especial. Gostava de repetir as mesmas palavras e os mesmos comportamentos e reagia espontaneamente contra sensações sutis. Era um menino com sensibilidade artística apurada. Gostava de objetos brilhantes. Gostava daqueles que tinham brilho prateado. Por isso, gostava muito do rolo de alumínio de cozinha. Gostava do barulho gerado ao amassar o rolo de alumínio.

Vitório escutava sons que as pessoas em geral não escutam e preferia contemplar a conversar. Divertia-se ao ficar sentado, sem foco no olhar. Às vezes, notava as coisas que as pessoas em geral não podiam ver. Gostava de fabricar algo com as mãos e gostava demais de música. Não era bom para cantar, mas gostava de escutar música. Detestava sons altos e repentinos, como gritaria e berro, mas adorava sons delicados.

Especialmente, adorava escutar barulhos alegres ao quebrar um pepino e barulhos crocantes ao abocanhá-lo. Detestava demais comer pepino, porém, como gostava do seu barulho, despedaçava pepinos e deixava jogados por todos os cantos os pedaços abocanhados.

Isso era Vitório.

— Fiz um pepino de alumínio. Quando plantar o pepino de alumínio na terra, mais tarde vão nascer muitos. Mais tarde muitos vão nascer. Serão muitos pepinos brilhantes. Brilhantes e brilhantes. E eu poderei escutar sons lindos: "croc croc", "crac crac".

Vitório abriu um sorriso. Vitório fez um pepino de alumínio. Vitório, que passava muito tempo quase sem falar, falou muito naquele momento. Ele deu um sorriso. Um bem grande.

Vitório é meu filho. É o meu filho querido.

Choi*

Vitório.

---

* Choi (sobrenome) Sungja (Vitório em coreano). [N. da E.]

Lado A

01. O menino
Подросток

Choi Vitório.
Esse é meu nome.

"É o nome que o seu avô lhe deu para que você se tornasse homem vitorioso na vida".

Nunca tive nenhuma intenção de contrariar a vontade sagrada do meu avô, mas acho que é um nome banal. Ou seja, não tenho nem um pouco de simpatia por ele. Com certeza, deve haver gente em algum lugar vivendo alegremente com esse nome, e talvez ainda deva existir muito mais gente do que eu imagino. De qualquer maneira, eu não gosto do nome (até já ouvi que alguém se tornou um poeta famoso com esse nome desgraçado).

Contrariando a vontade sagrada do meu avô, eu mantive rigorosamente uma distância segura em relação à vitória, pois nunca fui uma pessoa vitoriosa. Como se fosse uma pessoa com medo da vitória, eu fui construindo firmemente uma parede contra ela. Aliás, construí uma parede bem sólida. Como se recusasse ser um homem vitorioso.

Entretanto, o problema foi que, a partir de algum momento, eu me senti muito natural assim. Como se fosse um molho vermelho em cima da carne à milanesa, o ketchup em cima do cachorro-quente ou um queijo muçarela em cima da pizza (e, claro, um copo de cerveja acompanhando frango a passarinho).

Mas, de fato, eu não era normal nem para mim mesmo.

É isso. Pode ser que eu não me dê bem com os estudos.

Na verdade, há muitos seres humanos desse tipo em todo lugar. Ou seja, posso dizer que são seres bem comuns. Entretanto, até mesmo esses tipos de seres humanos têm algo em que se destacam. É importante ter algo "melhor do que os estudos". Isso não significa que essas pessoas são excelentes em algo além dos estudos. Elas apenas têm alguma coisa que sabem fazer um pouco melhor do que estudar. Quero dizer que ninguém é ruim em todas as áreas. Ou seja, isso não acontece facilmente (se não consegue acreditar, tente outra vez! Ou procure outra vez!). Uma pessoa pode se dar um pouco (!) melhor no esporte do que nos estudos. Outra sabe dançar um pouquinho (!) melhor do que estudar. Até aqueles que parecem inúteis dominam algo mais do que estudar, mesmo que seja pouquinho (!), como namorar ou fazer joguinhos. Alguns conseguem comer como porquinhos muito bem, embora sejam ruins nos estudos.

Até os piores nerds conseguem fazer algo, pelo menos uma coisinha que seja, acima da média.

Isso é, por assim dizer, a lei universal.

Mas eu não fui assim. Eu fui ruim de fato em todas as áreas. Em quase todas eu estava abaixo da média. Portanto, talvez eu seja um ser fora da lei universal. Não era bom nos estudos, no esporte, em buscar refeição, nem no falar: eu não falava direito (pelo menos escutar eu conseguia). As ideias rodavam na cabeça mas não saíam pela boca. As palavras na minha boca tinham medo de sair para o mundo como se fossem uma bosta velha. O procedimento de sair para o mundo era extremamente lento. Às vezes, todos evitavam as palavras que me saltavam da boca, como se tivessem um fedor terrível. Ninguém queria sequer se dar ao trabalho de escutá-las. Como se evitassem uma merda.

Claro, mesmo um indivíduo que saiba algo melhor (acima da média) do que outro, como se aquilo fosse muito trivial ou raro ou inútil no planeta, poderia não ser percebido pelos outros.

Meu amigo Jeon era assim.

Jeon era baixo (o apelido dele na infância era saquinho de merda nanica. Se estivesse vivo hoje, não seria alto, acho eu).

Ele era franzino e ruim nos estudos, abaixo da média dos alunos (quero dizer que as suas notas ficavam quase nos últimos lugares entre todas, como as minhas). Nesse aspecto, ele era muito parecido comigo. Ambos éramos ruins para lutas e éramos feios (talvez eu fosse mais feio). Nós éramos, de qualquer jeito, nerds desprezíveis.

O nome do Jeon era melhor do que o meu (Jeon* era o sobrenome dele). Não é fácil avaliar nomes, mas, a meu ver, os nomes masculinos piores do que o meu nome são *An Caralho,* famoso ator popular, *Jeong Vírus,* político, e *Park Era* (quanto mais rapidamente se pronuncia, mais esquisito fica, tente pronunciar!). Só me lembro desses.

De qualquer maneira, para Jeon, um nerd parecido comigo em vários aspectos, não havia opção se não fizesse amizade comigo (para minha tristeza, isso só foi acontecer nos tempos do colégio primário). Quando me encontrei com Jeon, senti um certo conforto. Eu imagino que Jeon também se sentisse da mesma forma quando me via. Nós não compartilhávamos muitas conversas (ou não podíamos), mas nos percebíamos. Nós éramos parecidos.

Poucos dias depois de conhecer Jeon, acabei percebendo que ele não era igual a mim (no mundo não há nada igual). Em outras palavras, ele era melhor do que eu.

É verdade.

Jeon não ficava abaixo da média em todas as áreas. Que droga.

Foi na época do quarto ano do colégio primário.

Eu consegui me sentar junto a Jeon na mesma carteira, graças ao professor da nossa turma, que era uma pessoa bem esclarecida e ignorava completamente todos os diversos tipos de nerds (o professor, muito frequentemente, dizia: "como enfiaram esses dois nerds na minha turma?"). Além disso, por não existir uma turma para alunos com necessidades especiais em nosso colégio, tínhamos de estudar junto com os alunos "sem necessidades especiais". Isso foi uma infelicidade tanto para eles, "sem necessidades especiais", quanto para nós, "com necessidades especiais".

---

* Na Coreia usa-se o sobrenome antes do nome. [N. da E.]

De qualquer maneira, eu e Jeon assim nos tornamos companheiros de sala de aula e, em volta dos assentos onde sentávamos juntos, não havia circulação de outros colegas, como se ali houvesse um aterro para resíduos nucleares. Com certeza, nós éramos seres humanos sem odor, mas todos (inclusive o professor da turma) se desviavam, franzindo as caras como se tivéssemos um cheiro insuportável. Rapidamente nós também nos acostumamos com isso. Até meu nariz já conseguia detectar o meu cheiro esquisito. Desde o início do semestre, o professor da turma considerou Jeon e eu como seres invisíveis. Com certeza, de vez em quando ele reclamava, dizendo: "como enfiaram esses dois *nerds* na minha turma?", porém, me senti agradecido. Ignorar é melhor do que mostrar falsa atenção (obrigado, professor!).

Por isso, às vezes eu ficava muito confuso com a minha identidade: "será que sou de fato invisível?". Mesmo assim, passei a pensar que é claramente melhor desaparecer do que apanhar. Eu também, de vez em quando, queria falar algo, mas minha boca não conseguia abrir. Ou as palavras explodiam de um modo estranho na hora errada. Por exemplo, o professor pergunta: "então, quem sabe a resposta?". Nesse exato momento, eu dava um grito. "Oba! Vamos para casa! Eba!". É horrível descrever o que sucedia depois. Nem posso imaginar.

Papai e mamãe já tinham conhecimento do meu comportamento, mas diziam que estava tudo bem. Eles só falavam que deveriam observar-me um pouquinho mais. Papai tinha grande interesse nos meus malfeitos; já mamãe não apreciava tanto. Mamãe tinha mais interesse em comer do que nos meus malfeitos. Talvez a "gulosa" mamãe parecesse um ser envolvido em mistério. Contudo, eu gostava da mamãe. Mãe é mãe. O abraço dela era sempre fofo, e eu gostava de dormir ao lado da mamãe.

E eu gostava da Salvadora.

A Salvadora era algo como um tesouro na minha vida e, no momento em que eu vi a palavra "Salvadora" num livro, eu a considerei uma Salvadora. Eu gostava de tudo da Salvadora. Os olhos, o nariz, a boca, as orelhas, o umbigo, os dedos dos pés, as unhas etc. Entretanto, particularmente, lindas mesmo eram as orelhas (ressalto, mais uma vez: isso não quer dizer que as outras partes dela não fossem lindas). Realmente, as orelhas dela eram lindas demais. Parecia que Ele mesmo, um grande modelador de guioza,* as tinha elaborado. Além disso, se eu dobrasse e juntasse uma orelha à outra, elas poderiam se tornar completamente incorporadas. Um par de orelhas lindas, perfeitamente iguais, de cima para baixo e de um lado para o outro. Quem visse as orelhas da Salvadora poderia exclamar: "isso é simetria de excelência!". Um lóbulo tão branco e claro não poderia ser pintado com qualquer cor. Se por acaso, com sutileza, tocasse o lóbulo adequadamente alongado, ecoaria um lindo som para todos os lados. As orelhas como um sino de vento, as orelhas prontas para receber qualquer som — positivamente, essas eram as orelhas que estavam penduradas nela.

Era a minha Salvadora.

A pessoa que salva da solidão e das dificuldades! Era ela, a minha Salvadora.

Mas eu não podia vê-la com frequência. Às vezes eu via a Salvadora somente quando ela visitava a minha casa. Parecia que isso dependia integralmente do papai. Embora muitas vezes eu quisesse pedir ao papai para chamar a Salvadora sempre que eu precisasse, acabava dizendo que "eu quero comer pepino". Como se fosse um idiota.

Sem gostar tanto de pepino, eu me deixava falar assim. Pepino não tem muito sabor. Mas o barulho gerado ao se quebrar e o barulho que faz ao ser mastigado eram algo espetacular. Por isso, sem querer, cada vez que eu queria encontrar a Salvadora, eu acabava falando pepino. E, escutando o barulho de pepino a se partir, contemplava a Salvadora e as orelhas da Salvadora.

Em casa, passava a maior parte do tempo com papai e pouco tempo com mamãe, e muito raramente com a minha Salvadora, e na escola ficava quase sempre com Jeon.

Tanto Jeon quanto eu não éramos de fazer bagunça na sala de aula (de fato, não podíamos fazê-la direito, nem ousávamos fazê-la. Como já se sabe, não é todo mundo que tem liberdade para fazer bagunça. Nós éramos ainda seres mais inferiores do que animais como cachorro ou vaca, e tínhamos de ficar quietos).

---

* Pastel de massa fina (farinha de trigo) com recheio (carne, legumes etc.); prato típico da culinária chinesa.

A relação entre nós não nos levava a conversar algo especial (parecia que Jeon também era tão ruim de fala quanto eu), nem mesmo a brincar juntos depois das aulas. Por muito tempo isso nem passou pela minha cabeça.

N. Ó. S.

Apenas existíamos juntos.

Seres como nós não deveriam ser notados. Tão logo fossem notados, seriam imediatamente pisados. A melhor estratégia era ficar quieto como terra.

Por isso, passamos a ser companheiros somente pelos contatos de olhares na sala de aula. Os alunos comuns podem achar difícil de entender mas, para gente como nós, aquelas (!) trocas de olhar nos davam grande força. As trocas de olhar que transmitem algo extasiante, elaborado e significativo — portanto atraentes. Queria acreditar que talvez fosse um meio de comunicação mais eficiente do que uma lista de palavras, uma atrás da outra. Na verdade, eu estava convencido disso. Jeon não devia pensar diferente. Com certeza, nós não tínhamos nos perguntado sobre isso um ao outro. Era um sentimento do mesmo tipo. De qualquer maneira, sem que a gente notasse, estávamos dependendo um do outro. E devagar íamos nos aproximando.

Mais ou menos um mês depois de haver iniciado o novo semestre do colégio, um dia de abril (cruel).

Como era habitual, Jeon e eu estávamos sentados lado a lado, e ninguém, nem colegas nem o professor da turma, tinha interesse por nós. Também desejávamos muito (por dentro) que tudo fosse mantido dessa forma até o fim do semestre. Nós estávamos postos, com calma, como se fôssemos partes da sala. Talvez fôssemos um armário de sapatos, um armário de produtos de limpeza. Eventualmente, poderíamos ser o chão do corredor, o papel de parede ou as janelas. Talvez fosse melhor sermos poeira do peitoril da janela do que janela. O que nós podíamos fazer na sala era basicamente piscar os olhos apenas. Se possível, sem fazer barulho algum (é preciso disciplina para piscar os olhos sem fazer barulho).

Quando isso acontecia, sem provocar qualquer barulho, eu pensava na Salvadora. Então o tempo passava rápido.

Entretanto...

O Jeon, que era obrigado a ficar quieto (pelo menos a meu ver, ou, pelo menos, para o senso comum dos nerds), começou a se mover a partir de um certo dia. De fato, não ocorreu um movimento exagerado do corpo, mas foi um acontecimento surpreendente quando ele começou a se mover. Ele se moveu com rapidez e com disciplina. Como se fosse um robô.

Ele retirou um pequeno papel colorido de origami das páginas de um livro didático. Era um papelzinho dourado com brilhos (eu gostava mais do brilho prateado, porém não achava ruim o brilho dourado). E começou a dobrá-lo. Foi muito habilidoso. Pela mão do Jeon, espontaneamente, nasceu a cegonha de papel de brilho dourado. E rapidamente Jeon colocou a cegonha dentro da bolsa do colégio. Isso não acontecia sempre, mas frequentemente ele produzia cegonhas de papel durante as aulas. Sem dúvida, ninguém sabia disso, a não ser eu. Porque o manuseio do Jeon era extremamente rápido e consciente; além disso, as outras pessoas estavam rigorosamente desinteressadas por nós. Nesse breve momento em que ele criava a cegonha, eu apenas admirava. Era um acontecimento que valia a pena admirar. Era um acontecimento parecido com magia.

Eu me senti um pouco diferente e, ao mesmo tempo, invejoso de Jeon. E até pressenti que um dia ele também pudesse, de algum modo, me deixar. Resumindo a história, esse pressentimento estava certo. Por que os pressentimentos ruins são sempre certos, sem exceção?

Jeon mostrou só para mim como ele fazia a cegonha. Talvez fosse mais correto dizer que eu era o único que poderia observá-lo. Na minha frente, fantasticamente, ele dobrava as cegonhas, sem qualquer exibicionismo. Transmitia um sentimento de que "deixo você assistir", ou "quero mostrar para você" — algo com esse tipo de sentido (vendo o que ele fazia, pensei em pedir um dia ao Jeon que dobrasse uma cegonha grande de brilho prateado, não dourado).

Jeon (que sabia dobrar cegonhas muitissimamente bem) me olhava como se pertencêssemos à mesma espécie, e comia o almoço na cantina na mesma velocidade que eu (ou tentava comer). Almoçar na mesma velocidade ou parar de comer ao mesmo tempo são fatos incrivelmente

| 23

significantes para nós, nerds. Se você encontrasse um assim chamado espírito de porco no caminho, ao devolver os pratos vazios nos quais você terminou de comer solitariamente, com certeza você seria atacado. Mas se ao seu lado estivesse mais um nerd, a probabilidade de ser atacado diminuiria duas vezes. Um nerd sozinho na hora do almoço é alvo fácil, mas alguns nerds ou um bando de nerds são uma coisa incômoda. A não ser que tenha mesmo muita vontade, é natural que seja desconfortável atacar um bando de nerds com pratos na mão (fico agradecido ao Jeon).

Naquela época, achava que o Jeon era um gênio em origami, porém mais tarde fiquei sabendo que havia muita gente na nossa turma que sabia dobrar cegonhas (contudo, nem mesmo mais tarde, quase nunca vi alguém que dobrasse tão rápido como Jeon).

Mas eu não sabia dobrar cegonhas de papel e nem mesmo aviõezinhos de papel (embora seja vergonhoso dizê-lo), e, além dos estudos, nenhuma outra coisa eu fazia acima da média. Eu gostava de fazer algo, mas não tinha bom desempenho do ponto de vista objetivo ou subjetivo (só de ver, já era horrível). Fazer um pepino, usando o rolo de alumínio da cozinha, era uma grande obra do meu "engenho".

Pensando mais uma vez, Jeon era, certamente, um ser melhor do que eu.

Talvez eu fosse um ser demasiadamente especial (?) ("especial" nem sempre tem sentido positivo). Eu era, de fato, um menino que nada sabia fazer acima da média.

Por isso, eu pensei: será que tudo isso é um sonho? Parecia que alguém estivesse dizendo isso para mim.

— Você quer acordar do sonho?

Tão logo eu balançasse a cabeça, esse alguém diria de novo:

— Sinto muito. Isso não é sonho.

Lado A
02. O verão termina
Кончится лето

Tarde da noite de 14 de agosto de 1990, uma casa pequena de madeira nas proximidades de Riga, capital da Letônia.
Viktor Tsoi estava de férias.
Por conta das constantes gravações de filmes e concertos, tanto seu corpo quanto sua alma estavam muito cansados. Viktor vivia numa correria, pensando somente em descanso.
O ano de 1990 era especial para Viktor em todos os sentidos. Na primavera, realizara o maior concerto de rock da história da Rússia, no Estádio Olímpico de Moscou. E recebera uma proposta de concerto no verão, durante uma viagem ao Japão, por parte de uma empresa que organizava megaeventos. Além disso, tinha planos de realizar um concerto na terra de seu avô, a Coreia do Sul.
O lugar que ele tinha de visitar um dia, o país de seu avô. Para Viktor, a Coreia do Sul era um lugar sentimental.
Viktor, na época, vivia correndo para lá e para cá, sem pausa. Parecia um automóvel que trafegasse sem freio. Mas ele não sabia disso. Quantos perigos se apresentavam a um carro sem freio!
Por ter corrido tanto sem parar, seu corpo e sua alma estavam extremamente cansados. Era o momento de repousar um pouco. Enfim teria justificativa para descansar. Não seria possível retomar a correria se não descansasse. Se não parasse agora, talvez pudesse parar eternamente. Ele decidiu descansar para poder correr mais depois.
O local que buscou foi uma casa de madeira nas proximidades de Riga. Um lugar onde ele recarregava a energia da vida nos momentos difíceis. Um lugar onde, não muito distante, havia um lago com mui-

ta natureza ao redor, e do qual guardava lembranças da sua namorada Natalya. Ele amava esse lugar que envolvia a grandeza do Mar Báltico, o verde dos pinheiros, o sossego da pesca no lago. Natalya, a namorada, e Alexander, seu filho, davam um brilho especial às férias de Viktor.

Entretanto, para sua tristeza, nesse lugar onde veio buscar repouso, ele não conseguia livrar-se completamente do trabalho. Durante o tempo do repouso que tanto desejava, ele ficou trabalhando de novo. Estava sofrendo de insônia.

A insônia era uma doença crônica e natural à qual estava acostumado. Um de seus itens essenciais para fazer arte. Viktor acreditava nisso.

Ele se sentia profundamente perturbado com a preparação dos novos discos. Embora tivesse terminado a gravação, não estava contente com algo. Viktor atribuiu esse contratempo ao fato de ter corrido tanto. O tempo estava roendo a sua arte.

Era o fim de suas férias. Embora, no dia seguinte, precisasse partir com destino ao Cazaquistão para rodar um novo filme, sua cabeça estava ocupada com músicas novas. A equipe de gravação, à exceção de Viktor, já se encontrava no meio da filmagem em Almaty, Cazaquistão. Seu amigo, o diretor Nugmanov, outros membros da equipe e os atores o aguardavam lá.

A música era, para Viktor, bem conhecido já como ator de filmes, mais importante do que o cinema. Ele acreditava que a música seria um meio mais potente pelo qual poderia exibir sua existência plenamente. Viktor acreditava que a música lhe dava mesmo a sua identidade. Ele considerava a música uma espécie de "tipo sanguíneo", identificado com o seu sangue.

Escutou repetidamente, na fita demo, as canções a serem gravadas no novo álbum. Escutou e escutou. Mas não ficou satisfeito. O que incomodou seu ouvido delicado foram os acompanhamentos musicais. Ele achou que precisaria de mais tempo. Urgentemente buscava uma solução, e concluiu que deveria refletir mais um pouco para alcançá-la. O problema era tempo. Necessitava de ao menos um ou dois dias para achar uma solução. Precisava refletir e tomar uma decisão.

Viktor telefonou para Almaty, Cazaquistão.

O diretor, Rashid Nugmanov, foi surpreendido pelo telefonema repentino.
— Viktor, o que aconteceu? O que foi?
Viktor balançou a cabeça, mas Nugmanov não podia vê-lo. Viktor pediu que adiasse o cronograma de gravação por um ou dois dias. Assim que o diretor atendeu, percebeu que não poderia convencer Viktor. Não teria coragem. A voz de Viktor já estava impondo isso. Ele era esse tipo de pessoa. Ninguém conseguia lhe recusar nada, nem contrariá-lo, nem mesmo ousar.
Levantaram-se paredes de silêncio. Viktor foi quem derrubou as paredes.
— Deixa!
Nugmanov percebeu que não havia outro jeito a não ser aceitar. Talvez a palavra "deixar" não fizesse nenhum sentido, pensou ele. O diretor desligou o telefone, dizendo que "queria vê-lo em breve" e "tenha força".
Viktor não se despediu. E desligou o telefone laconicamente. Talvez ele não estivesse pronto para a despedida.
No quarto, sua namorada Natalya e seu filho Alexander estavam dormindo. Viktor preparou o material de pesca. Não tinha vontade de pegar peixes. O que ele queria, apenas, era olhar a água. Queria simplesmente ir para a beira do lago.
O pai de Viktor também gostava de pescar. O pai dele dizia frequentemente que sentia paz no coração ao observar a água. Viktor também queria sentir aquela paz. Queria encontrar uma solução mágica. Circulava na sua cabeça apenas um pensamento: tinha que sair para ver água. Com a convicção de que assim encontraria uma resposta.
Já era perto da madrugada.
Seu filho estava dormindo serenamente. Viktor, ao ver o rosto do menino, sentiu-se em paz por algum tempo. Não havia uma resposta dentro dele, mas seguramente havia conforto. Deixando o filho dormindo com a namorada, ele saiu de casa. Sentiu impulso de acordar o filho e levá-lo mas resistiu. Deu um beijo nele em vez de acordá-lo.
Junto com o material de pesca, ele se encaixou no automóvel de cor cinza claro. Não havia, na estrada do subúrbio afastado, nem sinal de gente ou de carro. Era extremamente irreal e ao mesmo tempo fantástico.

Deu partida no carro e colocou o cassete demo no toca-fitas do automóvel. Começou a se espalhar a música "O verão termina". Assim como na letra da canção, em breve o verão terminaria. Tanto o sol em chamas quanto o calor do auge do verão também terminariam em breve.

Eu espero por uma resposta.
Não há mais esperança,
Logo o verão termina.
Esse verão.

Viktor pensou que algo poderia mudar quando acabasse o verão. Deveria sobrar a esperança mesmo quando terminasse o verão. Ele não estava satisfeito de jeito nenhum com a letra da música. Será que não haveria outro verso melhor do que "não há mais esperança"?

Envolvido em seus pensamentos, colocou o pé no acelerador e pisou levemente: impulso de correr em direção ao lago, instinto de querer ficar semelhante a seu pai e desejo de correr para algum lugar, com vigor.

O automóvel, um Moscovich 2141 cinza claro, acelerou. Viktor sentiu o coração pressionado liberar-se aos poucos. O carro correu pelas curvas da estrada. Como se fosse um trem em cima dos trilhos. Ele estava correndo assim, conforme o seu traçado.

Ao longo da estrada, começou a clarear vagarosamente. Uma luz apareceu. O Moscovich que levava Viktor avançou em direção à claridade. Corria sem obstáculos.

Nesse momento,

Nesse instante,

Um ônibus enorme veio disparado pela frente, através da claridade. Obviamente, Viktor viu o ônibus lançado em sua direção, cortando a luz. O ônibus que vinha correndo, cortando o brilho intenso ao meio, parecia um modelo Ícaro muito maior do que um ônibus comum. Seu número era 250. O ônibus parecia um animal correndo com seu bafo arfante.

Diminuía a distância entre o pequeno automóvel de Viktor e o ônibus enorme. Tanto o Moscovich onde Viktor estava quanto o Ícaro que avançava do lado oposto pareciam não querer reduzir a velocidade.

Ambos pareciam determinados a continuar assim, como numa corrida de feras furiosas. Olhando o ônibus enorme que se aproximava, Viktor cantarolava "O verão termina". Curiosamente, ele não se sentia nem um pouco nervoso.

Os dias passam depressa.
Comemos um dia e bebemos por três dias.
Vivemos nos divertindo.

Eu espero por uma resposta.
Não há mais esperança,
Logo o verão termina.
Esse verão.

Viktor enxergou o motorista do ônibus. Era um homem de meia idade mas já com cabelos brancos. Os olhos do motorista oscilavam. Suas pupilas se movimentavam rapidamente. Não havia nenhum passageiro. Era um ônibus totalmente vazio, sem ninguém. Embora parecesse calmo, o motorista não conseguia esconder completamente seu terror. Viktor sabia que ele deveria frear naquele momento. O motorista do ônibus também sabia disso. Se não parasse agora, não haveria como reverter. Se não parassem imediatamente, eles sabiam que jamais poderiam parar. As duas pessoas percebiam perfeitamente que era o momento exato para pisarem no freio.

Entretanto, nenhum dos dois botou o pé no freio. Mantiveram seus pés no acelerador. Além disso, ainda tomaram atitudes contrárias. Estavam correndo contra a vida. Colocaram mais força no pé do acelerador. O ônibus parecia que jamais iria parar. O automóvel de Viktor, mergulhado na música, também correu mais rapidamente. O ônibus disparava sem futuro, como um Ícaro sem asas que despencasse por completo.

Parecia que obedecia a seu destino de queda.

Estavam aceitando o desatino da colisão e da destruição.

Quem desviou o volante foi o motorista do ônibus. Ele apertou seus olhos bem fechados. Porém, não tinha como mudar a realidade. Era tarde demais para reverter.

Depois do choque impactante, o ônibus ficou caído, virado de lado. O carro de Viktor bateu na parte lateral do ônibus e voou. E rolou ao lado da estrada. O motorista de meia idade desmaiou, mas Viktor se lembrava bem do momento. Sua mente sentiu-se ainda mais esclarecida. Percebeu uma luminosidade ao seu redor. Ele não esqueceu a sensação de voar depois que seu carro se chocou com o ônibus enorme, e tampouco aquele instante em que seu carro rolou pelo mato e levou uma forte pancada.

A vida que não foi longa exibiu-se panoramicamente por fora da janela do carro. Viktor observou-a com atenção.

Nos tempos difíceis de colégio, quando era assediado por pertencer à minoria.

Na infância, quando ele adorava pinturas.

Na época em que fazia algumas esculturas.

A música que o Maxim tocava.

Numerosos amigos, encontros e obstáculos que ele tivera através do rock.

O pai que se orgulhava de ser coreano.

E o abraço da mãe de quem sempre sentia saudade.

A mulher Marianna,

O filho Alexander, que ainda estaria dormindo serenamente, e a namorada Natalya.

Gritos no concerto e olhares no cinema.

E suas músicas, suas músicas e suas músicas.

Concertos de rua.

Nervosismo na estreia no palco.

Tudo isso apareceu lentamente. Não havia nada a perder. Nem podia perder. Músicas tocavam por trás. As músicas que ele mesmo compusera e as canções que ele cantara com os membros da banda Kino. As músicas que o fizeram crescer na época de colégio. E a música que ele escutara pela primeira vez. Já se passara tanto tempo!

As memórias que chegavam a Viktor foram indo embora, assim como risos antigos e histórias conhecidas.

E apareceram à sua frente as pinturas que ele próprio fizera e as esculturas que criara, tornando-se uma grande obra conjunta, agora transformada numa obra terrível, que olhava para ele como se o devorasse.

Foi aí que Viktor percebeu. Seria até aqui. Chegara o momento de finalizar uma vida que não chegou a completar 30 anos. Ele pressentiu que o tempo estava acabando, que era longo, ou talvez tenha sido curto demais.

O carro que estava rodando parou.

Fazia um barulho monstruoso, como um velho com pneumonia. Parecia perigoso.

Viktor começou a sentir sua cabeça molhada. Havia um líquido. E percebeu instintivamente que era sangue. Seu peito doía muito. O sangue continuava a escorrer da cabeça. Ficou difícil respirar por causa da dor no peito. Se vazasse todo o sangue, ele sabia que a mente se esvaziaria também. Então sua respiração também pararia. Ficou perturbado um pouco, pensando se deveria deixar os olhos abertos ou se seria melhor fechá-los. O assento do carro tingiu-se pouco a pouco de vermelho. Ficou lindo. O assento lindo tingido de sangue. Viktor estava com os olhos abertos. Não escorria mais sangue da cabeça. Achou que era cedo ainda para fechar os olhos. Por isso não conseguia fechá-los. Veio um sentimento de aperto no peito. Ficou difícil respirar com regularidade. O volante estava pressionando fortemente o seu tórax, como se fosse uma rocha pesada.

Com os olhos meio fechados, Viktor observava uma luzinha no final da estrada. Um céu prateado se abria. Tinha certeza de que era um brilho prateado esplêndido. Sentiu a luz ficar cada vez mais forte. Parecia que algo esvoaçava em torno da luz. Eram bandos de pássaros. Dezenas de pássaros voavam cortando as luzes. Ele viu alvorecer ao seu redor. E pensou que realmente chegara a hora de partir. A hora de partir.

Talvez seja a hora de renascer.

Viktor decolou do seu próprio corpo. Saiu do corpo como se tivesse terminado uma metamorfose desnecessária. E subiu para voar. Voou naturalmente como se tivesse asas. Tal como os pássaros. E foi voando para algum lugar. Ele precisou voar para algum lugar.

Para um mundo estranho que é o fim e, ao mesmo tempo, não é o fim.

No local do acidente havia um ônibus Ícaro, um automóvel Moscovich, um senhor ferido de meia idade e um roqueiro jovem morto instantaneamente. O nome do roqueiro que teve morte súbita era Viktor Tsoi.

Uma parte do ônibus estava severamente destruída e o automóvel ficou em destroços; quase impossível reconhecer a sua forma. O motorista do ônibus perdeu a consciência, mas logo se recuperou. Já o roqueiro não acordou mais.

Uma luz clara iluminou a estrada. Carros vieram ao local do acidente para dar assistência.

Natalya, namorada de Viktor, e Alexander, seu filho, estavam dormindo.

Ainda não havia terminado o verão.

Era madrugada de 15 de agosto de 1990.

Faixa oculta 02

Menino que nasceu abraçando o silêncio

Era madrugada de 15 de agosto de 1990.

Minha mulher e eu estávamos sentados no consultório de um obstetra no hospital. Ela reclamava das dores, a enfermeira falava para aguentar mais um pouco.

As mãos da minha mulher suavam sem parar, e por minhas costas também escorria muito suor. Estávamos em meados de agosto, porém o tempo estava frio para a época. Estranhamente, o calor tinha diminuído um pouco. Sensação de que havia soprado um vento frio como gelo por toda a cidade de Seul.

Talvez somente nós tivéssemos sentido o tempo daquela maneira.

Quando ela gritou que não podia aguentar mais, o médico então autorizou sua entrada na sala. A voz dele não expressava emoção alguma.

Minha mulher, finalmente, deitou-se na maca obstétrica, mas não faziam nada com ela. Nós respiramos do jeito que havíamos treinado.

Após cerca de uma hora, minha mulher já não conseguia respirar da maneira como havia aprendido. O rosto dela ficou tão vermelho que causava dor só de olhar. Eu também tive vontade de parar de respirar ao ver minha mulher naquele estado. Mas não o fiz. Ela implorava com uma terrível expressão facial de dor. Parecia que nem podia falar. O tempo do sofrimento passou bem devagar. Quando ela deu outro grito ainda maior, as enfermeiras finalmente vieram correndo. Ela soltou um berro estrondoso.

A bolsa estourou e a expressão da minha mulher foi terrivelmente ruim, além da imaginação. Tanto o rosto quanto o corpo dela pareciam explodir. As enfermeiras pareciam um pouco nervosas. Finalmente, ela foi levada à sala de parto e muita gente se movimentava de lá para cá. Os médicos e as enfermeiras moviam-se de um modo automatizado. Sem demonstrar um mínimo de emoção, moviam-se mecanicamente. Pareciam seres programados. Minha mulher não gritou, mas suas lágrimas escorriam pelo seu rosto. Não consigo me esquecer da imagem dela, a trincar os dentes com força. De vez em quando, ela abria a boca de dor sem soltar som algum. Era tão doloroso que ela nem conseguia falar.

Não soube quanto tempo havia passado. Desejei somente que o tempo andasse mais rápido. Pela primeira vez, naquele momento, reconheci que eu poderia sofrer muito pelo fato de não poder fazer nada pela minha amada, a minha esposa que sofria.

A que horas o bebê nasceria? Até quando minha mulher deveria sentir dor? Não sabia de nada. Ninguém me falava. Eu também estava agoniado pela minha ignorância, mas não podia expressar a minha dor. Era natural ignorar o meu sofrimento diante do sofrimento dela. A minha dor não era nada. Havia muito sofrimento entre nós, minha mulher e eu, sem interrupção. Eu não fazia nada mas me doía. Assistia somente, mas doía terrivelmente.

E...
O bebê nasceu. Finalmente, minha mulher abriu um sorriso e eu também.
Entretanto,
O bebê não chorou nem sorriu. O rosto do médico ficou sombrio. As enfermeiras silenciaram.

O bebê nasceu em silêncio, embora todo o mundo estivesse esperando o choro do bebê recém-nascido. Um silêncio gelado tomou conta da sala de parto.
Por isso,
Não pude ouvir felicitações. Ninguém deu parabéns nem falou que nascera um menino. Nós podíamos ver que o bebê nascido era menino.

O bebê aparentava tranquilidade. Estava me olhando como se fosse expressar que "eu sabia disso". Nesse exato momento, parecia que o mundo tinha parado. Talvez eu o tivesse desejado. Parecia que alguém tinha clicado a tecla "pausa".

Nada se movia nem se fazia sentir: os movimentos das pessoas, a correnteza sutil do ar, até mesmo o tempo.

Mais tarde, minha mulher me disse: no momento do parto, ela tinha perdido a consciência por um instante e assistira a algo especial.

Enquanto um veículo a levava rapidamente para algum lugar, havia algo imenso correndo do lado oposto. Ela queria evitar aquela coisa grande, mas não conseguia. Ao mesmo tempo, estranhamente, não sentia medo da coisa que vinha correndo. Com calma, chegou a esperar o momento de colisão e viu uma luz forte em seguida. Tão logo se perguntou o que seria aquela luz, o bebê nasceu. Era uma luz prateada irresistivelmente brilhante e ela se indagou o que seria essa luz. Ela disse que a luz se espalhava pelo mundo e os pássaros voavam alto.

Os pássaros voando, a colisão terrível, uma luz forte e o nosso menino.

Eu falei que aquela luz era nosso menino mesmo. Mas minha mulher balançou a cabeça. Na época, eu não podia entender tal atitude da minha mulher. Eu insistia que a luz era o nosso menino, contudo minha mulher continuava a negar com a cabeça.

Eu não compreendia o que ela queria dizer; se dizia não, ou dizia que ela não sabia.

Muito mais tarde, ela explicou. Aquela luz não foi o nosso menino. Não é possível haver uma luz tão forte e maravilhosa que "não saiba falar direito". Fora de sentido, porque nosso filho nem mesmo sorriu direito. Eu não respondi nada à minha mulher, mas pensei por dentro: pode existir uma luz silenciosa; apenas ainda não pode sorrir. A luz, por natureza, não tem som e é particularmente silenciosa.

Mas um dia aquela luz terá som.

Então vamos esperar.

Meu pai decidiu dar o nome de Vitório ao meu filho porque em nossa família utilizamos Vítor como prefixo para os nomes. No início, achei que meu pai estava brincando. No entanto, de fato, esse nome fora dado muito antes do nascimento do meu filho. Francamente, tanto eu quanto minha mulher não estávamos muito a fim desse nome, mas sequer tínhamos vontade de protestar. Minha sobrinha, Vitória, foi a pessoa que mais gostou quando Vitório nasceu. Vitória dizia que a postura de

Vitório calado lhe dava um ar muito maduro. Por isso, ela o chamava de "menino maduro" e lhe fazia muito carinho.

O meu pai havia escolhido o nome Vitório a partir do prefixo Vítor, que serviria bem tanto para menino quanto para menina. Quanto a isso, eu não quis protestar. Tive somente um pequeno desejo: de que meu menino não fosse perdedor na vida.

Assim nasceu Vitório. Vitório nasceu abraçando o silêncio. Ele nasceu com um silêncio pesado.

E, a partir de então, minha mulher pôs-se a exagerar na comida. Mas ninguém podia impedir aquela coisa de "comer demais"; nem eu, nem Vitório.

Lado A

03. Eu sou asfalto
Я асфальт

    O encontro com Jeon, que sabia fazer muito bem cegonhas de papel, foi uma sorte, por um lado, e uma decepção, por outro.
    Por volta do quarto ano de escola primária, estava com ideias bobas na cabeça: "o tempo passa rápido" ou "queria que fosse assim". Não havia tempo para me preocupar com outras coisas. Ao viver profundamente dentro do meu pensamento, tudo parecia estar acontecendo como eu queria. Poderia dizer que talvez estivesse vivendo hipnotizado por mim mesmo (eu tinha o defeito de não pensar em outra coisa quando me concentrava em algo).
    O meu problema, porém, era sempre pensar "pode dar certo". Como acontece em geral, a opção para "pode dar certo" é, afinal de contas, "pode não dar certo".
    Foi no quarto ano de colégio primário, no fim daquele abril cruel.
    Estourou.
    Se o mês de abril tivesse passado tranquilamente, eu não precisaria utilizar a denominação de cruel. Assim, quero dizer que não foi tranquilo.
    Enquanto Jeon aproveitava qualquer tempo livre para dobrar cegonhas douradas, guardando-as e amontoando-as na sua mochila, eu vivia sem ser notado, cumprindo meu papel de nerd (o papel de nerd seria viver como se não existisse no planeta; quando alguém viesse por cima, eu deveria apanhar muito, sem emoção alguma, e aceitar a realidade da vida!).
    Foi quando Jeon já havia dobrado centenas de cegonhas. Ou talvez milhares de cegonhas, não tenho certeza.

Jeon e eu pegávamos o almoço na cantina do colégio. Nós vivíamos comportados direitinho, sem ser notados, exceto quando Jeon dobrava cegonhas. Quando os espíritos de porco não estavam caçando nerds. Claro, de vez em quando havia caras que batiam (e havia caras que apanhavam), mas eles não eram espíritos de porco verdadeiros. Por isso, mesmo que apanhasse, dava para aguentar (naquela época, havia alguns espíritos de porco, na minha turma, conhecidos como cruéis, porém, estranhamente, não estavam atuando, até então). Alguns nerds foram linchados na minha turma por espíritos de porco de outra turma, porém não era nada grave (a maioria dos espíritos de porco mostrava-se fraca fora do seu território).

No contexto geral, o tempo passava sem truculência (poderia dizer assim). Como se fosse a calmaria que antecede a tempestade. Eu ainda não falava direito, meu pai dizia que seria bom fazer tratamento fonoaudiológico. Mamãe ainda comia muito, continuamente (em geral, coisas doces). No início do semestre, a minha Salvadora veio em casa para me ver. E, com aquela orelha linda e maravilhosa, ela escutou muitas histórias que eu contava. Desse modo, o tempo passava calmamente, com tranquilidade (assim eu acreditava).

Os espíritos de porco verdadeiros agiam de modo imprevisível. Entretanto, eu entendia por experiência que, se o início do semestre do colégio passasse tranquilamente, não seria difícil chegar ao final do ano. Essa era uma hipótese universal em relação à "regra de atuação dos espíritos de porco". Por isso, desejei que eles permanecessem bem tranquilos. Por isso, desejei que os diabos fossem passar bem tranquilamente pelo menos o primeiro semestre (dizem que a esperança e os recordes devem ser quebrados!)

Naquele dia fatal, eu me levantei calmamente do meu lugar depois das aulas. Ninguém falou, mas Jeon também se levantou junto (de fato, Jeon também não falava direito, como eu. Ou seja, nós dois não falávamos direito. Porém nos entendíamos bem). Refletindo agora, Jeon era como se fosse a minha sombra. Talvez eu tenha sido a sombra dele.

Foi o dia em que Jeon dobrou mais cegonhas do que em geral (sua capacidade melhorava a cada dia). O pó dourado do papel de origami esparramava-se por todos os lados da mochila. O rosto também foi ficando pouco a pouco marcado pelo pó.

Jeon e eu, como se fôssemos gatinhos, saímos devagar da sala de aula em direção ao pátio do colégio. Andamos bem suavemente, como qualquer gato. Nós caminhávamos a uma certa distância um do outro. Eu estava meio passinho à frente dele. Sem termos combinado, demos passos mais rápidos.

Viam-se crianças brincando no pátio através da porta frontal do prédio, no final do corredor. Estranhamente, tinha a sensação de que aquelas crianças pareciam estar bem longe. Pareciam irreais, como se estivessem num lugar de férias em filme de propaganda. Era uma sensação de que a luminosidade do pátio se distanciava da gente. As crianças estavam brincando à vontade, sem preocupações.

Talvez Jeon também estivesse sentindo da mesma forma. Talvez sim.

Naquele momento, alguém tocou na mochila de Jeon. Tuk! (Nós éramos seres que percebiam com muita sensibilidade até um toque extremamente leve). Fingimos não perceber com muita intensidade. Shhh!

Tanto Jeon quanto eu sabíamos que algo havia começado.

Alguém, afinal, pôs-se a mexer conosco. De propósito, com objetivo, com malícia, com má intenção!

Porém, precisávamos ignorar o primeiro toque (o primeiro toque deve ser ignorado). Por isso, tanto Jeon quanto eu não conseguimos interromper nossos passos. Nós avançamos à frente, avançamos mais, mantendo nossas distâncias. Por experiência, sabíamos que qualquer pequena reação poderia dar pretexto para a contrapartida.

Mas dessa vez foi puk!

A mochila de Jeon balançou. Foi bem pior. Jeon olhou sem querer a pessoa. Claro que não foi com intenção ruim, muito menos encarando. O olhar de Jeon, por natureza, tinha um pouco de desgosto. O "olhar desgostoso", assim que fez contato com o outro, levou Jeon a baixar o rosto, rápido como a luz. Jeon mal havia verificado quem fora a pessoa. Era um dos espíritos de porco da minha turma, bem conhecido pela crueldade, mas havia um bom tempo que andava bem quieto, fora do seu estilo.

Tão logo sacou a situação, Jeon baixou a cabeça, pediu desculpas imediatamente (uma atitude que o governo japonês deveria aprender em relação às vítimas da Segunda Guerra Mundial). "Desculpe. Desculpe. Desculpe". Era uma reação fora do comum na sociedade em geral, mas era comum para a gente. Apesar dos três pedidos de desculpa, o espírito de porco não parecia satisfeito. Talvez o resultado pudesse ter sido melhor se Jeon tivesse conseguido falar com mais humildade. Porém ficou óbvio que ele não fora capaz de fazê-lo.

Jeon e eu sabíamos. A essência de pedir desculpas está na precisão e na rapidez. Como se fosse uma "logomarca" de entregador de comida, o mais rápido possível e o mais preciso possível ao seu destinatário. Claro, nem sempre isso dava certo. Nem sempre se satisfaz o cliente, mesmo quando a comida é entregue o mais rápido e o mais corretamente possível. O mais importante é o coração.

Com certeza, tanto no olhar de Jeon quanto na maneira de falar e na sua expressão facial ficava evidente que ele não conseguiria ir além de um pedido de desculpas. Entretanto, a cara do espírito de porco já estava tão dura quanto o chão do corredor. Quando Jeon estava prestes a se ajoelhar, esse espírito de porco encarou-o com raiva, puxando seu braço. Jeon ficou aterrorizado, com certeza.

— Que merda é essa? Você é tão rico assim? Por que você anda com um monte de pó dourado na mochila? Seu filho da puta!

Era um espírito de porco autêntico. Nasceu para ser espírito de porco. Pelo seu jeito de dizer palavrões, deu para percebermos o alto grau do seu espírito de porco. Com certeza, ele não era um espírito de porco qualquer. "Seu fiiilho da puuuta". Senti na pele que aquele jeito de xingar não era o de uma criança qualquer de colégio primário.

Eu senti intuitivamente o "filho da puta" como um palavrão bem feio. O palavrão em si tinha a sua própria aura. O horror que eu senti do espírito de porco autêntico foi da sua pronúncia "puuuuta"!

Naquele exato momento não havia ninguém no corredor. Era uma evidência de que o colégio tinha abandonado a gente. Toda vez que nós passávamos perigo, o ambiente ao redor estava sempre calmo. Tanto Jeon quanto eu só podíamos ficar paralisados. A intuição dizia que não era possível ignorá-lo, nem mais pedir perdão. Nós ficamos paralisados por um tempinho bem frio e gelado, como se tivéssemos sido transformados no piso do corredor.

O espírito de porco perguntou mais uma vez. "Filho da puuuuuta! Você é rico?" Jeon balançou forte a cabeça, negando. Mas tremia tanto que não dava para distinguir se estava concordando com a cabeça ou dizendo não com a cabeça. Dessa vez, o espírito de porco perguntou para mim.

— Vem cá, você é amigo desse imbecil?

Amigo.

Amigo.

Amigo.

A palavra amigo soou bem estranha.

A palavra amigo fez ecos no meu ouvido. Não conseguia identificar se era realidade ou era uma ilusão.

Somos amigos?

Eu repeti por dentro, várias vezes, a palavra "amigo".

Jeon não estava me olhando. Jeon estava fitando os seus próprios olhos no chão.

Tremendo de horror, estava dizendo que eu poderia ir embora, negando que éramos amigos. Era a postura de um amigo verdadeiro. Era o silêncio de uma grande amizade, para que eu sobrevivesse. Eu ainda nem tinha apanhado mas as lágrimas já se formavam nos meus olhos, por um instante. Senti que ele era meu amigo, de verdade.

Finalmente, reagi com silêncio em resposta ao silêncio de Jeon. Na realidade, eu nem conseguia abrir a boca. O resultado foi bem mais terrível do que imaginei. Era apavorante. Era horrível. Deveria ter dito que não éramos amigos e eu poderia ter ido embora (amizade não salva nada!)

Conforme a regra, o espírito de porco empurrou Jeon e eu para fora do prédio do colégio. Havia três espíritos de porco já à nossa espera. Como sempre, eles estavam se divertindo. Agora ficara assim: no total, quatro espíritos de porco e nós dois, eu e Jeon. O espírito de porco número 1 arrancou a mochila de Jeon. Ele deixou levá-la sem reação. Na verdade, não foi possível reagir. Parecia que não era a primeira ou a segunda vez que ele sofria, pelo modo como reagiu. Reparando no rosto de Jeon, o espírito de porco número 1 perguntou por que Jeon usava maquiagem de pó dourado na cara. Jeon, de novo, não soube responder e, nesse momento, o número 2 deu um tapa violento na cara de Jeon. O pó dourado espalhou-se pelo ar. Que comportamento de espíritos de porco! Jeon começou a tremer, expressão transformada após o soco. De susto, sem querer, fui olhar a cara de Jeon e o meu rosto demonstrava pavor. O número 2 encarou e disse palavrões. Eu não pude entendê-los direito. Logo em seguida, deu outro tapa forte em mim. Eu caí no chão de maneira exagerada (fingindo dor). Eu sabia que era necessário aguentar pois sabia que não poderia vencê-los. O número 1 cuspiu na minha cara sem perder tempo. Meu corpo começou a tremer. Que comportamento de espírito de porco! Enquanto eu estava limpando meu rosto, o número 2 deu um pontapé na minha barriga. Consequentemente, já não pude limpar direito aquele cuspe na minha cara. Que comportamento de espírito de porco!

Depois de muitas pancadas, Jeon reagiu gritando muito contra eles, porém ficou imobilizado sob o poder deles. Jeon ficou furioso mas parecia difícil superar esses marginais. Era mais fácil apanhar.

Fiquei com pena de Jeon.

Eu também fora igual a ele. Enfrentara os marginais. Acabei apanhando o dobro, cheguei a pegar um tijolo para me defender, e meu pai foi chamado à escola.

Quando aquele número 1 que tinha cuspido abriu a mochila dele, Jeon gritou para não fazê-lo, e implorou: "não faça, não, não". Porém, Jeon estava totalmente em estado de choque. Parecia tentar um último esforço. Foi a primeira vez em que escutei Jeon falar tão alto. Parecia mais um choro. O número 3 deu um chute na barriga de Jeon. As palavras que soltou pareciam ter sido sugadas de volta à boca de Jeon.

Jeon ficou silencioso. O número 2 que chutou a minha barriga correu, quase voando (levemente), e pisou em cima das costas de Jeon. Jeon caiu dobrando o corpo, finalmente a mochila ficou aberta. A boca de Jeon também ficou aberta (que combinação dos três espíritos de porco!).

Houve uma vez em que eu também enfrentei esses espíritos de porco. Eu mordia e latia como um cachorro louco. Se não confrontasse, meu coração poderia explodir. Não era uma atitude surgida de um pensamento. O meu corpo apenas agia antes mesmo da mente. Quase sempre, o meu corpo agia antes do que a minha mente, e isso era um problema. Mesmo que houvesse pensado em não reagir, o meu corpo já estava prestes a ter uma reação. Porém eu reconheci que não poderia mesmo vencer tantos confrontos. Foi fruto de uma aprendizagem repetitiva. O resultado do meu desafio imprudente foi sempre miserável e terrível.

Eu sabia que isso colocava o meu pai numa situação difícil. Toda vez em que eu me envolvia numa confusão, meu pai vinha à escola e falava, com o rosto muito abatido, que eu talvez devesse mudar de escola. Minha mãe também, com a expressão muito deprimida, preparava refeições sem comentários. E depois ela comia tudo o que tinha preparado. Os espíritos de porco que haviam apanhado ou sido mordidos por mim ficavam cada vez mais excitados, e eu não queria mais falar.

Por isso, tomei uma decisão.

Vou aguentar. É necessário aguentar para sobreviver. Vou aguentar. Parecia que Jeon ainda não tinha tal entendimento. Ele não sabia que precisava somente aceitar até que a pancadaria terminasse (se bem que não seja tão fácil aguentar até o fim).

Refletindo agora, por que era tão especial descobrir cegonhas de papel dentro da mochila de uma criança de ensino primário?

Mas, na época, os olhares dos espíritos de porco eram muito diferentes. Por que seria um crime grave estar com pó dourado na cara? Eles eram realmente demoníacos. Lançavam olhares sérios e, ao mesmo tempo, aterrorizantes, como se fossem policiais que descobriram drogas. Pensando bem, é melhor dizer que se pareciam mais com os cães farejadores de drogas do que com policiais.

O espírito de porco número 1, que arrastou a gente para fora, explodiu de raiva, com palavrões em seu sotaque incomum. E o número 2 revirou a mochila de Jeon. Lá havia apenas dezenas de cegonhas de papel dourado, além de cadernos, livros escolares e canetas. Jeon, que lutava com toda a força, se rendeu por completo e disse que queria oferecer dinheiro, pedindo desculpas e colocando sua mão trêmula no bolso. "Perdão, di di diinheiro". O número 3 dever ter sentido seu orgulho ferido quando viu Jeon segurando uma nota de apenas mil *won*, ficou mais furioso ainda e começou a pisar Jeon com mais raiva, e soltou mais palavrões. Jeon falava sem parar, "perdão, di di diiinheiro". A partir de então, a quadrilha de espíritos de porco (aquele que convidou a gente e os outros, números 1, 2 e 3) nos pisoteou simultaneamente, como se houvessem combinado. Quando eu digo "pisotear" não é uma metáfora.

De fato, sem piedade, pisotearam nós dois. Ao ser pisoteado, pensei que havia chegado o momento que já imaginara acontecer. Entretanto, achei que aquilo foi demais, pois eles pisotearam até os nossos rostos, de propósito. Foi muito doloroso.

Com tanta dor, cheguei a pensar para que servia o sacrifício da amizade. Depois de pisotear a gente por um bom tempo, eles gritaram palavrões. Ficaram cansados de tanto bater na gente. Respiravam e diziam palavrões, pisoteavam e respiravam e xingavam.

O número 1, que pisava na gente com toda a vontade, disse de repente para mim e Jeon, ou para seu bando, em voz alta e com solenidade:

— Esses bichos são asfalto!

Todos, exceto o número 1, fizeram caras de não entender.

— Eles merecem ser pisoteados porque são "asfalto".

Depois que o número 1 definiu que nós dois éramos asfalto, ele movimentou seus ombros com força, como se houvesse descoberto uma verdade. Parecia que ia gritar "Eureca!". Mas por que nós seríamos asfalto? O resto de seu bando parecia não compreender. Claro que nem eu entendia. O número 1 parou de bater e olhou para o céu. Jeon e eu descansamos e respiramos um pouco. Logo depois, eles começaram a nos pisotear de novo, dizendo que éramos "como asfalto". Quando ficavam cansados e entediados de nos pisotear, davam com a ponta dos pés nas nossas barrigas. Quando ficavam cansados de chutar as barrigas, davam socos nas costas, e depois tapas nas orelhas. Eles pisoteavam, chutavam e socavam. As cegonhas também apanhavam com a gente. Voaram canetas e cadernos para todos os lados. As cegonhas de papel dourado voaram no ar.

Nós enrolamos os corpos como se fôssemos bolas e apanhamos um bom tempo. Tentamos não perder a consciência. Tudo terminou quando já estávamos transitando da consciência para a inconsciência.

Jeon conseguiu resistir bem. Parecia que Jeon havia compreendido algo.

O número 1 disse, como se fosse um filósofo:

— Vocês, asfaltos! Nós vamos embora. Então, gritem mil vezes: "somos asfaltos", e depois desapareçam para a casa de vocês. Em voz alta, entenderam? Se forem embora antes disso, sabem o que vai acontecer?

Não sejam vistos pelos adultos, filhos da puta!!! Se forem pegos, sabem o que vai acontecer? Seus merdas!! Vocês merecem.
   O resto do bando repetiu a mesma coisa:
   — Merecem!!!
   O número 1 ordenou:
   — Repitam! "Somos asfaltos".
   Estranhamente, todos os espíritos de porco olhavam para mim.
   Eu repeti sem força:
   — Eeeeu ssssou aaasfaalto.
   O número 1 gritou:
   — Seu filho da puta! Por que sua voz está mais baixa? Quer apanhar mais?
   — Minha voz é assim mesmo. Eu não estou baixando minha voz nem quero apanhar.
   — Oh, esse filho da puta tem voz interessante.
   Então o número 1 ficou zangado e bateu em mim mais algumas vezes. Jeon fez cara de que estava com muita pena de mim. O número 1, que elogiou a minha voz, deu risadas. Jeon estava tremendo de raiva. Parecia que estava prestes a partir para o ataque mais uma vez. Eu rezei para ele aguentar. Por favor...
   Felizmente, chegou o fim.
   O fim.

   O número 3 pegou uma nota de mil do chão e foi embora. O número 2, que estava afastado a cerca de 5 metros, de repente retornou correndo para a gente. Ele deu um chute na cara de Jeon, e bateu na minha cara. Quase simultaneamente, conseguiu bater em nós dois. Na hora, ele perdeu um pouquinho de equilíbrio. Em geral, eu não sou de sorrir, mas de vez em quando dou risadas nas horas erradas, e as pessoas não gostam disso. Se tivesse dado risadas naquele momento, talvez eu pudesse ter sido morto, nem quero imaginar.
   O número 3 se afastou, dizendo:
   — Imbecis!
   Quando os espíritos de porco desapareceram, eu e Jeon gritamos mil vezes em voz alta: "sou asfalto". Gritando assim, nos identificamos como

tal. De qualquer maneira, nós somos nerds. Eu e Jeon, que eu achava um pouco melhor do que eu, não tínhamos outra saída senão apanhar. Viver apanhando como asfalto. Pois devemos apanhar. Isso é o natural.

Para nossa tristeza, aqueles tantos espancamentos pareciam normais para a gente. Apenas pensávamos que havia chegado a hora. Como um ônibus chega na parada. Cheguei a pensar que fora muito tranquilo até agora.

E, pela primeira vez, eu e Jeon conversamos no caminho para casa. Não me lembro bem o que havíamos falado, nem como iniciamos a conversa. Porém nós fomos para casa, xingando e imitando a linguagem dos bandidos, com as caras tão amassadas como chiclete no asfalto.

Porra! Que porra é essa!

Estávamos em sintonia, embora não por completo.

A caminho de casa, Jeon e eu passamos por uma lanchonete. Ninguém falou nada mas entramos quase ao mesmo tempo. Claro, nós não comemos hambúrguer, e nem tínhamos dinheiro.

Apenas, por muito tempo, ficamos olhando um grande ventilador pendurado no teto, girando devagar. Saímos do lugar depois de observá-lo por um bom tempo, até que nossos pescoços endureceram, e as vistas doíam e as pernas enfraqueciam. Estávamos bem tontos mas não nos sentíamos tão mal. Jeon também parecia ter uma expressão de quem já não se importava com o espancamento.

Era uma época em que eu carregava a minha vida longe do significado do meu nome.

Diante da vitória, pare um pouco.
Margem de segurança com a vitória.
Independente disso, meu nome é Choi Vitório.
Dentro da vida de roda gigante, Choi Vitório.

Faixa oculta 03
Felizmente não é surdo, mas...

Felizmente, Vitório não tem deficiência no ouvido, confirmou o médico. Mas eu não entendi, de jeito nenhum, aquela palavra: "felizmente". Não havia nada para tratar de "felizmente".
Até completar 36 meses, Vitório não tinha reação a nada. Realmente nem abria a boca. Como se fosse um religioso transcendente, apenas observava algo sem foco. Mesmo quando seu dedo ficou preso na porta, mesmo quando bebeu água quente que nenhum adulto aguentaria beber, mesmo quando caiu da cama, ele ficara em silêncio, calado e mudo. Parecia uma criança que havia desistido das coisas da vida. Era uma criança que não reagia nem mesmo quando chamada. Apenas dormia e comia.
Por isso que o levamos para o hospital, e o médico disse que, felizmente, ele não era surdo.

Após o diagnóstico de que ele não tinha deficiência auditiva, procuramos outro médico. Vitório não é diferente de nós. Somente a maneira de expressar seu pensamento e suas sensações era um pouquinho diferente. Se tentarem entender esse fato, não haverá nenhum problema em conviver com ele. Ao mesmo tempo, por sorte, Vitório possui uma inteligência alta com relação à de outras crianças, o que facilitará a vida dele. Ele conseguirá adaptar-se bem na sociedade, mais rápido do que parece.
Cheguei a pensar que seria melhor se ele fosse surdo. Parecia que o médico não sabia como era difícil aceitar e ser aceito. "Sem problemas para viver" não seria uma opinião subjetiva? Ele talvez não saiba que a inteligência alta pode não servir efetivamente na vida.

Não é verdade que a comunicação é mais importante do que a inteligência?

Assim, Vitório acabou virando uma criança esquisita no jardim de infância. Ele não respeitava os professores e repetia as mesmas palavras e os mesmos gestos inúmeras vezes.

Os professores e as crianças, acostumados com ele, tratavam-no como um paciente maluco. Vitório batia em qualquer pessoa que lhe incomodasse. Lançar tijolos ou morder alguém não era algo excepcional. De fato, era uma rotina diária. Claro que ele jamais pedia desculpas. Apenas continuava silencioso. Mas, de vez em quando, ele ria. Se algum professor gritasse com ele, Vitório reagia com a voz ainda mais alta. Às vezes mordia também. Ele chorava o dia todo, deitado no piso da casa. No verão, quando ligavam o ventilador, ele ficava na frente, olhando a circulação das pás. O mais problemático de todos os comportamentos de Vitório era a violência. Para poder conviver, ele precisaria mudar isso, em primeiro lugar.

Foi nos primeiros anos de ensino primário. Assim que Vitório chegava em casa, começava a repetir algumas palavras, resmungando. Embora não falasse quase nada, tinha o hábito de repetir sua fala quando abria a boca.

— Não conseguirei vencer. Não conseguirei vencer. Não conseguirei vencer. Não conseguirei vencer.

Eu então perguntei a Vitório, fiz questão de perguntar o que havia acontecido, mas ele não respondeu. Tinha um hematoma preto no rosto. Mesmo com minha mulher perguntando várias vezes, ele não respondia. Eu já tinha sido chamado muitas vezes à escola por causa da violência de Vitório. Entre os pais de seus colegas espalhou-se o boato de que ele era uma criança esquisita. Havia professores que o chamavam de "doido". Alguns desses pais o rotulavam de louco e esquisito.

Fiquei sabendo, muito tempo depois, que Vitório fora linchado pelos colegas de turma. Ele reagia como de hábito, mas acabava apanhando. Por isso, ele teria repetido aquelas palavras: "não conseguirei vencer". Vitório, que já falava bem pouco, chegou a ficar mudo um bom tempo depois daquele episódio.

No semestre seguinte, Vitório havia sido flagrado pelo professor ao tentar jogar um tijolo na cabeça de um colega que fora o líder do linchamento contra ele. Eu pedi desculpas ao professor da turma e aos pais do menino.
De fato, implorei perdão a todos.
E implorei a Vitório.
Por favor, não aja mais daquela maneira. É o primeiro e último pedido do papai. Não dá para controlar um pouco? Por favor, aguente um pouco. Pelo papai. Por favor, por favor.
Vitório respondeu, depois de muito tempo calado:
— Pelo meu papai, pelo meu papai, pelo meu papai.
Não havia qualquer expressão no rosto de Vitório. Ele estava dizendo a frase repetidamente, tal como uma fita cassete estragada: pelo meu papai, pelo meu papai, pelo meu papai. Assim, ele combinou comigo. E minha mulher começou a comer ainda mais.

Lado A

04. Quero estar com você
Хочу быть с тобой

Olga,
A partir do outono de 1990,
Depois do enterro de Viktor no cemitério público,
A partir do outono daquele ano,
Durante três anos, ela ficava na rua ao redor do cemitério público Bogoslovsky, em São Petersburgo.
Vestida de preto, ela ficava ao redor do túmulo, sob a chuva, sob a neve. Não faltava nenhum dia, tanto no calor acima de 30 graus quanto no frio abaixo de 30. Sua roupa e seu corpo cheiravam a lixo, mas ela não se importava. E tocava violão. Ela tocava e tocava violão. De vez em quando, ela cantava. Por isso, Olga cheirava a música e a sujeira.
Olga estava ao lado de Viktor Tsoi como se fosse a sua lápide. Como se fosse a alma de Viktor, ela perambulava perto do túmulo no cemitério. Muitas pessoas que visitavam o túmulo de Viktor cumprimentavam-na ou conversavam com ela. Entre alguns fãs, dizia-se que Olga seria a verdadeira amante de Viktor. Alguns criticavam o comportamento de Olga. Ela não dava bola aos comentários dos outros.
O mais importante para Olga era seu sentimento. Olga deixava de lado o interesse ou a ignorância dos outros e só manifestava sentimento por Viktor.

Quando ela começou a viver na rua em homenagem a Viktor, tinha 18 anos. Aos 20, sua homenagem teve fim. Durante esse período, houve pessoas que queriam despedir-se do mundo junto com Viktor. Houve mesmo algumas que foram embora do mundo. Mas, com o passar do tempo, a maioria se esqueceu de Viktor. Viviam sem lembrar dele. De propósito, voluntariamente, alguns se esqueceram dele.

Porque o mundo muda de maneira rápida e dinâmica. Ao mesmo tempo, era uma época em que se falava muito de revolução e mudança. Muitas coisas se transformaram e, por não se adequarem a transformações, foram mudando.

Ela escutava continuamente a música de Viktor naquele túmulo. Vivia escutando a música dele. Ela escutava a música de Viktor Tsoi com um enorme aparelho cinza de fita cassete. Tudo isso teria sido impossível se não fosse pela música. E ela cantou e escutou músicas ao longo de três anos. Ela tocava violão e cantava músicas para não se esquecer de Viktor Tsoi. Talvez não houvesse outra opção para ela. Talvez ela considerasse isso a única maneira de homenagear Viktor Tsoi.

Ela não tinha uma razão específica para insistir, durante três anos, nessa homenagem. Ao passar três anos no cemitério Bogoslovsky, ela apenas sentia alívio e conforto, que organizavam os seus sentimentos no coração. Sentia que várias emoções pareciam achar lugar no seu coração. Para ela, três anos não foram longos nem curtos. Os amigos que poderiam tê-la acompanhado por pelo menos 30 anos já haviam partido. Os poucos que haviam permanecido também se foram. Alguns iam e vinham. Por fim, todos se despediram dela. Alguns que tinham ficado também foram embora. Olga continuava fazendo músicas e fedendo. E oferecia sua música no violão. O grande aparelho de fita cassete acompanhava Olga como um amigo

Mas as pessoas foram partindo. Cada um seguiu o seu rumo. Ela não teve sentimento de raiva nem de abandono pelas pessoas que partiram. Ela achava que tudo era uma corrente de água. Era como se tanto elas quanto Olga estivessem dentro de uma corrente que segue o seu curso.

Por fim, a única pessoa que sobrou foi Olga. Ela ficou sozinha naquele lugar. Não se sabia se o preto da roupa que ela vestia era a cor original ou a sujeira acumulada no tempo. Não se sabia se ela já tocava tão bem violão ou se foi o tempo que ela passou tocando ali que a fez tocar bem. Os odores que dela exalavam ficaram cada vez mais fortes. Os odores de Olga continham tempo, sofrimento, música, arte, paciência, memória, pesadelo, despedida, encontro, abandono, morte, vida, humanidade e outras inúmeras coisas impossíveis de definir. Tal como a música de Viktor e de Olga.

Por isso, era algo terrível. Por isso, nem todo mundo conseguia exalar aquele odor.

Um dia de setembro de 1993, terceiro outono no cemitério.

Olga tomou uma decisão. Decidiu partir. Falando mais precisamente, ela achou que havia chegado a hora de partir. Talvez alguém tenha dito para ela partir. Com certeza não era algo voluntário. Algo não identificável a tinha levado a se decidir. Poderia ser uma sina. Como se fosse um voo de folha que viaja pela força do vento. O que jamais se consegue sozinho. Assim, ela embarcou no vento do destino.

Aquele dia não foi diferente dos outros dias.

Foi uma manhã linda de outono. Poderia dizer que foi um dia típico de outono russo dourado. Olga se levantou de um banco do cemitério público. As folhas estavam caindo lentamente.

Havia muita gente, pois fazia poucos dias fora realizada a comemoração dos três anos de aniversário da morte de Viktor Tsoi. Mas tudo ficou tranquilo quando setembro chegou. Os fãs também tinham de retornar às suas vidas. Olga já estava acostumada às idas e vindas das pessoas.

Percebi, pelas guimbas acesas sobre o túmulo, que alguém já tinha passado bem cedo pela manhã. O túmulo estava repleto de fotos de Viktor Tsoi e de flores em sua homenagem. Até isso era uma coisa rotineira. Porém tudo parecia solto e sem ordem.

O que restou mesmo foi a liberdade, a desordem e Olga. Mas a única coisa viva era Olga. Os não vivos eram o túmulo, o vento e o aparelho de fita cassete.

Olga deu mais uma olhada ao redor do túmulo, cumprimentou Viktor Tsoi, tocou as cordas do violão e cantarolou. Ela tocou uma música do Black Sabbath, não de Viktor Tsoi. Ela escutara essa música de alguém que havia visitado o túmulo. Dizia-se que tal música do Black Sabbath fora o início da inspiração de Viktor Tsoi. Por isso, Olga tocava, com frequência, a música do Black Sabbath. Foi a única música diferente que ela se sentiu confortável para tocar diante de Viktor Tsoi.

Os dedos se movimentavam como se fossem adestrados. A música se espalhava ao redor do túmulo. Olga fechou os olhos. Teve a ilusão de que flores lilases estavam brotando à sua volta. Teve esse sentimento pela primeira vez na vida, ao terminar de tocar.

Ela limpou o lixo junto ao túmulo e arrancou as pétalas secas dos ramos de flores. Sugou uma ou duas vezes a guimba jogada no túmulo.

Ela se comportou como se fosse um dia qualquer.

E cantou bem alto as músicas de Viktor Tsoi, dando uma volta em torno do túmulo. Isso também era a rotina diária de Olga. Mas foi o último dia em que ela ficou na rua.

"Quero estar com você"

Havia dias em que nós não vimos o sol,
Nossas pernas perderam a força nessa caminhada.
Queria entrar em casa, mas não havia portas,
Minhas mãos procuraram colunas e não consegui.
Queria entrar em casa...

Quando Olga escutou a música de Viktor Tsoi, ela estava em meio à adolescência.

"Tipo sanguíneo" foi a canção.

Na época, essa música estava na moda entre os jovens. Viktor Tsoi fazia um sucesso sem precedentes e os jovens o consideravam um ídolo. Parecia que ele ocupara o lugar de Deus, que desaparecera da sociedade soviética.

No entanto, as canções de Viktor Tsoi não provocavam emoção especial em Olga. Eram apenas assobios de um homem rústico, nada mais e nada menos. Ela o considerava uma imitação de ator oriental, tipo Bruce Lee.

Com certeza, Olga nunca se encontrou com Viktor, vivo. Nem o tinha visto de longe. Nem sequer fora aos seus concertos. Apesar de morar em Moscou, ela nunca ouvira falar do concerto da banda Kino, no Estádio Olímpico de Moscou em 1990, e considerado uma apresentação lendária do rock russo. Não tinha ideia de quando e onde havia acontecido esse concerto. Olga era esse tipo de pessoa.

Foi a partir de 15 de agosto de 1990 que ela começou "de verdade" a escutar as músicas de Viktor Tsoi. Após a morte súbita de Tsoi, o mundo despertou. Houve uma série de homenagens ao músico morto. Alguns compararam a sua morte com a do maior e mais ilustre poeta da Rússia, Pushkin.

As lágrimas dos jovens não secavam. Olga também queria sentir empatia com a tristeza dos jovens russos e do mundo. Como ela era jovem e achava necessário se sentir igual aos outros jovens, começou a prestar atenção nas músicas de Viktor Tsoi.

No início ela não conseguiu compreendê-las. Mas, assim que se esforçou, foi logo envolvida pela música. Viktor não era um ser compreensível. Era um ser a quem você se entrega e fica absorvido num instante. A força magnética de Viktor Tsoi era poderosa. Era uma força danada, como se alguém pegasse fogo assim que se aproximasse dele.

No outono de 1990, as homenagens a Viktor Tsoi, morto, não cessavam. Olga se entregou a esse clima emocional. Ela entrou na força magnética dos tributos à morte do músico. E foi-se envolvendo mais do que ninguém. Não foi pressionada por alguém, nem foi por sua própria vontade. Foi passando como a água e o vento. Como a música.

Quanto mais escutava a voz de Viktor Tsoi, e quanto mais cantava as músicas dele, mais sentia uma certeza estranha.

Uma certeza de que ele não havia morrido!

Fantasiava que, em algum lugar, ele estaria vivo, cantando suas músicas. Não fosse essa fantasia, ela não poderia ter aguentado o frio severo, abaixo de 30 graus. Frequentemente sentia que Viktor Tsoi estaria vivo em algum lugar do mundo. Como os seguidores de Elvis Presley ao acreditarem que ele ainda está vivo; e tal como os fãs de Michael Jackson ao dizerem que o rei do pop não morreu. Talvez uma crença muito ilusória estivesse colada no fundo do coração de Olga.

Às vezes, alguns seguidores de Viktor Tsoi ironizavam a fantasia de Olga. Ocasionalmente, eles a ridicularizavam. Alguns a ironizavam quando ela revelava que jamais tinha ido a um concerto do cantor, e talvez nunca tenha escutado direito e seriamente a música da Kino. Criticavam-na, dizendo que não teria direito de comentar sobre Viktor Tsoi

porque era uma garota que não sabia sequer o número de cordas que uma guitarra tem.
Por isso, consideravam ridículo o sentimento dela por Viktor Tsoi. Eles duvidavam dela e a ignoravam.
Como se atrevia a falar sobre ele sem tê-lo visto?
Nunca tinha ouvido a música dele ao vivo. Como se atrevia?
Mas Olga respondia às perguntas da seguinte forma:

Existem coisas em que precisamos acreditar sem ver.
Como D.E.U.S.

E assim, afirmava novamente: Viktor Tsoi não morreu. Assim protestava contra quem dizia que se mataria por causa dele e contra os que tinham se matado realmente. Como Viktor não tinha morrido, não precisava matar-se, nem deveria morrer por causa dele. Ele, sua voz e sua música estavam vivos neste mundo. Pensando assim, Olga ficou ao lado do túmulo de Viktor durante três anos.
Esperando que um dia Viktor pudesse aparecer, ou que um dia pudesse sair do túmulo.

Havia um pano, uma caneta preta e um saco de plástico preto na mão de Olga depois que ela voltou do cemitério público. Olga começou a escrever algo por acreditar que estava pronta para partir, ou seja, já chegara a hora de partir. Ela escreveu lentamente, com atenção, como se fosse uma última carta para o namorado, um testamento significativo para os filhos.

O nosso Viktor não morreu.
Ele apenas partiu por um instante para um concerto no céu.
Quando terminar o concerto, ele retornará sem falta.
Ele voltará.
Sem falta!
Para aqui mesmo!

Ela pendurou um pano com essas palavras no túmulo, como se fosse uma bandeira.

E encerrou seus três anos de homenagem ao cantor. E parou de dormir na rua. As letras que ela escreveu refletiam seus sentimentos verdadeiros. Embora ela tenha decidido partir, isso jamais significava afastar-se dele. Pretendia esperar Viktor Tsoi, que voltaria de outro mundo. Ou talvez sair para buscá-lo.

Olga retirou algo do saco de plástico preto quanto terminou de pendurar a bandeira.

Era um pepino de alumínio.

Olga caminhou para trás do túmulo. Posto o pepino de alumínio no chão, ela começou a esburacar o terreno do túmulo com as mãos. O chão estava duro e as pontas dos dedos doíam, mas ela aguentou. Ela se perguntou, escavando a terra:

— Realmente o pepino de alumínio não vai dar frutos?

Escavou bastante o chão e plantou o pepino de alumínio. E, de novo, ela cobriu o chão com a terra. Assim, o pepino de alumínio ficou enterrado. Olga se levantou. Os joelhos doíam. Contudo, não se sentiu mal porque percebeu haver plantado algo esperançoso. Ela deu uma pisada no chão. E tomou a decisão de um dia retornar ao local.

Ela imaginou uma árvore com muitos pepinos pendurados em todos os galhos. Assim, Olga enterrou o pepino de alumínio. Enterrou o pepino de alumínio. Enterrou o pepino de alumínio.

Olga resolveu viver com alegria e pensamentos positivos, pensando em Viktor Tsoi, que não morreu e que poderia voltar. Ela decidiu encontrar muitas pessoas. Estava decidida a tomar uma atitude ativa.

A resolução de Olga veio, de repente, num dia de outono bem claro.

Em algum lugar, ouviu-se a voz de Viktor.

Bem rústica e baixinha,

Verdadeira e apelativa,

Entretanto, bem tristonha.

Lado A

05. A chuva para nós
дождь для нас

Na época do colégio, eu me fazia perguntas assim:
Será que outros nerds também levam uma vida tão difícil quanto a minha?
Será que os nossos antecedentes, os vovôs e as vovós que viveram no auge da invasão japonesa, teriam levado vidas mais difíceis do que a minha?

Claro,
Em comparação às tristezas e injustiças provocadas pela perda de uma pátria, a vida de um nerd, por mais difícil que seja, seria nada. A vida dele seria como um chiclete grudado no asfalto. Sofrer bullying não seria uma coisa tão dura se comparada aos sofrimentos daquela época, quando não se podia falar a língua materna e todos foram forçados a mudar o nome coreano para um nome japonês. A vida teria sido tão boa se eu pudesse considerá-la dessa maneira simples, porém, a vida real não era.
Fiquei pensando assim, por um segundinho, sobre uma atitude digna de um herói nacional. Mas logo em seguida acabei concluindo:

Putz!
Na época da invasão japonesa, não havia a pátria.
Os nerds não têm "Eu".
O "Eu" sumiu!
Se perdeu de si mesmo!
Será que nós deveríamos viver nos apagando?

O resultado sempre foi esse mesmo.

A nossa vida de nerds é bem mais difícil do que a dos dominados pelos japoneses no auge da ocupação. Pois nós não temos a oportunidade de virar traidores que tiram vantagens. Nem temos chance de ganhar vantagens atrás de alguém influente como os traidores. Mesmo que aguentasse e reagisse contra todo o sofrimento, não poderia virar um herói nacional. Não haveria futuro nem presente. Restaria somente um passado miserável.

Não há mesmo resistência, escolha ou esperança.

Obviamente, não há amigos nem família nem irmãos para me ajudar.

Não há aliados.

Não há arma nuclear dos EUA.

Não há arma nuclear para explodir a vila dos espíritos de porco.

Por isso, nós podemos concluir que estamos vivendo num período bem mais complicado do que o da ocupação japonesa na Coreia.

O resultado foi sempre igual. A vida dos nerds é muito pior. À medida que eu crescia, tinha mais coisas para pensar. Queria fazer mais coisas.

Os espíritos de porco acabavam batendo em nerds (ou seja, na gente) a fim de eliminar estresse, e tiravam dinheiro da gente (ou seja, os nerds). Se eles estudassem tão disciplinadamente como batiam na gente, a Coreia do Sul poderia ser um país mais feliz. Se eles tivessem conseguido guardar todo o dinheiro que tiravam da gente, talvez o país não precisasse ficar sob a tutela do Fundo Monetário Internacional durante a crise financeira. Nós, que não podíamos nos expressar, ficávamos cada vez mais saturados pelo estresse ao apanhar. Na maioria das vezes, o nosso dinheiro virava presentes para as namoradas dos espíritos de porco. De vez em quando, essas meninas eram convocadas para pisar e bater na gente, direta ou indiretamente. Ou elas mesmas entravam na onda e participavam voluntariamente. Isso foi de fato uma vergonha. Foi um constrangimento total. Se somente as meninas partissem para cima de mim, eu poderia ganhar (será que eu iria perder?).

Nós não tínhamos como eliminar o nosso estresse. O estresse estava acumulando sem escape (ficou estourando dentro da gente sem escape).

Mas, nós não poderíamos nos tornar heróis da resistência, como na época da ocupação japonesa. Nem eu nem outros nerds podíamos reclamar nem soltar um pio (porque se fizéssemos isso cairíamos num desastre maior). E tampouco podíamos realizar nossos desejos à vontade. Entretanto, não tínhamos algo especial para desejar. Era apenas dobrar cegonhas no caso de Jeon. Eu queria escutar músicas da moda que todo o mundo ouvia então. E queria muito cantarolar uns versos daquelas músicas. Se eu pudesse cantar dois versos, seria bom demais. Se eu pudesse cantar três versos, seria o paraíso.

Se nunca tivesse sido um nerd na vida, com certeza perguntaria o seguinte:
Qual é o problema? Não dá para fazer tudo à vontade quando estiver em casa?
Será?
Talvez dê para fazer tudo à vontade em casa.
A primeira coisa que os espíritos de porco impetuosos proíbem é o que fazer em casa.
Um dia, um espírito de porco me pergunta: "Vem cá, o que você fez em casa?". Se hesitar ao responder, ele parte logo para cima da gente, dizendo "deve ter dobrado cegonhas". "Filhote da *pusta*!", com seu sotaque chique. E logo barulhos de pancadaria, puck, puck, puck! Se eu disser que não dobrei papéis nem fiz nada especial, acabamos ganhando tarefas escolares deles: "Ah ha! Tem tempo sobrando? Não tem nada a fazer em casa? Pega nossos trabalhos de casa. Bichos como vocês têm que aprender com a gente. Ignorantes como vocês precisam receber lições". Era assim desse jeito. E logo vêm outros, puck, puck, puck (de novo, outras pancadarias)!
Então, de qualquer jeito o resultado sempre foi puck, puck, puck (socos)!
Embora o trabalho fosse duro, nós caprichávamos. Foi muito mais difícil do que a vida de não-nerds. Dez ou vinte vezes mais penoso, mas acabávamos fazendo porque não queríamos nos deixar apanhar. De vez em quando, ainda apanhávamos porque não fizéramos direito as tarefas deles. No caso da matemática, fomos muito piores do

que alguns espíritos de porco que tinham abandonado os estudos. Na verdade, o nosso nível era mesmo bem baixo. Ainda assim, estranhamente, eles continuavam a empurrar seus trabalhos de casa para a gente. Talvez eles tivessem decidido que nós deveríamos estudar muito.

É claro que se poderia imaginar que nós desobedeceríamos às ordens dos espíritos de porco e ficaríamos à vontade em casa. Porém, isso se aplica à gente que não conhece os espíritos de porco. Aqueles que tenham sofrido nas mãos deles devem saber quanto poder implicava cada uma de suas palavras.

Em segundo lugar, imagine se nós fizéssemos algo que fosse do nosso desejo. O problema é que, às vezes, a gente fica com vontade de ter atitudes proibidas (embora surpreendente, também somos seres humanos! Nós temos as mesmas características dos seres humanos).

Mais uma vez vou dar um exemplo. Alguém está cantarolando uma música de um cantor popular (famoso). Sem que eu perceba, acabo seguindo essa canção, e logo depois os espíritos de porco aparecem. Eles têm um "sexto sentido". Possuem um "sensor especial".

Mesmo que eu resista, involuntariamente, acabo cantando um verso da música. Então, sem falta, vêm eles! Filhos da puuta! Gosta tanto de música? Então, daqui a pouco, vá cantar na frente do professor da turma, durante a aula! Escutou? Se não cantar, sabe o que vai acontecer?

Se não cantasse durante a aula, eu apanhava dos espíritos de porco. Se me levantasse e cantasse durante a aula, que nem um doido, eu apanhava do professor, puck, puck, puck!

Fizesse sol ou chuva, após a aula éramos levados para apanhar, dançar e cantar. "Esses caras precisam treinar o canto", diziam eles. Sem exceção, nós apanhávamos novamente. Ao mesmo tempo, precisávamos dançar e cantar sem parar até o pôr do sol. Até cairmos de cansaço. E, sem falta, eles finalizavam dizendo: "precisamos ensinar esses bichos a cantar e dançar".

O desejo é assim.
Estoura ou desaparece ao ser pressionado.
Algo que nós não temos como controlar.

Num dia de abril cruel, depois de apanharmos muito, o desejo de Jeon sumiu por completo. Pelo menos aparentemente.

Um dia, no final de abril do quarto ano do colégio, ele parou de dobrar cegonhas depois de ter apanhado intensamente. Não sei se ele dobrava em casa mas nunca mais dobrou papéis na escola, mantendo sempre uma expressão vazia. Em alguns momentos poderia ter surtado, porém, estranhamente, não acontecia o surto (até então, às vezes ele surtava de repente). Com certeza, Jeon estava com seus olhos abertos, contudo não parecia estar olhando algo. Os ouvidos estavam abertos, mas não reagia de jeito nenhum a barulhos comuns. Ele estava posto ali como se fosse uma estátua de gesso.

Talvez Jeon possa escutar todos os barulhos da sala de aula: o barulho do giz no quadro negro quando o professor escreve, e mesmo o barulho quando um colega sentado bem longe dele faz anotações. Ele deve ter escutado às vezes o barulho quando alguém da outra sala apagava as letras erradas com a borracha. Com certeza, ele deve ter escutado o barulho do alto-falante de um caminhão a berrar na rua: "Temos verduras frescas". Entretanto, ele jamais reagiu. Nós somos assim. Embora pudéssemos sentir tudo ao redor, não reagíamos nem nos manifestávamos. Ficávamos ali despercebidos, como uma vitrola com bateria vencida. Ele era assim. Um sujeito incrível.

Eu queria acompanhar o "modo parado" de Jeon (precisava segui-lo), mas não foi fácil. Nesse aspecto, Jeon foi superior a mim.

É comum que os medíocres tendam a querer muitas coisas.

Quando terminou o quarto ano do colégio, a partir do quinto ano, de fato, eu quis muito escutar música. E tive vontade de cantar. O meu pai e a minha mãe contrataram um fonoaudiólogo para mim e, aos poucos, eu consegui falar melhor (ainda assim meu nível era bem abaixo do médio). No entanto meu terapeuta me dava a maior força.

Vitório tem QI alto.
Vitório tem cabeça boa.
Ele é muito inteligente.
Ele é brilhante.
Ele pensa rápido.

Mas o terapeuta dizia que eu não era bom para cantar. E ele frequentemente colocava "nosso" diante do meu nome: "O nosso Vitório é assim e assim e assado".

A música surgiu para mim. Sem que eu tivesse planejado, chegou como se um desconhecido aparecesse e pedisse amizade. Eu nunca soube se foi um bom amigo ou um amigo ruim. Apenas soube que foi um amigo.

Pensando bem agora, talvez eu ficasse revoltado quando escutava que nerds como eu não teriam talento para música. De qualquer maneira, eu queria escutar música e cantar. Eu acreditava que pudesse ser bom para música (falando seriamente, eu quis acreditar) porque eu tinha QI alto, sou inteligente e sou brilhante (sabia que eu era ruim em outras coisas).

Não estou falando de música chique como jazz, rock ou música clássica. Estou falando das músicas que aparecem no programa de televisão. Tipo música da moda da época. O mais importante era que, quanto mais escutava, mais queria cantar.

De vez em quando eu cantava para meu terapeuta e a cara dele demonstrava desaprovação. Eu acreditava que, quanto mais cantasse, melhor ficaria, mas ele não dava a menor chance. Parecia que "o nosso Vitório é inteligente, porém de fato não canta mesmo".

No início do quarto ano do colégio, eu queria escutar e cantarolar as músicas de bandas populares de adolescentes tais como Pinkle, SES, HOT, GOD e Shinwha. Cantarolá-las não foi fácil. O *rap* foi difícil demais. Principalmente para quem tem dificuldade até de falar.

Imaginava várias vezes que estava escutando canções desses grupos no aparelho portátil de CD, com fones nos meus ouvidos. Assistindo à televisão, imitava as danças dos grupos masculinos. Eu não devia estar parecido com eles nem um pouco, mas em casa procurava assistir aos programas musicais (efetivamente, cuidei ao máximo para não ser notado pelos espíritos de porco, para que eles não percebessem ou descobrissem o que eu fazia).

Eu, em geral, escutei as músicas da moda no meu rádio de cor cinza, enorme como uma geladeira, o qual pertencia ao meu querido avô que fez questão de me batizar com o nome maravilhoso "Vitório". Estou falando sério: o rádio tinha o tamanho de uma geladeira. Havia muito tempo que esse rádio cinza estava na minha casa. Como se fizesse parte da minha casa. Tinha a impressão de que o rádio era uma lareira de parede. Ou mesmo um móvel embutido. Por isso, soava estranho ao tocar músicas da geração hipernova. Ficava admirado. Sentia como se fosse magia. É bem mais interessante quando acontece algo que não parece funcionar direito.

Devido às surras por causa das cegonhas de papel, quase comecei a acreditar que eu fosse mesmo asfalto quando gritava "sou asfalto". Justamente nessa época, fiquei apaixonado pela música da Jang Na-ra (porque talvez houvesse pouco *rap*). Talvez eu não tivesse conseguido superar o sofrimento da época se não fosse ela. Eu escutava repetidamente as canções da senhorita Jang Na-ra.

No quarto e quinto anos, regularmente e irregularmente, eu e Jeon apanhávamos por várias razões e muitos pretextos, e gritávamos milhares de vezes "sou asfalto". Realmente eu sentia enjoo quando via asfalto. Eu até sentia saudade de terra batida. Em certo momento, Jeon começou a apanhar em silêncio, depois de uma ou duas tentativas de resistir fortemente contra a violência, como se tivesse entendido algo. Acredito que ele tivesse compreendido que não havia outro jeito.

Em junho, no quinto ano do colégio.
Acabei ouvindo uma música deliciosa, vinda do rádio cinza, enorme como uma geladeira (as coisas lindas visitam você no momento inesperado).
Foi uma música da banda Brown Eyes.
O imenso rádio cinza tinha, para minha sorte, gravador e tocador ao mesmo tempo, e eu imediatamente gravei a música numa fita vazia (na verdade, não foi uma fita vazia, mas uma fita antiga de estudos de língua estrangeira. Já não era fácil conseguir uma fita vazia na época). Além disso, eu não tinha coragem de pedir ao meu pai para comprar um CD. Ao mesmo tempo, meu pai estava passando por momentos difíceis por minha causa (de fato, não havia tocador de CD em casa e eu não sabia que se podia escutar CD no computador. Era assim na época). Eu pensava muito na minha Salvadora quando escutava música. Acabei descobrindo que a música romântica me fazia lembrar naturalmente de mulher bonita.

A partir daí, eu vivi mergulhado nas músicas do Brown Eyes. Os meus colegas ainda estavam fascinados por músicas de bandas de adolescentes, meninos ou meninas. Eu tinha um gosto um pouco diferente. Ou seja, eu me tornei diferente. Comecei a me afastar das músicas da senhorita Jang Na-ra. Nada surpreendente. Eu fui sempre (um pouco) diferente dos outros meninos. Nessa época, de propósito, me afastei de cantores que dançavam.

Quando escutava músicas do Brown Eyes, sentia impulso de difundir a grandeza da banda. Eu tive vontade de mostrar as músicas. tanto para Jeon quanto para outros colegas em geral, e até para os espíritos de porco. Sobretudo, queria muito apresentá-las para a minha Salvadora (até que um dia, afinal, quando ela me visitou, nós ouvimos junto uma música do Brown Eyes). Ela já conhecia a canção e gostou muito dela. Obviamente, ela tinha ouvido de quem compreendia direito a música.

Nas horas vagas, eu escutava repetidamente músicas do Brown Eyes. A repetição era uma das coisas que eu sabia fazer bem. Eu fazia trabalhos de casa escutando as vozes melodiosas da banda Brown Eyes (os trabalhos foram, na maioria das vezes, de espíritos de porco). Eu precisava de cinco vezes mais tempo do que outras pessoas para terminar as tarefas. Por isso, sempre faltava tempo para fazer meu trabalho de casa. Eu não tinha como entregar a minha tarefa. De fato, meu dia era curto demais para cuidar das tarefas dos outros (espíritos de porco). Por sorte, os professores compreendiam e não davam bola para uma pessoa tão humilde como eu. Sem dúvida, o resultado acadêmico era péssimo. Além da imaginação (embora meu terapeuta tenha dito que eu era muito inteligente).

No segundo semestre do quinto ano,
Ainda não podia escutar músicas do Brown Eyes na escola. Nem podia cantá-las. Mesmo assim, eu anotava as letras de canções no meu caderno escolar, espiava (às escondidas) e cantava na mente. Refletindo bem, eu fui muito ousado. Cantando "Já um ano" (claro, na mente), eu desejei que o ano passasse bem acelerado. Desejei que nunca voltasse a ter esse tipo de vida como agora, após um ano, e mais um ano depois.

Nas férias de inverno do quinto ano do colégio, Jeon e eu tentávamos ser mais espertos. Minha capacidade linguística progrediu bastante. Talvez Jeon também recebesse terapia linguística, na prática ele já estava em condição confortável para se comunicar (ele estava chegando ao nível normal. Ou talvez eu que tenha me adaptado ao estilo de Jeon).

Nossa preocupação era simples: como poderíamos passar o último ano do colégio sem apanhar ou apanhando menos. De alguma maneira, nós dois trabalhamos muito com a cabeça. Como poderíamos fazer as coisas à vontade diante de outras pessoas? Preocupávamos-nos com coisas bem simples assim.

Não havia nenhuma solução especial para isso, mas resolvemos fingir que éramos não-nerds, antes de sermos marcados como nerds por completo. Ainda hoje não me lembro quem foi que deu ideia tão esdrúxula (de qualquer maneira, só pode ter sido Jeon ou eu). Refletindo bem, foi uma ideia ousada, mas nós a consideramos algo racional. Efetivamente, eu não me lembro da razão.

Logo que se iniciou o ano de 2002, todos comentavam sobre a Copa do Mundo. Nós entramos no sexto ano do colégio, mas não estávamos muito felizes. A tensão veio antes da alegria. Era uma época em que todo o mundo estava mais interessado na seleção de futebol do que na gente. Por isso, fomos praticamente ignorados. Papai, os espíritos de porco e até mamãe estavam entusiasmados com a Copa.

Oh! Viva a Coreia! Oh-lê-oh-lê-oh-lê-oh-lê!

Mas eu estava mais interessado nas músicas do Brown Eyes do que na Copa. Especialmente "Já um ano". Ao mesmo tempo, eu estava esperando o próximo álbum da banda.

Finalmente, em março de 2002, Jeon e eu nos tornamos alunos do sexto ano. Se resistíssemos mais um ano, nós dois iríamos para o ensino médio e, consequentemente, ficamos com a ilusão (!) de que escaparíamos dos espíritos de porco. Se acontecesse isso, nós achávamos que iríamos falar melhor e ser mais inteligentes. Na verdade, "achávamos" era um problema.

Nós sentamos de novo lado a lado. Felizmente, aqueles espíritos de porco, que pegaram a gente no quarto e no quinto anos do colégio, não estavam na nossa turma. Ufa! Nós não comentamos, mas consideramos uma sorte danada.

Então começamos a nos descuidar. E, com ousadia, conversávamos durante as aulas. Até ficamos impressionados com nossa capacidade linguística. Falávamos bem baixinho, menor do que o som das formigas, até o ponto de ficar difícil compreender as palavras (por fim, chegamos a criar alguns códigos para facilitar nossa comunicação). Estávamos iludidos de que a nossa conversa estaria bem integrada ao ruído geral da turma (estávamos ficando cada vez mais espertos, estávamos nos transformando em seres humanos de verdade. De fato, seria uma evolução humana?). Durante o intervalo da aula, sem noção, eu cheguei a ter um ataque de gargalhadas e, misteriosamente, não houve nenhuma consequência: "Ah!Ah!Ah!", "Ohohoh!", "Hahaha!". Uma vez iniciadas, demorávamos a interromper as risadas. Às vezes ninguém estava rindo, mas nós dois estávamos caindo na gargalhada. Durante a aula, acabávamos passando pelo sofrimento de cair na gargalhada sem razão, porque o professor é que se tornava um espírito de porco.

Na prática, havia um bando de candidatos a espíritos de porco na nossa turma. Porém, fingimos não notar a presença deles, e tentamos agir ao máximo como seres do meio termo, ou seja, seres normais, nem nerds nem espíritos de porco. Nós agíamos como se não tivéssemos nada a ver com os espíritos de porco. Pensávamos assim naturalmente, pois até então, ao nosso olhar, eles eram ainda "candidatos a espíritos de porco".

Um dia, Jeon disse no caminho para casa:

— Na escola, de fato, precisamos cair na gargalhada!

Eu concordei com ele.

— Claro, de fato, na sala de aula precisamos conversar!

Hahaha! Nós gostávamos de repetir assim. Hahaha!

Conversar era bom mas o que eu queria mesmo era cantarolar. Surgiu um pequeno desejo. Se eu pudesse cantarolar aquelas canções tão maravilhosas, e se pudesse cantá-las na escola, eu poderia ficar muito feliz. Eu tentei falar com Jeon sobre Brown Eyes, mas acabei desistindo. De qualquer forma, para a gente, aquele abril de dois anos atrás fora um pesadelo e estávamos decididos a não fazer nada exagerado.

Passou-se abril, até que por fim chegou o mês de maio. Logo a Copa do Mundo iria começar, os espíritos de porco estariam bem ocupados e pensávamos que ficaríamos mais seguros.

Jeon declarou que voltaria a dobrar papéis, se conseguisse passar o mês de maio sem problemas, quando começasse a Copa. Pareceu bem determinado. Ao mesmo tempo, pareceu destemido e intrépido. Senti que eu também precisava mostrar algo diferente.

No primeiro dia de maio começou a chuva da primavera.

Quando chove na hora de acordar, em geral eu me sinto muito bem. Porque fica difícil bater em alguém quando chove. Por isso, os espíritos de porco ficavam contidos em suas atividades. Na chuva, eles se sentiriam incomodados de pegar alguém para bater. Se usassem o guarda-chuva para bater, ele poderia quebrar-se. Daria trabalho se alguém segurasse o guarda-chuva. Se não usassem o guarda-chuva, pegariam chuva (isso não significa que nós nunca apanhávamos com guarda-chuva).

Além disso, eu, particularmente, adoro o barulho da chuva. O som da chuva, nem alto nem baixo. Um som repetitivo e regular. Eu gostava daquelas vozes baixinhas.

Sem grande transtorno passou-se o mês de abril, e eu e Jeon estávamos bem inspirados pela chuva já no primeiro dia de maio. Logo teríamos a Copa do Mundo; consequentemente, estaríamos fora do alvo. "Estamos passando o último ano da escola primária sem aborrecimentos!", assim achávamos.

Nós considerávamos tudo isso um sinal de sorte. Mas foi uma facada nas costas, bem infeliz, desgraçada e terrível.

O azar sempre surge de surpresa.

Nesse dia, a chuva da primavera não estava a nosso favor.

Lado A

06. A vida nas vitrines de vidro
Жизнь в стеклах

Originalmente, o sonho de Viktor Tsoi era ser pintor.
Evidentemente, ele tinha talento para pintura.
Se Viktor não tivesse encontrado Maxim Pashkov no colégio de artes plásticas, ele poderia ser reconhecido como pintor, em vez de roqueiro.
Naquele dia, se não tivesse escutado a música que Maxim apresentou, Viktor poderia ter-se tornado escultor ou pintor, representando a arte moderna russa, ou um foguista anônimo que vivesse numa era turbulenta.
Era verdade que o sonho das artes plásticas se tornara menor diante da música, porém não havia sumido completamente. Toda vez que lançava um novo álbum, o design da capa passava pela mão dele. Quando sentia angústia com a música, sentia conforto com a pintura.
Na infância, Viktor Tsoi mudou de endereço de acordo com o trabalho da mãe. Cada vez que a mãe, professora de educação física, trocava de escola, ele também trocava.
Quando Viktor passou para o quarto ano do colégio, a mãe foi mandada para um colégio de artes plásticas e, como sempre, sem grandes preocupações, Viktor mudaria de escola. Até então, as artes plásticas eram somente uma das matérias que ele precisava estudar, e o colégio, uma missão que ele deveria apenas concluir. Foi assim, pelo menos, até que ele visitou a Galeria Tretyakov em Moscou.
Em São Petersburgo, onde morou, havia muitos museus, mas ele nunca se sentia emocionado. Tinha desinteresse pelo que é comum.
Mas eram bem diferentes as pinturas expostas em Moscou.

A pintura que ele viu no museu em Moscou foi um ícone, a Santíssima Trindade, de Andrey Lyublov. Ícones são muito comuns na Rússia. Mas esse ícone de Lyublov era diferente. Ele era delicado, sutil e diferente dos outros. Três anjos estavam sentados em volta da mesa. As imagens dos anjos silenciosos de cabeças inclinadas, com atenção às palavras dos outros, trouxeram uma sensação de paz, igualdade e tranquilidade para Viktor.

Embora fosse um quadro bidimensional, parecia ter três dimensões. Viktor ficou emocionado com o mistério e a harmonia que o ícone passava. Os anjos pareciam falar algo dentro do quadro. Ele queria escutar suas palavras mas não conseguia. Viktor sentiu vontade de expressar esse algo que os anjos queriam dizer.

Viktor estava diferente quando retornou a São Petersburgo.

Inspirado pelo ícone de Lyublov, foi ficando seriamente obcecado em pintar na Academia de Artes. Ele se sentia próximo de pinturas e esculturas, como um amigo.

Em pouco tempo, ele se afastou das artes. Não foi por causa da perda de interesse. Ele não abandonou as artes. Nem tampouco ficou enjoado de arte. Um novo amigo, Maxim, ocupava o espaço entre as artes e Viktor. Ele se tornou um amigo de verdade para Viktor. Logo no início, quando ele se mudou de escola, como não havia amigos com quem conviver, Viktor se concentrara em pintar. Aumentando cada vez mais essa amizade, ele se afastava das artes.

Maxim foi o melhor amigo de Viktor. Com a companhia de Maxim, Viktor começou a se desinteressar das atividades escolares. Ele começou a se dedicar mais ao convívio com os amigos do que à vida acadêmica.

O amor pela pintura continuou, mas ele considerava desnecessário fazer arte dentro da escola. A arte de verdade poderia ser realizada fora da escola.

E então se lembrou da energia que sentiu diante do ícone. Ele refletia sobre as palavras dos anjos. Acreditou vagamente que essa energia poderia sempre proteger seu espírito artístico. Acreditou que um dia ele poderia expressar aquelas palavras dos anjos. Viktor aguardava assim o dia em que poderia escutar as palavras dos anjos do ícone. Estava esperando aquele eco chegar até ele.

Viktor estava convicto de que a arte de verdade acompanha a liberdade. Por isso, pensava que teria de procurar o que ele não havia aprendido com os professores e deveria conhecer por si próprio. Ele considerava que os professores são seres que não sabem nem arte nem liberdade. Em busca de uma liberdade de verdade, acreditava que precisava sair da escola. Ele achava que a escola era o símbolo da repressão e o antônimo da liberdade. De fato, começou a faltar às aulas, perambulando com Maxim e outros amigos. Para Viktor, foi um caminho em busca da liberdade, mas para os outros foi vagabundagem de um adolescente precoce.

Na época, Viktor sofria de uma insatisfação inexplicável. Embora sentisse que poderia realizar tudo, não havia ainda feito nada. Não se podia dizer que a vida dele fora condenável, mas estava fora de um padrão exemplar. Aparentemente, nada o prendia. Ia para escola quando quisesse e não dava sequer um piscar de olhos para as outras matérias, salvo arte e literatura, às quais se dedicava. Numa perspectiva objetiva, foi um menino problemático.

Ele parecia livre mas não o era de fato. Pelo menos, ele se sentia dessa forma. Eu não estou livre.

Ele parecia gozar da liberdade do mundo, porém se deparava, frequentemente, consigo mesmo, que nada fazia. Parecia viver num mundo de grande liberdade, mas tinha o sentimento de ser prisioneiro.

Na época, Maxim, o amigo de Viktor, estava fascinado pela música.

Essas duas pessoas possuíam sensibilidades artísticas; entretanto, havia uma diferença sutil: Viktor tinha talento para a pintura e Maxim, para a música. Maxim queria apresentar um mundo novo para Viktor.

O mundo da música.

De fato, para Viktor, a música parecia uma língua estrangeira.

Uma língua estrangeira que ele não conseguia entender. Maxim queria que Viktor fosse seu aliado. Queria relacionar-se com ele, de verdade. Acreditou que a música poderia ser uma ponte de comunicação entre eles. E Maxim quis mostrar ao amigo a música que amava e contemplava. De fato, sempre que tinha oportunidade, ele falava da música que ouvia, porém Viktor não mostrava o menor interesse. Quando Maxim se empolgava ao falar da música impressionante do exterior, Viktor reagia sempre assim: "deve ser dos Beatles". Ao mesmo tempo, quando

Viktor se empolgava ao falar de ícones ou dos pintores impressionistas, o outro tocava músicas em vez de responder. Quando Maxim tocava guitarra acústica, ficava difícil acreditar que ele fosse um menino de 12 anos. Para os ouvidos de Viktor, a música do amigo era deliciosa demais, mas nunca imaginou que a música viria a ser uma parte da sua vida. Se a música fosse linda, ele a considerava como uma flor do campo, mais valiosa fora do que dentro de casa. Era algo lindo, mas nada tinha a ver com ele.

Para Viktor, a música se limitava às canções populares russas da época. Maxim estava escutando as canções estrangeiras de difícil acesso aos russos, especialmente música inglesa. Mas aquilo não dizia nada a Viktor. Ele não tinha interesse por isso.

Um dia de maio, quando caiu uma chuva de primavera, Maxim levou Viktor, com determinação, para algum lugar. Viktor imaginou que iriam faltar às aulas e fumar uns cigarros baratos na casa de alguém

Não ocorreu, porém, o que esperava. Foi levado para a casa de Maxim. Um apartamento pequeno. Embora houvesse grande amizade entre Maxim e Viktor, foi a primeira vez que Maxim trouxera o amigo à sua casa. Não havia ninguém do grupo junto. Com certeza os pais não estavam. Na casa de Maxim havia apenas os dois, Viktor e Maxim. Embora o apartamento fosse pequeno, pareceu bem maior.

Maxim fez Viktor sentar-se no sofá. Dava para ver pelas janelas da varanda a chuva cair. A paisagem molhada pela chuva transformava-se a cada segundo. Maxim pretendia mostrar-lhe a música. A chuva de primavera batia nas janelas com regularidade. Isso já parecia uma música. Viktor, sem querer, estava acompanhando os ritmos da chuva. Ele sabia que Maxim estava absorvido pelas músicas barulhentas de hard rock. Por isso, se preparou para escutar uma música muito barulhenta. Para agradar o amigo, Viktor decidiu que ouviria as músicas barulhentas sem reclamar. Ao mesmo tempo, seria também um gesto para demonstrar amizade.

Não foi difícil para Viktor. Não foi diferente do que fumar um cigarro que não queria. Foi algo parecido com tomar um gole de vodka de uma só vez, embora não tivesse vontade de beber.

Uma gentileza ao amigo querido. Um outro nome para amizade.

Ele considerou como uma cortesia com quem criava música, além de respeito a um artista.

Maxim trouxe do quarto um aparelho imenso de fita cassete. O aparelho era de cor cinza e grande como uma geladeira. O objeto em si parecia uma obra da arte. Viktor sentiu-se familiarizado com esse aparelho. Viktor teve uma sensação esquisita, como se tivesse escutado repetidamente, com esse aparelho gigante, algumas músicas que ele desejara.

Antes de pressionar o botão para tocar, Maxim deu um sorriso, olhando para ele. Viktor respondeu com outro sorriso, mas ficou visível que não era de verdade. Entretanto, ninguém estava interessado nisso, nem Viktor, nem Maxim. Amizade significava aceitar até o desinteresse.

Quando pressionou o botão, a fita pôs-se a girar bem lentamente.

Escutou-se uma melodia de violão.

Não parecia que vinha da máquina.

Era como se alguém estivesse tocando um concerto diante de Viktor e de Maxim. Às vezes, a música parecia entrar na sala através da janela.

Não se escutava nenhum outro instrumento. Havia somente uma melodia constante de violão.

Os olhos de Viktor se fecharam naturalmente. Ele se envolveu com a música. A música queimou Viktor. O coração de Viktor foi levado pela música.

Não foi hard rock. Não se sentia qualquer rigidez. Havia uma grande diferença entre aquilo e barulhos.

Enquanto corria a música, o ambiente ao redor havia se transformado em vácuo. Nada se movia. Apenas a música flutuava no espaço.

Tão logo terminou a música, Maxim bateu palmas. Mas Viktor não conseguiu acompanhá-lo. Tinha perdido a noção de espaço. Ele chegou a se sentir incomodado pelas palmas. Estava atrapalhando sua concentração. Viktor teve dificuldade de controlar tanto a mente quanto o corpo. Como se tivesse sido enfeitiçado. Era uma sensação de que algo havia escoado do seu corpo.

Viktor se levantou do sofá e aproximou-se do tocador. E pressionou o botão *replay*. Sentiu-se estranhamente familiar com o toque ao pressionar o botão. Rapidamente, a fita voltou para trás. O aparelho começou a se mover bem depressa, jorrando sons.

Maxim percebeu que o comportamento de Viktor não era habitual. A fita cassete cinza tocou novamente a música. Viktor retornou ao seu lugar. E fechou os olhos. Ainda caía chuva pela janela.

Viktor estava sorrindo. A música fez com que Viktor sorrisse. O seu sorriso não foi comum. Por isso, houve um brilho no momento. Ele estava observando algo enquanto sorria. Embora tivesse os olhos fechados, via tudo muito nitidamente. Sentia as salvas de palmas da multidão, ruídos, clamor, paixão, calor, inclusive algo que ia além de tudo. Ele estava de pé no palco. Muitas pessoas batiam palmas para ele. Ele certamente se transformou por uma única coisa, junto com a música. A música envolveu Viktor. Ele foi abraçado pela música. Sentiu-se confortável.

Maxim separou Viktor da música.

— É Black Sabbath, de Ozzy Osbourne.

Viktor não conseguiu ouvir as palavras de Maxim.

— É "Orchid".

Também não deu para escutar.

— Significa orquídea.

Viktor não sabia inglês mas se lembrava de uma flor de cor lilás. De fato, conseguiu visualizar orquídeas. Ele viu os espectadores jogando flores lilás para o palco. Ele não conhecia Osbourne, Black Sabbath ou a música, mas se sentiu familiar com os nomes. Principalmente, sentiu-se muito familiar com a música.

Viktor abriu seus olhos e Maxim percebeu certa esperança neles. Ainda nos olhos de Viktor estavam chovendo pétalas lilás claras. Ainda estava chovendo pela janela. Ouviam-se ritmicamente os sons da chuva batendo na janela.

Maxim perguntou cuidadosamente:

— Que tal fazer música comigo?

Embora Maxim tivesse feito só uma vez a pergunta, aos ouvidos de Viktor ela se repetia infinitamente. Nesse exato momento, Viktor percebeu que estava vivendo entre paredes de vidro. Como enxergava através do vidro, ele se sentia livre, mas não estava na realidade. Ele acreditava dominar o mundo que via, só que não era assim. Parecia possuir o mundo ao alcance das mãos. Na realidade, nem podia tocá-lo. Apesar de parecer livre entre as paredes de vidro, estava apenas cercado por elas. Não havia liberdade verdadeira numa vida entre paredes de vidro.

Sentiu que a pergunta de Maxim, misturada a melodias de guitarra, se transformara em outra música. Maxim perguntou com voz mais alta:

— Viktor! Vamos fazer música?

Viktor, de repente, se viu concordando com a cabeça. Não vinha da lógica. Maxim queria rir mas, estranhamente, não conseguiu dar risadas. Ainda a música: "Orchid", do Black Sabbath, estava passando em torno deles. A música continuava envolvendo, prendendo os dois.

A música que escutara há pouco podia ser uma mensagem dos anjos, pensou Viktor. Talvez fosse palavras dos anjos, tais como as que encontrou em Moscou, imaginou ele.

Faixa oculta 04

Canção desafinada sem ritmo

Vitório gostava de artes plásticas.

Na escola primária, Vitório comprou papeizinhos coloridos para fazer origami. Dizia que queria fabricar cegonhas. Ele não conseguiu aprender, embora eu tenha explicado diversas vezes. Ele dobrava inúmeras vezes os papeizinhos prateados. Mas não deu para se tornarem cegonhas. Ainda assim, ele não demonstrava frustração.

De vez em quando, ele criava algo com papel alumínio. Ele fazia animais como, por exemplo, girafas ou emas, e criava muitas vezes utensílios de cozinha como colheres, pauzinhos e vasilhas. Criar artesanato com papel alumínio era uma brincadeira de que ele gostava desde a infância. Entretanto, Vitório não brincava com aquilo que criava. Apenas criava e pronto.

Isso era uma diferença que Vitório tinha em relação às outras crianças. Tudo o que ele fazia era criar coisas e colocá-las arrumadinhas no seu quarto. Na maioria das vezes, ele montava algo incompreensível, mas outras vezes, muito raramente, criava algo bem elaborado que nos surpreendia.

Um dia, Vitório começou a escutar música. Ele vivia grudado a um rádio velho. Vitório perguntou sobre como poderia escutar música em casa. Enquanto eu ainda tentava responder, ele deu uma olhada nos cantos todos da casa e disse que queria ouvir música num rádio grande de cor cinza. Apesar de não confiar em que um rádio tão velho pudesse mesmo funcionar, para minha surpresa o rádio captou bem as frequências. Ninguém sabia exatamente desde quando o rádio estava ali em casa. Ouvi falar que um amigo do meu pai lhe deu o rádio de presente quando voltou da viagem a um país nórdico, porém ninguém confirmou a veracidade da história. Até meu pai mesmo não conseguia se lembrar. O rádio tinha função de tocador de fita cassete e até fazia gravações. O aparelho era bem grande, mas muito útil.

Vitório às vezes mendigava para gravar as canções de que gostava. Como sempre, com seu jeitinho, uma vez gravada a canção, ele a escutava inúmeras vezes. Escutava mais e mais, repetidamente. Como frequentemente ouvia dizer que escutar música fazia muito bem para o controle das emoções, considerei um alívio. Vitório, que apenas ouvia música durante meses, começou a cantar aos poucos. Ele despertou para o canto ao melhorar a fala.

Foram as canções da banda Brown Eyes. Ele tinha decorado as letras perfeitamente de tanto que as escutava. Francamente falando, ele não cantava bem. Achei graça ao ver meu filho cantando, porém jamais diria que ele cantava bem. Ele decorava as letras, mas não acompanhava o ritmo. Nem estava afinado. A canção "Já Um Ano", cantada por Vitório, chegou para a gente sem qualquer preocupação com ritmo, melodia e tempo.

Mas o rosto de Vitório estava alegre. Fazia um bom tempo que eu não via seu sorriso. Na época, quando Vitório costumava cantar músicas do Brown Eyes, nós precisávamos tomar uma decisão: colocá-lo numa escola de ensino médio normal ou procurar alternativa. Tanto para Vitório quanto para mim e minha esposa, não deixava de ser um assunto muito importante.

Na época, as canções que Vitório cantava foram ruins de um ponto de vista objetivo, mas, ao menos para a gente, parecia algo significativo e verdadeiro. Elas até provocavam um pouco de tristeza. Às vezes, eu acabava chorando ao ouvir as canções de Vitório. É verdade que as músicas podem nos emocionar independentemente do talento do cantor.

Lado A

07. Canção sem letras
песня без слов

Eu queria escutar mais músicas. Ficava cada vez mais tomado pela vontade de escutá-las. E não queria apanhar. Preferia morrer a apanhar. Espíritos de porco não gostavam que os nerds cantassem ou se atrevessem a cantar na frente deles. Seria uma ousadia dos nerds!

Contudo, quanto mais me sentia reprimido, mais a vontade de escutar música aumentava. Ouvia música às escondidas em casa, e agora tinha vontade de escutar também fora de casa. Fiquei com vontade de escutar mais vezes em casa.

O problema maior era que eu queria cantar. Eu queria cantar aqui, ali, em todo lugar. Na frente da mãe e do pai.

Papai e mamãe diziam que eu cantava bem. Até mostravam um sorriso bem orgulhoso.

Por isso, procurei uma saída.

Que tal buscar uma canção sem letras? Uma música que os espíritos de porco não poderiam entender porque não teria letra. Será que existiria um jeito de cantar sem apanhar? Não deve ter jeito, não? Ou eu poderia cantar uma música que os espíritos de porco nunca teriam ouvido. Será que não poderia?

Como, por exemplo, músicas do Suriname ou da Eslovênia? Será que vai dar problema cantar músicas desses países? Vai dar problema. Com certeza, vai.

Fiquei pensando assim.

O incidente ocorreu no dia em que nós estávamos distraídos (desatento é sempre um problema. Ou o incidente é que é sempre o problema? Ou eu que sou o problema?).

O primeiro dia de maio.

Choveu ininterruptamente e os espíritos de porco (seria melhor dizer os candidatos a espíritos de porco, porque até o momento não havia sido revelado quem seria o espírito de porco da nossa turma), nerds e *cinzas* (aqueles que estão entre nerds e espíritos de porco) estavam sentados, mais ou menos tranquilamente. Nós estávamos fingindo que éramos *cinzas*, embora fôssemos nerds. Por causa do barulho da chuva, o ambiente da turma estava bem calmo e parecia que estávamos mergulhados num mundo de sonhos. Todos pareciam hipnotizados.

As gotas da chuva estavam batendo nas janelas da sala com ruídos e ritmos tranquilos.

Tok tok tok.

Tok.

Tok tok tok.

Tok.

Tok.

O professor da turma e os alunos estavam relaxados, como se estivessem sem parafusos. Havia colegas com saliva boca. O professor não reagia ao assistir àquilo. Até da boca do professor parecia cair saliva. Por causa do seu jeito esquisito de falar, quando abria a boca, grande como uma cumbuca.

Talvez eu e Jeon também, diferentemente dos outros dias, estivéssemos sem parafusos na cabeça (pois, em geral, nerds precisam estar atentos às aulas. Para nós, nerds, todos os dias devemos estar atentos como se fossem dias especiais, com visitas do inspetor escolar ou com visitas públicas etc.). Estávamos desatentos, mesmo sabendo que seria fatal ficarmos assim (naquele momento, talvez houvéssemos nos considerado não-nerds. Que idiotice!).

A chuva não queria parar. Parecia ficar mais pesada. Seria bom que houvesse uma rajada de tufão, pensei eu.

Assim, terminando o almoço bem, na aula seguinte eu estava curtindo um pouco de tranquilidade na escola.

Geralmente, o horário depois do almoço é o momento preferido dos nerds. Depois do almoço, qualquer um fica preguiçoso. Até mesmo os espíritos de porco e os candidatos a espírito de porco. Particularmente eles, que têm uma atividade intensa à noite, sempre sentem falta de sono à tarde e não conseguem mostrar força, como se fossem pintinhos doentes. Era comum vê-los totalmente relaxados. Nesses momentos, parecia possível desafiá-los (claro, se desafiássemos de verdade, iríamos apanhar com certeza, e nos tornar asfalto mesmo).

De fato, na primavera, depois do almoço, em dia de chuva, ninguém é poupado da preguiça e do sono.

O professor murmurou alguma coisa, esfregando os olhos sonolentos. Eu nem sabia que matéria estava estudando. Como não me lembro bem da matéria, provavelmente seria matemática. Apenas escutava sussurros do professor. Numa dessas tardes, ele costumava nos levar ao pátio do colégio para fazer exercícios físicos, mas nesse dia ele não pôde, por causa da chuva.

Numa aula entediante, Jeon e eu conversávamos através de códigos. Mas até isso se tornou chato e ficamos sentados no modo "paradão".

De repente, sem que eu tivesse percebido, comecei a cantar no ritmo do barulho da chuva. Seriam músicas originadas no inconsciente? Até mesmo o som da chuva parecia acompanhar o ritmo. O ritmo tinha tempo médio. Ninguém deu bola para mim (na verdade, eu acreditava nisso como um idiota).

Pelas janelas, viam-se as imagens de um musical. Uma atriz dramática está triste com a morte do amado e não consegue dormir. Essa heroína desolada toca guitarra e lamenta a morte do homem. As gotas de chuva escorrem pelas janelas e se transformam em cenários. Era maravilhoso. Assistindo ao musical, eu balançava a cabeça e gesticulava com os braços, Jeon me contou mais tarde (eu jamais saberia, se não fosse Jeon). Não me lembro de nada, embora Jeon tenha cutucado a minha cintura, dando sinal para que eu diminuísse o volume.

Obviamente foi uma canção do Brown Eyes. Eu imitava a banda, totalmente absorvido pela música. Estava num delírio, cantando a música da banda. *I believe in you. I believe in your mind.* Até meu inglês ficou melhor (de tanto que escutava a canção).

Em cima do palco, eu estava cantando junto com a banda. Uma fantasia incrível, como se estivesse substituindo alguém no palco. Entretanto, isso não era o mais importante. O importante eram a emoção e a sensação. Eu estava cheio de sentimentos e meus gestos tinham o estilo do *soul*. Eu até conseguia imitar o vocal. Eu fui invadido pela paixão e pela alegria. Fui tomado pela sensação de estar unido à música. As canções doces produzidas por mim estavam me envolvendo. Eu cantava de felicidade, abraçado ao peito caloroso da música.

Ohhhhuuuuu!

Não me esquecia de combinar os gestos com esse vocalismo. Ainda mais uma vez.

Ohh uuuuuuuuuuuuuu (com a coreografia das mãos).

As mãos dançavam como se pegassem uma onda do mar.

Ohh uuuuuuuuuuyyyyeeeeee.

— VI
— TÓ
— RIO

Ouvia gritos de fãs clamando meu nome.

Mas não era. Era o grito do professor, incendiado de raiva. Eu parei de cantar e baixei rapidamente os dois braços, que estavam voando por cima da cabeça.

Tarde demais! Puxa vida.

Tudo foi tarde demais!

Já era!

O professor chamou outra vez o meu nome, sílaba por sílaba, e prontamente os alunos começaram a apertar seus parafusos soltos. O professor, que até então murmurava, passou a pronunciar de maneira surpreendentemente precisa.

— Vem para a frente!

Lentamente, me aproximei dele. O professor soltou seu relógio e retirou seus óculos. Eu tremi. Ele me colocou diante de si e expirou longamente. Eu pude sentir o calor no meu rosto. Achava que ia apanhar muito, mas, para minha sorte, não apanhei. Será que ele compreendia meu tipo nerd? Ele disse uma única palavra (então, por que será que ele retirou o relógio e os óculos, se não ia bater em mim?).

— A nossa escola precisa abrir uma turma especial por causa de imbecis como você.

Será que ele estava preocupado com a escola? Ou estava preocupado só comigo?

E adicionou mais palavras (obviamente usava palavrões).

Só existia uma razão para eu ter levado bronca. Quem disse para você cantar tão alto?, pensei eu, por dentro.

Aha...... eu deveria ter cantado mais baixinho. Deveria?

Eu me senti um pouco injustiçado.

A chuva havia parado quando retornei ao meu lugar depois de levar bronca. Embora o professor não tivesse executado qualquer violência, o clima da turma estava terrivelmente frio. O olhar do professor era forte e os alunos ficaram tensos, como se estivéssemos no início do ano. Havia raios de sol nas janelas em lugar da chuva. Chequei ao meu redor; até Jeon estava fitando o quadro negro atenciosamente, como os outros alunos. Eu pude gravar no meu ouvido os barulhos produzidos quando os candidatos a espíritos de porco estalavam a língua.

Minha nossa! Uma situação extremamente complicada.

Logo depois das aulas, como já previa, eu estava ferrado. Os espíritos de porco são bem diferentes do professor. Não iam deixar de bater em mim! Nem estariam preocupados com a escola.

Naturalmente (como já previa) fui levado pelos espíritos de porco. Aqueles candidatos a espíritos de porco me empurraram para o local onde eu havia apanhado. Ali nos esperavam sujeitos que batiam em mim e em Jeon desde o quarto e o quinto anos do colégio. Pareciam ter prazer em se encontrar comigo. Eram aqueles caras de sorrisos brilhantes, puros e ingênuos.

Durante dois anos eu e Jeon estávamos sempre juntos, mas nesse dia Jeon tinha ido embora para casa. Apanhar sozinho significa levar tudo em dobro. Aquele terror seria em dobro. Fiquei sabendo então que esses candidatos da minha turma já faziam parte do grupo daqueles espíritos de porco. De fato, os candidatos também eram espíritos de porco. Realmente, em todo lugar havia espíritos de porco (talvez por isso haja tanta igreja no meu país! Foi por isso que não pude escutar as vozes dos anjos!).

O espírito de porco número 1 perguntou:

— Seu canalha! Tu sabes cantar tão bem assim? Canalha!

Eu dizia "não" com a cabeça, em vez de responder. Um tabefe veio voando na minha cara. Plaft! O número 2 perguntou:
— Crápula! Tu és cantor? Sabes cantar bem Brown Eyes? Filhote da *pusta*!
Eu continuei calado como se fosse um *resistente político* da época da invasão japonesa. Como fazia algum tempo que não apanhava, eu mal podia abrir a boca de tanto medo. O número 2 tinha uma entonação espetacular ao dizer *crápula*, mas seu sotaque ao pronunciar *Brown Eyes* era cafona. Foi nojento. Mais uma vez veio o som de plaft!. E o número 3 disse:
— Crápula! Vou mostrar o que é música para esse imbecil!
Os espíritos de porco começaram a bater em mim. Bateram, dizendo que me mostrariam música.
Mas logo descobri o sentido mais profundo deles. Nesse dia, eles me deram uma surra ritmada. Ah! Que cuidado eles tiveram comigo! Misericórdia. Eles falaram muito, mas eu pude compreendê-los. Palavras como "crápula" e "imbecil" giravam na minha cabeça. Que consideração demonstraram com quem gosta de música! Durante a surra, fui percebendo que me batiam ritmicamente. Por um lado, me senti agradecido; por outro, achei absurdo. Tive inveja do ritmo bem marcado que eu raramente conseguia acompanhar quando cantava. Eles marcavam perfeitamente o ritmo, enquanto eu não tinha jeito. Ta! Ta ta ta....Tararara!
Quando começou a sair sangue da minha boca, depois de apanhar por um bom tempo, o número 4 perguntou.
— Crápula! Tu queres tanto cantar? Filho da puta!
Que sotaque suave maravilhoso quando fala a palavra *crápula*. Foi muito musical. Quando pronunciou *puta*, fiquei impressionado pela perfeição. Parecia que a palavra chegava ao meu ouvido como um ímã.
O número 3 deu um soco na minha barriga quando não consegui responder algo por estar dentro do meu pensamento (o que eu ia dizer, de susto, retornou à minha boca). De repente, parei de respirar e acabei balançando a cabeça. Parecia que ia vomitar. Tão logo dobrei o corpo, o número 1 me deu outro soco com o cotovelo. Doeu muito. O cotovelo dele era pontudo demais. O mundo pareceu azul.

Dentro de mim algo estava fervendo. Tive vontade de jogar tijolos nas cabeças dos espíritos de porco. Mas as palavras do meu pai surgiram na minha mente:

— Por favor, poderia aguentar? Será que não daria para aguentar? Por favor, poderia aguentar?

Doeu mesmo. Foi difícil aguentar. Hoje foi demais. Fiquei tonto. Não, hoje também está demais (no entanto, eu não poderia vencê-los. Se reagisse, iria apanhar ainda mais).

Eu percebi de súbito que estava balançando a cabeça. Não foi a minha vontade ou a lógica. Eles deram risadas, com expressão de perplexidade.

Nesse momento, o número 2 fez uma proposta:

— Imbecil! Não cante música coreana! Um canalha como você não deve cantar a nossa música porque vai dar azar. Não cante música da República da Coreia sem ter cuidado! Assim nós vamos ser engolidos pelo Japão! Vá cantar músicas de um lugar bem longe. Vá cantar músicas de comunistas! Se você cantar músicas coreanas, a seleção da Coreia não vai ser classificada para as oitavas de final na Copa do Mundo. Imbecil! Sacou?

O que significa isso?

Se eu cantar, o Japão vai engolir a Coreia? O que é que vai engolir?

Disseram para eu cantar música de comunistas? Disseram que eu sou comunista? Então meu pai seria comunista? Eu não sei música de comunista. A Coreia não vai ser classificada para as oitavas de final por minha causa? Não pode acontecer isso, pois meu pai e minha mãe e até a minha Salvadora ficariam decepcionados. Que pecado eu cometi? Num instante, eu estava imaginando que os japoneses, transformados em comunistas, cantassem. Que o meu pai todo vermelho estivesse escrevendo. Eu pude até ver o técnico da seleção coreana, Hiddink, chorando por não ter conseguido chegar às oitavas de final. Eu vestia uniforme militar, e cantava músicas do Brown Eyes. Ao meu lado, o técnico Hiddink estava reclamando. Assim não pode ser. Não dá.

Minha cabeça começou a girar. As muitas palavras que os espíritos de porco disseram me atormentavam. Meus olhos arderam, meus ouvidos zoaram e minha boca secou. Queria beber água. Água. Tive medo e ao mesmo tempo achei engraçado.

| 83

O número 2 falou em tom patriótico:

— Imbecil! Se um crápula como você canta música coreana, a seleção não vai se classificar! Compreendeu?

Eu compreendi. Por isso, se for assim mesmo, não vou cantar, pensei eu.

Eu não devo cantar música coreana. Não devo cantar. Não devo. Se eu cantar, a seleção coreana não vai conseguir passar para as oitavas de final. A seleção não vai para as oitavas de final (sei o quanto a minha Salvadora gosta de futebol).

— Cante músicas de países como a Rússia! Sacou? Crápula! Sabe onde fica a Rússia? Imbecil! Tu! Traga música russa para a gente verificar! Sacou? Se não cantar em russo, vou te matar. *Imbecisk*! Filho da *putaski*! Entendeu? Se não, vou rasgar suas orelhas.

Ele pronunciou mais uma vez, devagar, como se tivesse achado que eu não compreendia.

— Cante música russa! Se cantar música coreana, vou te matar. Música russa! Música russa! Entendeu? Em russo! Em russo! Em russo!

Por que tem que ser música da Rússia? Fiquei em dúvida. O número 2 bateu forte no meu ouvido quando eu estava prestes a perguntar. Doeu demais a minha orelha. Cheguei a ficar enjoado. Lembrei-me da orelha linda da Salvadora no momento em que sentia dor no ouvido. Ao pensar na orelha linda, por um instante, parecia estar aliviado do sofrimento.

Apenas pensava em cantar música russa. Então, lembrei-me do russo que o espírito de porco número 2 tentava imitar: *Imbecisk*! Filhos da *putaski*! Nesse exato momento, o outro espírito de porco deu mais uma pancada na minha orelha. Não foi no lado oposto. Foi no mesmo lado em que eu já havia apanhado. Minha orelha ficou totalmente dormente. Doeu como se ela tivesse sido rasgada. Doeu demais. Nem pude pensar na minha Salvadora, de tanto que doía.

A minha orelha vai acabar sendo rasgada antes de saber o que é música russa. Eles falaram palavrões sem parar e eu não pude compreender. Fiquei preocupado que isso me impedisse de ouvir música. Eles começaram a marcar ritmos.

Puk puk puk! Pruru! Puk puk!

Eu desmaiei. Não sei se foi de propósito ou aconteceu mesmo. Talvez eu tenha apanhado o dobro do que era habitual, além de fazer muito tempo que eu não apanhava.

Já era noite quando acordei e estiquei meu corpo bem enrolado. Havia apanhado tanto que meu corpo nem conseguia estirar. Fazia um tempão que eu não apanhava. Quando abri os olhos, vi o céu. Minha orelha ainda ardia. Não pude ver as estrelas no céu escuro. Assim que acordei, pensei em ensaiar música russa.

Música russa, música russa.
Música russa.
Música russa.
Música russa.

Caminhando sozinho pela rua escura, eu estava curioso: os russos também cantariam boa música? O ar noturno estava ainda úmido. Eu nem conseguia imaginar um país como a Rússia. Será que os espíritos de porco sabiam disso? Será que ainda existiriam comunistas? Apenas sabia que a Rússia é um país muito longe da Coreia. Se calhar, ursos poderiam estar soltos por lá, pensei eu. Lembrei-me de uma cena da televisão em que mostraram os criminosos coreanos comprando armas de fogo graças aos russos. Um país onde se pode comprar armas de fogo. Deve ser muito arrepiante, assustador, hediondo. As canções de lá devem ser bem viris.

Embora tentasse fazer como se estivesse atirando com uma arma e berrasse alto "bang", ninguém me deu bola. Mais uma vez: "Ba bang"!

Corri a caminho de casa. O vento noturno da primavera estava fresco. Minhas orelhas ardiam, mas ainda deu para correr.

Seria ideal cantar uma música sem letras, porém eu mesmo acabei rindo por reconhecer que não haveria uma canção sem letras. Pois é, não há canção sem letras. Eu senti que meu rosto estava esmagado de novo como asfalto. Eu corria em cima do asfalto ainda molhado após a chuva, segurando meu rosto, amassado como asfalto. Queira encontrar Jeon.

Fiquei sentado na rua, em frente à minha casa, observando os carros. Precisamente falando, observei os pneus dos carros. Ao mirar os pneus a rodar, me senti um pouco relaxado. Os pneus giravam sem parar. Eu gostei de ver aquele movimento que não parava. Roda! Roda! Bing bing bing!

Então, agora eu poderia ouvir músicas. Eu poderia cantar.

Fosse música russa, fosse música surinamesa, fosse música eslovena, tudo era música. Música é uma língua universal! A Rússia também deve ter cantores como os da banda Brown Eyes. Claro! A Rússia pode ser um país desenvolvido em estilos como *R&B (rhythm and blues)*. Então, vou procurar *R&B* soviético.

Não foi nada mau pensar dessa maneira.

Automaticamente consegui cantar o vocal com estilo.
Ouuuuuuuuuuu.
UUUUUUUUUUUUUUU.
Oyeeeeeeeeee.

Eu
Jamais aceitei o que me disseram os espíritos de porco. Não foi por causa da ordem deles que eu havia tomado a decisão. Obviamente, tomei a decisão depois de ter encontrado os espíritos de porco, e a ordem deles também existiu, mas eu mesmo decidi. Eu me orgulho de ser o dono da decisão. Eu queria e precisava acreditar nisso.

Pois eu mesmo escolhi a música russa, e assim comecei a escutá-la.

Cantar a música russa também foi minha decisão. Alguém poderia dizer que não. Mas vamos considerar que foi sim!

Depois de apanhar à beça, cheguei a pensar: se cantar mais uma vez as músicas do Brown Eyes, talvez eu possa morrer de tanto apanhar. Se cantar música russa, talvez possa evitar esse sofrimento (ainda assim, como iria deixar a banda Brown Eyes? Aqueles olhos castanhos no meu coração).

Faixa oculta 05

Única pessoa incapaz de se entusiasmar na Copa

Quando Vitório estava no sexto ano do colégio, a Copa do Mundo ia se realizar no Japão e na Coreia. O país inteiro estava em euforia. Contudo, ele não conseguia ficar animado. Vitório odiava barulhos abruptos e altos.

Ele gostava de músicas, em geral suaves, e gostava de falar delicadamente. Nessa época, para minha felicidade, ele chegou a atingir um certo nível de comunicação. Nem sempre dava respostas, mas, na maioria das vezes, conseguia. Ele não gostava de matemática e não a entendia, mas pelo menos se esforçava para aprender. Embora o resultado final não fosse tão bom, em algumas matérias ele já evitara ocupar o último lugar da turma.

Alguns dias antes de começar a Copa do Mundo, Vitório disse de repente que queria ouvir música russa. Eu não sei por que ele se interessou por ela. Como ele sempre fazia perguntas sem nexo, não nos surpreendemos. De fato, nem pensamos tratar-se de algo especial. Vitório fazia repetidamente perguntas sobre palavras que ele escutava, ou que achava interessante, ou novas. Quando isso acontecia, considerávamos algo natural e bom, para Vitório e para nós mesmos. Vitório, de fato, é um menino especial, e nós sabíamos que não seria nada bom salientar o fato de ele ser especial. Ao mesmo tempo, se fôssemos responder a todas as perguntas dele, isso não teria fim. Vitório percebia o nosso padrão de reagir e parecia estar acostumado à nossa indiferença:

Vitório falava muitas vezes sobre música russa, nós não reagíamos. Apenas pensei que ele tinha aprendido sobre o país na sala de aula.

| 87

O mais preocupante foi a Copa do Mundo. Quando começasse a Copa, haveria muitos barulhos imprevistos, e sabíamos que isso teria um impacto sobre Vitório. Isso seria muito provável, pois nossa casa não fica longe da praça do portão de Gwanghamu. Minha esposa e eu decidimos tomar algumas providências.

Primeiro, pensamos que seria necessário passar a ideia de que o futebol não é uma coisa assustadora. Por isso, chegamos à conclusão de que seria bom deixá-lo assistir aos jogos. Claro, precisávamos de uma isca poderosa para Vitório, que era fanático por música. Algo que fosse tão atrativo quanto a música. Então, decidimos convidar a pessoa de quem ele mais gostava.

Ao mesmo tempo, era preciso responder à vontade que ele tinha de escutar música russa. Obviamente, decidimos que uma terceira pessoa, que não fosse nem eu nem minha mulher, seria ideal para cumprir esse papel. Precisávamos de alguém que pudesse chamar a atenção de Vitório de maneira mais fácil. Se nos empenhássemos na tarefa, provavelmente ele conseguiria melhorar.

Minha sobrinha Vitória foi escolhida para dar esse apoio.

Ela estudava língua russa na faculdade e gostava de futebol, além de ter muito interesse por música. Ao mesmo tempo, ela era bonita. Desde pequeno, Vitório gostava de Vitória. Por outro lado, Vitória gostava de brincar com Vitório e dava atenção a ele.

Sobretudo, Vitória era uma estudante que tinha interesse por assistência social. Vitória aceitou prontamente nosso pedido. Nós pedimos que ela visitasse a casa, sem compromisso, jantasse conosco e assistisse ao futebol.

Assim, preparamos a nossa Copa do Mundo.

Como o técnico Guss Hiddink preparou a Copa ao seu jeito.

Nós, pais de Vitório, preparamos a Copa do nosso jeito.

Lado A

08. História estranha
Странная сказка

Todos os alunos estavam descrentes das palavras de Olga. Todos tinham impressão de que era uma história estranha. O professor coreano que participou junto com os alunos russos exibia um olhar descrente. Ainda assim, Olga continuou a falar ininterruptamente. Os jurados também, com expressões sinceras, acompanhavam as falas de Olga com muito interesse.

Na verdade, durante três anos, vivi ao lado do túmulo de Viktor Tsoi. Realmente, vivi como uma mendiga. Não trocava de roupa nem lavava meu rosto, e até cheirava muito mal.

Quando ela disse "durante três anos", alguns soltaram exclamações; e outros alunos começaram a rir quando ela disse ter sido "mendiga". Quando disse que "cheirava mal", alguns fizeram gestos de tapar o nariz. Quando Olga abriu a boca outra vez, todos ficaram quietos. A voz de Olga tinha determinação e convencimento.

Sem faltar um só dia, eu escutava a música de Viktor.
Cantava muito, repetindo as músicas de Viktor.
O grande aparelho de fita cassete era meu amigo musical.
Eu ouvia e o imitava ao cantar, e cheguei a tocar guitarra.
Desse modo, todos os dias, eu fazia um pequeno concerto para mim mesma.
Assim se passaram três anos.
Passaram-se três anos com aquele vestido preto.
Eu não sei dizer por que me vestia de preto.

| 89

Um aluno russo na plateia comentou em russo: "A roupa branca deve ter-se tornado preta por não ter sido lavada há muito tempo". Explodiram risadas ao redor, mas Olga não reagiu, como se não tivesse compreendido. Somente balançava a cabeça com ar bem sério.

Um dia, de repente, eu quis partir.
Não havia uma razão especial.
Eu queria ir à procura de Viktor.
Por isso, saí do cemitério e fui perambular por ali e acolá.
Fui procurar os lugares onde havia vestígios de Viktor.
Durante quase três anos, fui viver na rua Arbat, em Moscou, onde havia uma parede para Viktor Tsoi.
Como já vivia em Moscou, não tive dificuldades.
Como se fosse meu trabalho, eu comparecia todos os dias.
Quando encontrava vestígios de Viktor, eu cantava a melodia com uma guitarra.

Ela não se esqueceu de tocar guitarra. Ela cantou as músicas de Viktor Tsoi, de olhos fechados. O título da música era "História estranha", e a própria Olga fez a tradução.

De novo um outro dia começa.
De novo a manhã bate na janela com raios intensos,
De novo toca o telefone. Pare, por favor.
De novo não se vê o sol no céu,
De novo começa a guerra para si mesmo,
De novo o sol que nasce
Apenas não passa de um sonho.

Um dos jurados bateu palmas. Excepcionalmente, antes de se anunciar o resultado, vieram mais palmas. Olga continuou a falar sem emoção, apesar dos aplausos. Na plateia, alguns pareciam surpreendidos. A plateia ficou silenciosa. Foi um silêncio de comoção.

Fui falar com várias pessoas, perambulando por aqui e ali.
Falávamos sobre Viktor Tsoi.
Falávamos sobre as canções de Viktor Tsoi.
Encontrei muitos turistas coreanos.
Os coreanos conheciam Viktor Tsoi.
Fui até o Cazaquistão, onde o avô dele vivia.
Encontrei os pais de Viktor Tsoi, sua mulher e seu filho Alexander.
Obviamente, encontrei a namorada de Viktor Tsoi.
Encontrei muitos dos amigos de Viktor Tsoi, com quem ele fazia música.
Aprendi bastante e senti muitas coisas.

Embora curtas, as frases de Olga, em coreano, foram concisas e definidas. Tinha um sotaque perceptível, com uma velocidade adequada para que os alunos, os professores e os jurados pudessem compreender fácil. Olga contou, de forma realista, alguns episódios com os conhecidos de Viktor Tsoi. Parecia que assistíamos a um monodrama. Ao contar uma história, ela sabia gesticular de modo adequado, além de controlar a entonação e a velocidade da fala.

Fui a diversos lugares e encontrei muitas pessoas.
Quanto mais visitava lugares e pessoas, mais certeza tinha de que Viktor Tsoi não havia morrido.
Todos falaram muito seriamente sobre Viktor Tsoi.
Como se ele estivesse vivo.

Quando ela disse "seriamente", num sotaque coreano marcante, um dos jurados chegou a rir um pouco. Não foi para apontar erro de pronúncia, mas sim para mostrar certo interesse por Olga, que sabia expressar tão bem uma palavra coreana. O discurso de Olga continuou.

Por isso, cheguei a pensar que Viktor poderia estar vivo em outra encarnação, em algum lugar.
Cheguei a acreditar que a voz dele estivesse viva em algum canto do mundo.
Pensei que pudesse achá-lo, e que isso seria muito bom.

Os alunos russos fizeram olhares incompreensíveis ao ouvir "poderia estar vivo em outra encarnação". O professor coreano prestava atenção às palavras de Olga, concordando com a cabeça. A expressão dos jurados foi extremamente séria. Olga continuou a contar sua vida, entrelaçada com a de Viktor Tsoi pelo destino.

Por isso cheguei a aprender coreano.
Ninguém me ensinou, mas me empenhei o máximo possível.
Ou, melhor dizendo, eu precisei fazer muito esforço.
De fato, Viktor Tsoi tinha muito interesse pela Coreia.
Ele achava que uma parte dele fosse coreana.
Ele achava que a raiz dele estava na Coreia.
De fato, ele disse que queria ir à Coreia.
Ele achava que o sangue coreano corria em seu corpo.

Os jurados ficaram impressionados com a expressão "o sangue coreano corria". Ao mesmo tempo, ficaram impressionados com a seriedade. Não foi uma frase qualquer que saíra da boca. Nem foi produzida na mente. Foram palavras convincentes, saídas do coração.

Todos sentiam o mesmo. Cada palavra de Olga era verdadeiramente expressada, sem ter sido memorizada. Olga falava lentamente, mas nunca de modo desajeitado. Às vezes usava expressões não adequadas gramaticalmente, contudo havia nela um poder estranho e forte que fazia a gente se concentrar.

Por isso, eu queria ir à Coreia, sem falta.
Talvez eu quisesse visitar a Coreia no lugar de Viktor Tsoi.
Quem sabe se existia na Coreia um Viktor Tsoi de outra encarnação?
Se existisse, eu queria encontrá-lo.
Eu acredito nisso.
Se existir, eu vou encontrá-lo.
Se não for agora, vou encontrá-lo em algum momento.

Olga ressaltou as palavras "Viktor Tsoi de outra encarnação". E deu ênfase à expressão "sem falta". Quando ela disse: "se não for agora", algumas pessoas na plateia se surpreenderam.

Parecia um pouco absurdo dizer que Viktor Tsoi tinha mudado a sua vida. Porém, quando Olga falava, com tanta seriedade e tanta calma, ganhava logo um ar de sinceridade. Essa sinceridade superava o absurdo. Não se sentia nem um pouquinho de falsidade em sua fala.

Embora afirmar que "Viktor Tsoi deve existir na Coreia" fosse um absurdo, a plateia ficou apaixonada por sua sinceridade. Sua maneira de falar, seus gestos e até mesmo seus olhares mostravam que Olga estava verdadeiramente exprimindo a história da sua vida. A música dela reforçou ainda mais sua sinceridade.

Acredita em destino?
Senhoras e senhores.
Se não acreditarem em destino, minhas palavras deverão parecer um absurdo.
Se vocês só acreditarem no que se pode ver, minhas palavras serão certamente bizarras.
Eu acredito.
Nós todos encontraremos Viktor Tsoi.
Nós todos ouviremos a música de Viktor Tsoi.
Eu realmente queria que fosse assim.
Espere um pouco. Viktor Tsoi vai aparecer como uma fantasia.
Espere um pouco.
Agradeço muito por escutarem, até o fim, a minha história esquisita.

Terminou assim a fala de Olga. Bateram palmas. No início, só algumas pessoas bateram palmas. O barulho das palmas cresceu aos poucos. Como acontece no fim de um concerto emocionante, os espectadores pareciam estar sintonizados com algo. Os jurados demonstravam satisfação. Olga fez grande reverência, no estilo coreano, aos jurados e à plateia. Mais uma vez explodiram palmas. Viam-se alguns aplaudindo de pé. Outros cantarolaram músicas de Viktor Tsoi.

Alguns diziam:

— Como você passou tanto tempo homenageando uma pessoa cujo rosto nem viu, de verdade?

Outros perguntavam:

— Qual foi a razão para se dedicar tanto ao que não dava nem dinheiro, nem comida, nem amor?

Olga não soube responder: como passara tanto tempo ou qual fora a razão. Se soubesse a razão, ela teria deixado de fazer isso há muito tempo.

Por que Olga ficou durante três anos ao lado de Viktor? Por que ela deixou as mensagens e por que plantou um pepino de alumínio naquele lugar? Por que ainda saiu à procura de vestígios de Viktor Tsoi? E por que ela queria ir à Coreia? Por que ela teria tocado músicas de Viktor Tsoi por tanto tempo, e por que ela desejava tanto encontrar-se com ele?

Olga retornou ao seu lugar e escutou os discursos das outras pessoas. Alguns falavam bem e outros eram fracos. A metade dos participantes falava sobre a Copa do Mundo, e o resto falava da cultura tradicional da Coreia. Eram temas conhecidos, não muito especiais para os coreanos. Os coreanos pareciam ter simpatia por isso. Para Olga, cada elemento dos discursos lhe era conhecido: a Copa do Mundo, a fluência ou a dificuldade do idioma, até mesmo quando se tratava de algo muito característico da Coreia.

Terminados os discursos de todos os participantes, chegara a hora da avaliação. O mestre de cerimônias anunciou que o primeiro lugar ganharia uma viagem à Coreia por uma semana. Todos bateram palmas. O premiado ainda iria receber um ingresso para assistir a um jogo da Copa em Pusan, acrescentou ele. Explodiram gritos. Ouviram-se gritos muito altos, como de *hooligans*. Olga cantarolou bem baixinho no meio daqueles gritos.

Olga estava esperando. Ela tinha certeza de que iria à Coreia no lugar de Viktor Tsoi. Lá, esperava encontrar-se com o Viktor Tsoi de outra encarnação. Sua esperança era escutar a voz de Viktor Tsoi.

Pelo menos, ela tinha a expectativa de encontrar a banda Yun Dohyun que cantava "Tipo sanguíneo" na tradução do russo para o coreano. Ela desejou que pudesse encontrar pessoas que se interessassem pela música de Viktor Tsoi.

Lado A

09. Um espaço para dar um passo adiante
место для шага вперед

As pessoas, diferentemente do que a gente pensa, não gostam de música. Salvo poucas, as pessoas em geral não têm interesse nenhum pela música (embora algumas finjam ter interesse).

Obviamente, acontece a mesma coisa com relação à Rússia (ainda hoje há pessoas que acreditam ser a Rússia um país comunista. E essas pessoas insistem que suas ideias estão corretas. Por exemplo, meu avô não conhecia a Rússia e chamava o país de URSS, e a minha avó o chamava de Rússia Imperial).

Como a realidade era assim, havia poucas possibilidades de encontrar alguém que entendesse a Rússia e sua música.

Embora tivesse perguntado ao meu pai e à minha mãe, nenhum dos dois sabia da Rússia (na verdade, eu nem esperava. Minha mãe e meu pai não tinham conhecimento de que eu sofria *bullying* e até elogiavam o meu desempenho escolar). Meu pai zombou, sem desviar sua atenção da televisão, perguntando por que eu queria ouvir um cantor russo quando havia tantos cantores coreanos. Minha mãe disse que eu deveria escutar cantores americanos e aproveitar para estudar inglês, enquanto devorava biscoitos. Abocanhando-os sem vergonha, ela sugeriu que eu consultasse meu terapeuta de fonoaudiologia. Eu pensei em perguntar a Jeon, mas desisti da ideia porque talvez ele nem mesmo soubesse onde ficava a Rússia. A minha Salvadora talvez pudesse conhecer música russa, pensei eu. Na verdade, se fosse a minha Salvadora, ela nem precisaria saber disso (ao menos, tinha certeza de que ela iria escutar-me com suas lindas orelhas).

Era verdade.

| 95

Havia muitos cantores coreanos. Havia irmãos, a banda Brown Eyes e a cantora Jang Na-ra, incluindo várias bandas de meninos e meninas. Claro, cantores americanos também seriam interessantes. Ao aprender a cantar músicas americanas eu acabaria aprendendo inglês, porém queria procurar música russa (ou melhor, precisava achá-la).

Eu queria cantar música russa com grande estilo. Eu queria impressionar, com a música, os espíritos de porco que me tratavam como asfalto a ser pisado.

Eu queria oferecer um presente musical fantástico. Para que nunca mais comentassem sobre o que eu cantava. Na realidade, eu não queria mais apanhar até perder a consciência apenas porque havia cantado. Nada disso seria fácil.

O mundo inteiro falava da Copa do Mundo. As conversas dos meninos giravam em torno de futebol. Eu sou Hwang Sun-hong (atacante) e você é Yoo Sang-cheol (defensor). Passe a bola para cá! Mande a bola para cá! É o chute do Kim Nam-il (volante). O meu pé direito é melhor do que o de Lee Yul-yong (goleiro). Tenho o carisma do defensor, Hong Myong-bo etc.

Às vezes, os gritos gerados no campo da escola me deixavam enlouquecido. Aqueles gritos provocavam um terrível sofrimento, como se rasgassem meu coração, e suscitavam uma raiva incontrolável (realmente provocavam).

Ao ver crianças a jogar bola, os vizinhos idosos falavam de suas memórias, de quando usavam bexiga de porco como bola de futebol. Eu queria saber o que era bexiga de porco. Cantores coreanos lançaram músicas relacionadas à Copa do Mundo. Claro, os meninos da banda Brown Eyes jamais lançariam aquele tipo de música ufanista. As bandas respeitáveis jamais o fariam. C.o.m... c.e.r.t.e.z.a.

Eu soube pela imprensa que a seleção russa tinha conseguido classificar-se para a primeira fase da Copa do Mundo. Ainda que checasse, com expectativa, todos os artigos de jornais sobre a Rússia, não havia nada sobre a música russa. Achei apenas referências de que a seleção russa não mantivera um histórico interessante, embora tivesse sido classificada. Havia comentários em todo lugar de que a seleção era uma das mais fracas da Europa (será que a Rússia não é um país grande? Se bem que nem todo país de grande porte precise jogar bem futebol. A China pode ser um exemplo.)

Eu queria consultar na internet, contudo, meu pai não permitia que uma criança pequena de ensino fundamental usasse internet. Ele dizia ainda que, se uma pessoa como eu usasse internet, os olhos poderiam virar e a inteligência ficaria prejudicada. Ele sempre reagia exageradamente, como se existisse um vírus contagioso na internet. Evidentemente, nunca me explicou direito a razão. Então, eu queria dizer que, desde o início, nunca houve nenhuma justificativa. Sendo assim, ele nem se deu ao trabalho de procurar informações para mim. Em resumo, ele não deixava o seu filho aproximar-se da internet, como se fosse algo muito perigoso. Parecia até me ignorar de propósito (com certeza que não era). Provavelmente, eu acabaria ficando sem escutar ou conseguir informação sobre música russa, além de estar longe de cantá-la. Enquanto me sentia seriamente preocupado, algo de repente aconteceu.

Então, a minha Salvadora surgiu.

A Salvadora, em geral, aparecia de súbito, num lugar inesperado, numa situação inesperada, com uma cara inesperada.

Isso mesmo!

Ela veio. Veio para mim.

Lado A

10. Convidado
гость

O avião decolou.
Olga sentiu muita dor no ouvido.
Ela chamou a aeromoça com um sinal de mão, mas ninguém veio. Um passageiro coreano ao seu lado ligou a luz da chamada quando viu a cena. Olga tinha um sorriso gentil e grande. Finalmente, uma aeromoça veio correndo e sorriu gentilmente. Olga apreciou o sorriso simpático. A aeromoça de uniforme azul claro falou em inglês. O céu visto pela janela do avião tinha a mesma cor do uniforme dela. Só então Olga percebeu que estava no ar. Realmente, eu estou indo à Coreia! C.O.R.E.I.A.
— Eu sei falar coreano.
Ao falar coreano, a aeromoça respondeu com tranquilidade.
— Desculpe. Em que posso ajudar?
Quando disse que o ouvido doía, a aeromoça lhe trouxe um copo d'água. Tinha a temperatura adequada para ser bebida. Ela bebeu a água aos bocados, seguindo o conselho da aeromoça. Parecia melhorar aos poucos. O passageiro do lado olhava para Olga com muita pena. Ela lhe mostrou com um gesto que estava bem.
— Tente bocejar ou engolir saliva.
Ele explicou. Ela tentou bocejar ao fechar a boca com a mão, mas não conseguia. Contudo, estranhamente, a dor no ouvido parecia diminuir um pouco. Quando tentava engolir saliva, também não conseguia. Mas a dor no ouvido parecia estar sumindo paulatinamente. Enquanto a dor se afastava, a Coreia começava a se aproximar.
Olga, que nunca tinha viajado de avião, não sabia como passar oito horas no voo. O passageiro ao seu lado já estava de olhos fechados, com

seus fones no ouvido. Pelo jeito como se sentava, parecia acostumado a viajar de avião. Mesmo no assento apertado, parecia estar bem confortável. Olga também usou o fone de ouvido oferecido durante o voo. Tocava uma música escolhida pela empresa aérea.

Eram músicas coreanas. Ela deveria estranhar a música, mas não foi o que ocorreu. Embora fosse bem diferente da música de Viktor Tsoi, soava muito familiar. Porque talvez Olga soubesse coreano. Quanto mais ela se concentrava na música, mais desaparecia a dor no ouvido.

Por fim, a dor foi embora. Foram surgindo músicas prazerosas no lugar da dor. Ela chegou a esperar que músicas de Viktor Tsoi, com tradução coreana, fossem tocadas, mas desistiu.

R&B (*rhythm and bues*) era o som em seu ouvido. Um estilo que ela nunca havia escutado até então. Uma melodia bem diferente da de Viktor Tsoi, a qual ela escutava há mais de 10 anos. De fato, havia escutado outras músicas, além das de Viktor Tsoi. Ela ouvia Black Sabbath, Doors, Beatles, Queen etc. Entretanto, era bem diferente daquelas. Não era o tipo de música que ela tocava. Como seria tocar com violão esse tipo de música? Olga refletiu um pouco. R&B era completamente diferente. Era algo bem distinto das músicas populares da Rússia e que ela escutava há tanto tempo. Percebia um gênero totalmente novo pela mescla com inspiração negra, letra coreana e sentimentos coreanos.

Foi tomada por uma sensação estranha ao pensar que esse estilo seria a música da moda na Coreia. Será que não haveria música de Viktor Tsoi no país do seu avô e do seu pai, o qual Viktor tanto queria conhecer?

Olga tentou apreciar as letras da música. Nem isso ela conseguia facilmente. No meio das letras, havia palavras em inglês. Devido aos ritmos e estilos de canto desconhecidos, ficou ainda mais difícil entender as letras. Ela se culpou a si mesma por sua dificuldade linguística em coreano. Ela conseguiu compreender o último verso, cantado lentamente. Além desse último, "*Espero por você mesmo depois de um ano*", não conseguiu entender mais nada.

Depois de um ano
Um ano depois daquele ano
Te espero.

Para Olga, a Coreia tinha a cor vermelha.

O mês de junho na Coreia, comparado com a Rússia, estava quente e úmido. Mas Olga não se sentiu mal com isso. Ela gostou daquela sensação grudenta; vermelha e grudenta.

Com a aproximação da Copa do Mundo, a Coreia estava tingida de vermelho. A cor vermelha é uma das cores que representam a Rússia. Entretanto, o vermelho da Coreia era diferente do da Rússia. No vermelho da Coreia havia um movimento intenso. Sentia-se dinamismo. Os coreanos pareciam bastante animados e, pelas ruas, havia jovens cheios de energia. Parecia um ambiente de fim de ano na Rússia. Obviamente, o tempo não estava frio como na Rússia, mas sentia-se uma energia vigorosa.

Embora Olga, que não gostava de esporte, achasse estranho ver a população toda louca por futebol, ela apreciou esse ânimo do povo. De fato, achou estranha a paixão dos coreanos pelo futebol. Ela sempre considerou que o futebol seria o esporte dos homens russos. Ela imaginou, por um minuto, como seria realizar a Copa do Mundo na Rússia. Contudo, não foi fácil para ela imaginar algo sobre o futebol. Era um esporte bastante masculino, como o presidente da Rússia. O futebol era assim na cabeça de Olga.

Em cada canto a que ela ia, não parava de escutar a canção "Oh Vitória à Coreia". Não paravam os gritos das torcidas. Em todas as ruas, pareciam treinar as torcidas. A camisa vermelha se tornara o uniforme nacional.

Oh! Vitória à Coreia! Olê-ê olê-ô!

O Instituto de Educação de Arte e Cultura da Coreia convidou-a para assistir ao jogo entre Coreia e Polônia, conforme combinado. Foi quase uma imposição. Entretanto, Olga falou que preferia passear a assistir ao jogo. Embora dissesse educadamente, era quase uma recusa ríspida. Os coreanos pareciam não compreender a decisão de se preferir passeio a futebol. Desde o início, Olga não teve interesse nenhum em assistir ao jogo de futebol. Os coreanos não compreendiam o significado profundo de um passeio, como se Olga não tivesse entendido a importância da partida da seleção coreana.

É fácil assistir a um jogo de futebol na Rússia, se quiser, pensou ela. Já a Polônia não era um país atraente para ela. O funcionário do instituto que recepcionou Olga no desembarque insistiu em ir ao jogo, explicando que ele ficaria de saia justa. Mas Olga disse não ter interesse nenhum pelo futebol; ela queria sentir a Coreia, passeando sozinha. Seria complicado se ele insistisse mais, afirmou Olga. O funcionário pediu reconsideração com um sorriso desajeitado, segurando a placa onde se lia: "Seja bem-vinda a vencedora do concurso de oratória coreana em Moscou".

Olga não tinha nenhuma vontade de reconsiderar a decisão. Havia muitas coisas na vida nas quais nem precisava pensar duas vezes. Para ela, assistir a um jogo de futebol em Pusan foi um exemplo. E ela já sabia que ele não iria perguntar de novo. Finalmente, no lugar de Olga, o funcionário de sorriso desajeitado pegou o trem-bala com destino a Pusan.

Ela ficou em Seul, em vez de Pusan, e foi à loja de discos, em vez do estádio de futebol. Ela queria comprar discos de Viktor Tsoi e da banda Yun Do-hyun. Não tinha ninguém nessa loja de discos em Shinchon. Havia muita gente caminhando em frente à loja, que estava calma e sem clientes. Era uma paisagem irreal.

Olga perguntou em coreano, palavra por palavra, a uma vendedora sobre Viktor Tsoi. A vendedora perguntou se ela era da Rússia. Quando Olga concordou com a cabeça, surpreendida, ela respondeu, com entonação simpática, que não havia discos de Viktor Tsoi na loja. Tudo dito em russo. A vendedora disse que lamentava não ter o disco, pois ela mesma gostava de Viktor Tsoi. Embora sua pronúncia de russo não fosse a melhor, dava para entender. Na loja, estava tocando uma música familiar.

Quando Olga pediu o disco da banda Yun Do-hyun, a vendedora arregalou os olhos e perguntou se ela estava procurando "Oh Vitória à Coreia". Dessa vez, ela falou em coreano.

A música que estava tocando na loja era da banda Black Sabbath. Lamentavelmente, o disco da banda coreana ainda não tinha sido lançado, explicou a vendedora. O coreano dela foi fácil de compreender. Estava tocando "Orchid", do Black Sabbath. Olga não tinha interesse nenhum pela música das torcidas. A vendedora ainda perguntou se

Olga sabia que a banda coreana havia cantado uma música de Viktor Tsoi em coreano. Olga disse que já tinha tido conhecimento. Quando Olga falou que queria escutar exatamente essa mesma música, "Tipo sanguíneo", da banda Yun Do-hyun, a vendedora lamentou de novo não haver o disco, mas propôs encomendá-lo. Ela disse ter dado "Tipo sanguíneo" de Viktor Tsoi para seu primo, que queria conhecer música russa.

Olga achou interessante descobrir que a vendedora conhecia a palavra "primo" em russo. Ela também ficou contente e sorriu para si mesma ao entender a palavra "primo" em coreano.

Ela tomou conhecimento de que a banda que gritava "Oh Vitória à Coreia" também havia gravado uma música de Viktor Tsoi. Era a banda Yun Do-hyun.

Ela achou interessante. Foi uma experiência fora do comum: ouvir em russo uma explicação simpática, por uma bela vendedora coreana, de que não havia disco de Viktor Tsoi. Olga saiu para a rua depois de encomendar o álbum *Cantar novamente rock coreano*, que contém a canção "Tipo sanguíneo". A vendedora se despediu em russo. Olga respondeu em coreano, acrescentando que voltaria em dois dias. Um homem, ao entrar na loja, olhou para a vendedora e para Olga. Parecia surpreendido. No ouvido de Olga estava soando "Orchid", do Black Sabbath.

Havia muitos jovens na Daehak-ga [avenida onde se situam várias universidades em Seul]. Ela apanhou um ônibus na parada, atravessando um mar de pessoas. Não pensou em destino específico. Apenas entrou no ônibus que parou à sua frente. O ônibus fazia o trajeto para o portão de Gwanghwamun, saindo de Sinchon.

Esse ônibus deveria estar indo para um lugar onde poderia surgir um encontro que influenciaria a sua vida, muito ou pouco, imaginou Olga.

Ela se sentou e olhou pela janela. O ônibus correu atravessado pelo raio do sol do início do verão. Ela começou a se sentir bem. Ventava pela janela aberta. Ela estava cantando a música de Viktor Tsoi sem perceber. Estava tocando com a mão no ar. Tocava a música, mesmo sem violão e sem produzir som.

Tomar chá. Fumar cigarro.
Pensar no que vai acontecer amanhã.
Invejar quem sabe o ofício que quer fazer.
Invejar quem já conquistou algo.
Ei, quem será meu convidado?

Os passageiros espiavam uma russa que estava cantarolando. Na verdade, ninguém conhecia a música "Convidado", de Viktor Tsoi.

O ônibus percorreu um viaduto após passar por um túnel. Via-se a Porta da Independência, debaixo do viaduto. Olga desceu em frente ao Palácio de Gyungbokgung. As pessoas foram embora pelo caminho que leva à prefeitura. Olga andou para o lado oposto, em direção ao palácio. Estava calmo. Estava tudo calmo tanto na rua quanto dentro do palácio. Não havia quase ninguém ali. Até parecia abandonado. Nem se viam turistas estrangeiros. Ela ficou excitada por ver edifícios exóticos. Sentiu-se impressionada por observar, de verdade, os edifícios vistos no livro didático de coreano. Ela continuou a caminhar e a descansar. Foi um passeio. O passeio que os coreanos não compreendiam. Já ouvi dizer que os coreanos não entendem "caminhar sem preocupação e sem rumo". Entretanto, era isso que ela fazia.

Ela estava passeando, sentindo o ar e esvaziando a cabeça. Ainda bem que não fui ao jogo de futebol, continuou a pensar. Ela andou rumo ao Palácio de Gyungbokgung. Surgiram algumas casas baixinhas. O tempo estava passando, aos poucos, da tarde para a noite. O vento noturno a fazia sentir-se bem.

Havia casas velhas. Viam-se também casas não tão velhas. As casas tradicionais, em estilo *hanok*, mesclavam-se aos prédios velhos no estilo ocidental. As casas pareciam não pertencer ao centro de Seul. Pareciam estar à parte na cidade. Olga sentiu-se entrar num mundo diferente através do palácio. Sentiu-se calma e tranquila, ao contrário da vizinhança do portão de Gwanghwamun. Felizmente, encontrava-se num lugar longe da Copa do Mundo. Num ambiente onde não havia acesso à excitação da Copa. Às vezes, crianças gritavam, saindo de um beco. Era por causa do futebol. De fato, muitos também cantavam loucamente

"Oh Vitória à Coreia". Mas o barulho não conseguia eliminar a tranquilidade desse ambiente.

Viam-se os idosos passando. Eles caminhavam lentamente, de maneira irreal. Apesar de estarem, obviamente, se dirigindo a algum lugar, pareciam tão lentos que jamais conseguiriam chegar, nem mesmo na eternidade. Olga agia como alguém que observa tudo de longe. Parecia estar olhando através de paredes de vidro. Vagarosamente, ela deu uma olhada ali e acolá. Ainda bem que não fui ver o jogo, pensou. Realmente, ainda bem. Estar num beco seria melhor do que estar num campo de futebol. Qualquer passeio seria melhor do que o futebol.

Avistou um prédio grande enquanto caminhava ao longo do beco. Era um colégio primário. As crianças estavam brincando na quadra de esportes. Algumas brincavam penduradas na barra de ferro. As crianças que jogavam futebol aparentavam alegria, enquanto as que brincavam na barra aparentavam tédio. Era uma paisagem interessante para Olga, acostumada na Rússia a escolas sem quadra de esportes.

Nesse momento,
Nesse momento, de algum lugar,
Nesse momento, de algum lugar, ouviu-se.
O clamor "Oh Vitória à Coreia" vinha das crianças.
Ouviram-se as crianças que gritavam os nomes dos jogadores.
Uma voz familiar, a voz que ela escutava mais do que a própria voz. Rústica, baixa e verdadeira, mas apelativa e, ao mesmo tempo, triste. Não era coreano. Sem dúvida era russo, e certamente era a voz de Viktor Tsoi. Estava tocando uma música de Viktor Tsoi. Era a voz de Viktor Tsoi.

O vento estava fresco. O raio de sol estava agradável. O sol se punha. Era uma noite bela como nunca se tinha visto em Moscou. Estava tocando uma música de Viktor Tsoi entre vento e crepúsculo. Além disso, era música ao vivo. Olga queria acrescentar melodia com um instrumento. Lamentou imensamente não ter um violão.

A voz que chegou com o vento parecia esperar pelo acompanhamento do seu violão. Olga memorizou a voz e o vento daquele momento, junto com o raio de sol. Isso mesmo. A voz era de Viktor Tsoi, de verdade. De algum lugar do pátio se ouvia a voz de Viktor Tsoi.

Lado A

11. Isso não é amor
Это не любовь

Quem conseguiu encontrar Viktor Tsoi foi, afinal, a minha Salvadora.
A Salvadora veio me salvar.
A minha Salvadora agiu lindamente, como deve agir uma salvadora.
Além disso, ela foi também simpática.
Jamais tinha encontrado alguém tão simpático como ela.
Jamais tinha encontrado alguém tão formoso como ela.
Enfim, jamais tinha visto uma mulher tão formosa e simpática.
Foi um acontecimento milagroso: o fato de uma pessoa assim existir e de eu a ter encontrado (mais tarde, bem mais tarde, eu descobri que a simpatia mais a beleza seriam uma combinação bem difícil).
Ao mesmo tempo, não havia ninguém que pudesse exibir duas orelhas tão lindas.

Eu me lembro bem da data. Mas não me lembro por que razão ela teria vindo à minha casa naquele dia. Talvez eu tenha ficado tão distraído que nem deveria ter feito a pergunta. Talvez eu devesse ter apagado da mente ao achar que a razão não era importante. Se calhar, ela teria vindo porque eu dizia que queria comer pepino.
Provavelmente, minha mãe e meu pai a tinham chamado. Realmente, não me lembro por que ela veio. A gente não se lembra das coisas não importantes. De qualquer modo, naquela noite de domingo, eu e ela jantamos (com certeza, meus pais estavam junto). Nós (eu e a minha Salvadora) comemos *kimchi-chigue* [ensopado de kimchi]. Nesse dia, fiquei sabendo, pela primeira vez, da possibilidade de comer o ensopado de kimchi de maneira elegante. No caso dela, acredito que seria capaz de

| 105

comer ensopado de *sunde* [linguiça coreana] com elegância. Ela poderia mastigar *doej-jokbal* [prato com patas de porco], e talvez até pudesse chupar unhas de porco com elegância.

Jamais esquecerei aquele momento em que o ensopado de *dangmyeon* [macarrão de batata doce] estava sendo sugado por sua boca. Eu me lembro vividamente do instante em que o *dangmyeon* dançava lindamente, e eu estava excitado de felicidade quando o macarrão meio transparente desapareceu na brecha da sua boca, desenhando uma grande letra S. Lembro até da sensualidade do lábio inferior, um pouco mais grosso do que o superior. Ao mesmo tempo, percebi um pequeno tremor atraente do lábio inferior. O barulho delicioso transmitido ao meu ouvido. Chomp, nhac, hurrk, chup! Ao mastigar kimchi, ela criava uma pequena covinha no rosto (não era natural, mas sim fabricada). Quando ela mastigava *myeolchi-bokum* [refogado de sardinhas miúdas], sentia-se o crocante e a doçura explodindo na sua boca. E via-se um sorriso amável nas pontas dos seus olhos quando fazia caretas para comer. E havia ainda as orelhas formosas, que ficavam sempre no lugar. Suas orelhas. Orelhas.

Realmente, eu jamais consigo esquecer a minha Salvadora. Como poderia esquecê-la?

Ela acariciou as minhas costas enquanto eu comia, e disse para eu comer bastante. As minhas costas assustadas acabaram se torcendo como um arco. Fiquei endurecido e torto. Ela sabia, com certeza, o que era tocar com carinho. Não abraçou com exagero nem tocou com desinteresse. Ela sabia equilibrar-se requintadamente entre desinteresse e exagero. Nesse dia, ela foi ainda mais amável.

Às vezes, ela colocava *myeolchi-bokum* em cima da minha colher e falava para eu comer o tofu do *kimchi-chigue* (nesse momento, se ela pudesse ficar ao meu lado, eu poderia sugar todos os tofus do mundo. Ou talvez pudesse comer todas as sojas do mundo). Não me lembro bem do que conversamos à mesa, e acho que não deve ter sido algo importante. Contudo, eu estava feliz.

Terminado o jantar feliz, eu estava sentado com ela na sala de estar. Junto com ela. Ao lado dela. Ouviram-se gritos na televisão. Foram uns gritos agudos, desagradáveis. Ouviu-se "Vitória à Coreia" e apareceram os

Red Devils [torcida organizada da Coreia]. Fiquei com um pouco do medo. Mas ela disse para a gente assistir junte ao jogo de futebol, abrindo seu sorriso brilhante. E fez um sinal com a mão para que eu me sentasse mais pertinho dela. Eu pensei um pouco. Até que finalmente me sentei ao lado nela, bem coladinho nela. A minha Salvadora perguntou, sorrindo. "Vai ser um jogo decisivo com o time mais forte do mundo, a França. Vitório, que time você acha que será vitorioso?"
Ela estava brincando. Ah, ela estava brincando com o meu nome. Um senso de humor muito bonitinho. Entretanto, não tive tempo para assistir ao futebol. Em geral, eu não tenho interesse por jogo. Se não fosse a música, preferiria confeccionar algo; além disso, nunca tive interesse nenhum por nada. O futebol talvez fosse um pouco mais interessante do que a matemática. Ao mesmo tempo, fiquei preocupado com o fato de que, se não procurasse e ensaiasse música russa imediatamente, poderia morrer. Eu estava totalmente focado na Rússia e preocupado se ainda poderia cantar. Minha cabeça estava inteiramente tomada pela Rússia.
Os espíritos de porco foram muito claros. Que eu trouxesse uma música russa perfeitamente ensaiada antes de começar o jogo da primeira seleção do grupo contra a Polônia (talvez não entenda que os espíritos de porco não sabem brincar. Eles são bem sérios, terrivelmente). Não faltavam nem dez dias.

Quando eu estava gaguejando, sem poder responder à pergunta, ela foi tão atenciosa que leu a minha mente. Ela leu "preocupação" refletida no meu rosto. Oh minha Salvadora, simpática, linda e atenciosa!
— Vitório! Você está preocupado? Se estiver, pode contar com a sua irmãzinha. Tá bem? Tá?
Sua pronúncia era agradável e clara. O acento no "Tá" pareceu exageradamente alto, mas entrou pelo meu ouvido imediata e deliciosamente. Nem o meu nome poderia parecer tão amável. Por um segundo, fiquei emocionado. Como continuei sem conseguir responder, ela insistiu: Tá bem? Tá? Então, eu falei francamente. E falei com muita segurança (que bom ter feito fonoaudiologia!). "Será que você conhece música russa? Pode ser qualquer música. Pode ser qualquer uma".

Pronunciei sílaba por sílaba, do meu jeito. A orelha graciosa dela estava escutando atentamente as minhas palavras. Minha Salvadora sorriu lindamente. Talvez ela quisesse me agradar. Ela pediu para a gente assistir ao futebol, deixando de lado a preocupação, e disse que ela poderia resolver o assunto depois de assistir ao jogo. A orelha graciosa ficou empinada e eu concordei com a cabeça.

Então, decidi acreditar nela. Mesmo se fosse traído pela Salvadora, eu ficaria feliz. Se quisesse dirigir o lindo machado dela contra o meu pé, poderia oferecer meu pé, minha canela e até a minha mão, com prazer.

Assim, nós assistimos ao jogo. Assistimos juntos. Obviamente, não consegui assistir ao jogo direito. Durante todo o jogo, eu olhava para a minha Salvadora. Mas não podia esquecer totalmente a minha preocupação com a música russa enquanto a olhava. E eu realmente odiava os gritos vindos da televisão: Wow! Ah! Uuah!

O clima na primeira parte do jogo estava bem tenso. Passados 15 minutos, a França fez o primeiro gol. O rosto da minha Salvadora ficou pálido (queria dizer que ela ficou mais bonita ainda). Ela segurou a minha mão, com expressão de lamento. Eu tremi por um instante. Ela apertou mais ainda a minha mão. Fui surpreendido pelo barulho e ainda pela reação dela. Vergonhosamente, minha mão começou a suar sem parar. O suor saía como se fosse uma fonte de petróleo da Arábia Saudita. Enquanto se repetiam as imagens do gol da França na televisão, ela não largava a minha mão. Fiquei feliz demais. O meu coração parecia explodir. Tum! Tum! Tum! Cheguei a pensar que poderia morrer.

Finalmente, me levantei do lugar. Fui ao banheiro e lavei meu rosto várias vezes. Chuá! Chuá! Achei que poderia desmaiar.

— Vou me concentrar! Não posso perder a consciência! Não posso desmoronar. Preciso me manter calmo do mesmo modo que fazia quando eu apanhava dos espíritos de porco. Preciso sobreviver. Vou conseguir manter minha felicidade só quando for capaz de sobreviver.

Fiquei observando, sem pensar, a água que subia na pia. Quando transbordou, minha consciência voltou.

Retornei ao lugar e sentei. Esforcei-me bastante para me concentrar na tela, a fim de me acalmar. Os nossos jogadores de vermelho e os jogadores franceses de branco batiam bola quando, de repente, aconteceu.

Na defesa, Kim Nam-il pegou a bola e passou direto para Park Ji-sung (atacante), que estava na frente. Logo em seguida, Park Ji-sung correu como um tigre voador e pegou a bola. E ele conseguiu chutar com o pé esquerdo, mesmo com a defesa francesa atrás dele. A bola voou em diagonal para a entrada do gol. Ao cair no chão, parece que ganhou velocidade e foi sugada rapidamente para o canto do gol. O canto do gol tinha se transformado em aspirador de pó. Assim como aquele macarrão da sopa de kimchi fora sugado pelos lábios da minha Salvadora, a bola entrou no gol. Chup!
Gol!
Gol!
Gol!
Foi gol! O apresentador gritou. Foi o gol de empate!
Explodiu uma gritaria na TV. O prédio inteiro tremeu. Eu fiquei muito assustado. Fiquei com dor de cabeça. Comecei a suar nas costas e meu coração bateu fortemente. Tum, tum, tum!
Mas esse não foi o problema. A Salvadora ficou entusiasmada com o gol de empate e de repente acabou me agarrando. E ela começou a dançar. Ela segurou com força o meu rosto contra seu peito. Com certeza, não deveria ser amor. Embora frustrado, consegui aguentar e queria resistir. Tinha ficado tão feliz que senti dificuldade de respirar. Obviamente, isso não deveria ser amor. Nem papai nem mamãe me abraçaram tão fortemente assim. Tive a mesma sensação de vida e morte como quando apanhei dos espíritos de porco. Não soube identificar se foi de alegria ou de frustração. Foi uma alegria reprimida, ou uma frustração alegre.
Recomeçou o jogo e ela voltou ao seu lugar. Eu fui correndo ao meu quarto para me acalmar. Queria olhar algo que rodopiasse sem parar, mas não havia nada do gênero. Poderia conseguir me acalmar se pudesse olhar algo que circulasse, mas a única coisa que circulava era a minha cabeça. Fui contar números. Além disso, não lembrava de nada especial. Nem para lavar o rosto serviria. Olhei pela janela e não havia nada. Não havia nada. Não havia ninguém. Todo mundo deveria estar assistindo ao jogo de futebol.
Cerca de 10 minutos depois, explodiu mais uma gritaria. Wow! Meu coração começou a acelerar. A seleção coreana fez mais um gol. Gol!

Tive uma sensação estranha ao escutar aquela gritaria dentro do meu quarto. Se eu saísse correndo para a sala, será que ela iria me abraçar de novo? Se acontecesse, talvez eu pudesse morrer. Morrer de felicidade seria bom, mas, por um lado, fiquei aliviado. É verdade! Se ela me abraçasse mais uma vez, eu realmente poderia morrer. Principalmente morrer de ataque cardíaco.

Começou a segunda parte do jogo e sentei-me, de novo, ao lado dela. Os jogadores coreanos corriam loucamente. Meu coração também corria que nem um doido. Fiquei nervoso pela expectativa de mais um gol da Coreia. Será que eles trocaram de uniforme? A seleção brasileira é a mais forte do mundo, dizia a minha Salvadora. Será que o gol foi graças à torcida da minha Salvadora? Os torcedores coreanos de roupa vermelha torciam decididamente, com olhares aterrorizantes como os dos espíritos de porco da minha turma. Eu pedi ao meu pai que diminuísse o volume da TV. Queria evitar gritaria repentina, que poderia explodir. Minha mãe também estava assistindo ao jogo, beliscando algo.

Será que deveria desejar um gol? Não! Se acontecesse, eu poderia morrer! Por outro lado, queria mais um gol! Queria morrer de felicidade! Queria ser apertado junto ao peito dela. Queria sentir alegria com frustração ou frustração com alegria!

Porém, para minha felicidade ou infelicidade, não houve outro gol. Realmente foi uma partida grandiosa e maravilhosa, disse ela. Realmente foi um jogo fantástico. Tão logo terminou o jogo, me lembrei da música russa. Como *Harry Porter* ou *Alice no país das maravilhas*, que retornaram à vida real, eu tive que enfrentar a realidade, como Peter e as crianças do livro *Peter Pan* quando saíram do guarda-roupa. A minha Salvadora, tão atenciosa, espontaneamente me deu a mão em socorro.

— Vitório!

Em vez de responder, eu ficava olhando para ela, imobilizado.

— Você disse que queria escutar música russa? Vou mostrar a música. É uma canção muito famosa. Já tem tradução para o coreano. Já ouviu falar da banda Yun Do-hyun?

Embora não conhecesse a banda na época, concordei com a cabeça. Quase respondi que eu conhecia a banda Brown Eyes (de qualquer maneira, não foi relevante dizer que conhecia a banda). A minha Salvadora colocou na minha orelha o fone de ouvido, ligado ao MP3 dela. Que fofura o algodão do fone de ouvido! Pensando bem, foi a minha primeira experiência com fone de ouvido. Tocou-se a música. A música começou em russo, "Tchoplasye etc.", e ouviram-se palavras bem complicadas. Parecia que alguém estava passando uma água morna e gostosa pelo meu ouvido. Dizia que era rock, mas não era barulhento. Eu senti a minha orelha ficar aquecida adequadamente. Por isso achei gostoso. O meu coração batia forte. Eu senti o meu coração bater com alegria, no ritmo.

A voz do roqueiro era áspera mas agradável. Era algo rústico como voz de vovô e ao mesmo tempo — talvez eu pudesse dizer voz de pessoa ingênua? Era uma voz um pouco triste, mas que entrava no ouvido com facilidade. Não escutei palavras como "chalachala! Sibulsqui!" que os espíritos de porco tinham imitado.

— Chama-se "Tipo sanguíneo", de Viktor Tsoi. Que tal? Dá para escutar?

Eu concordei vivamente com a cabeça (como poderia dizer não em meio a tanta alegria pelo fato de ela ter escolhido a música para mim?). No meu ouvido, continuava a escutar o barulho das águas. O barulho das águas gostosas e quentinhas a correr.

Assim, consegui encontrar a música russa. Realmente, ela foi a minha Salvadora.

Ela, a bela, a simpática e atenciosa me apresentou a Viktor Tsoi.

Quando ela foi embora, meu pai disse:

— Meu filho, como você acertou?

Eu olhei para ele com estranheza.

— Como você soube que ela estudava russo na faculdade e lhe pediu música russa?

Mais uma vez, eu fiz cara de não entender.

— Parece que ela faz bico numa loja de discos. Realmente, você é espertinho, meu filho.

Meu pai não falou mais nada quando eu fui embora para o meu quarto, outra vez franzindo a testa por não entender.

Eu acabei encontrando Viktor Tsoi graças à minha prima, simpática, bela e atenciosa, que estudava a língua e a literatura russas. E a primeira canção de Viktor Tsoi que eu escutei foi "Tipo sanguíneo".

Assim a minha Salvadora trouxe a canção. Realmente, de acordo com o que deveria ser uma Salvadora!

Faixa oculta 06
Transformando cantiga infantil em dueto

Vitório começou a cantar após a visita de Vitória. Ele começou a cantar de cor ao ensaiar repetidamente. Não podíamos saber se estava certo ou não, porque tanto eu quanto minha mulher não sabíamos russo. Entretanto, a canção de Vitório parecia muito interessante.

Obviamente, havia uma sensação diferente em relação à canção coreana. A voz de Vitório mostrava um tom especial. Eu e minha mulher chegamos a comentar que poderíamos aprender russo como segunda língua. Que tal se você se tornasse um cantor, disse minha mulher, mas eu respondi não com a cabeça. A vida de cantor parecia ser muito dura. Um pensamento, feito a morte, veio à minha mente. Ao mesmo tempo, achei maravilhoso imaginar a cena de Vitório a cantar maravilhosamente bem diante de muita gente. Poderia tornar-se uma celebridade coreana na Rússia, disse minha mulher, colocando um punhado de petiscos de sabor camarão na boca.

Quando cantava canção russa, a voz de Vitório era muito atraente. Sempre que ficava obcecado com algo, ele não mostrava interesse por mais nada. Devia ter sido por causa da música russa. Durante uma semana, ele se concentrou em cantar música russa, salvo comer, ir ao banheiro e dormir. Nem mesmo brincava. Por isso, via-se um enorme progresso — até para nós, que não sabíamos russo. Ao escutá-lo repetidamente cantarolar palavras incompreensíveis, parecia que meu filho tinha-se tornado um feiticeiro.

Julguei que as palavras russas eram mais suaves do que eu vagamente imaginara. Até comecei a achar delicioso escutar Vitório cantando.

Vitório gravou no aparelho enorme de fita cassete a canção que minha sobrinha mostrara. Ele escutava e cantava, reproduzindo a música do enorme aparelho cinza. Foram registrados também muitos barulhos impuros, porque a música foi gravada da caixa de som de MP3 para o aparelho. Por isso, a canção que Vitório ouvia parecia sair de um gramofone antigo.

Não foi nada fácil para Vitório, que não conhecia o ritmo direito. Num primeiro momento, cantava como se fosse uma cantiga infantil, porém começou a melhorar aos poucos, dando a impressão de um dueto.

Dueto de Viktor Tsoi e Vitório!

Da boca de Vitório fluía sem parar a canção de Viktor Tsoi. Seria melhor dizer que ele a repetia sem limites. No final, até eu e minha mulher conseguimos cantar alguns versos com facilidade.

Quando ele cantava, sua voz parecia atraente e rouca. Embora fosse uma criança do ensino fundamental, sua voz transmitia algo verdadeiro e tranquilo ao mesmo tempo. Poderia afirmar, enquanto ele cantava, que percebia todo o significado das letras? Ou poderia dizer que a canção tinha um apelo profundo? Ao mesmo tempo, a canção dele parecia bem triste e comovente até para nós, que somos os pais dele.

A voz do meu filho, tão triste e enternecedora.

Lado A

12. Eu quero ser foguista
Я хочу быть кочегаром

Kamchatka é uma península no extremo oriente da Rússia. A península inteira é apreciada por sua maravilhosa natureza. A península de Kamchatka abraça o mar de Okhotsk e exibe um ambiente dinâmico, com 22 vulcões ativos. A natureza de Kamchatka é a liberdade.

Para Viktor, Kamchatka também foi a liberdade. Foi em Kamchatka que ele pôde explorar sua paixão pela música. A Kamchatka de Viktor Tsoi ficava em São Petersburgo, não no mar de Okhotsk. A sala da caldeira de carvão onde Vitor trabalhava chamava-se Kamchatka.

Era um espaço muito sóbrio e simples. Era uma sala de caldeira escura, acanhada e fechada, que ficava no subsolo de um apartamento velho. Nesse espaço ele se divertia, com liberdade musical.

Na sala da caldeira de carvão quente, Viktor fez músicas como um fogo, tocou músicas como inflamado e queimou sua energia musical com seus amigos. Ele, nesse lugar, cantava.

"Eu quero ser foguista"

Andei procurando trabalho.
Todas as noites às nove horas andei procurando trabalho.
Finalmente, consegui um trabalho.
Quero ser foguista
Que trabalha um dia e descansa dois.

| 115

Essa obra é rock de foguista.
Essa obra é rock de foguista.
Essa obra é rock de foguista.
Essa obra é rock de foguista.

Na sala da caldeira, em Kamchatka, os companheiros de música de Viktor se reuniam frequentemente. Eles gostavam da sala da caldeira de carvão, apertada e fechada, e adoravam as músicas que o operário Viktor cantava. E gostavam das músicas que cantavam juntos.

O foguista Viktor cantava sobre a sua vida profissional. Ao lado dele, Mike animava com a guitarra. Um dia, Mike perguntou, assim que Viktor terminou de cantar:

— Você gosta da sua profissão de foguista, de verdade, Viktor?

Em vez de uma resposta, ele repetiu um verso de música: "Quero ser foguista que trabalha um dia e descansa dois".

Mike seguiu a canção, sorrindo.

"Foguista que trabalha um dia e descansa dois".

Antes de ser foguista, Viktor trabalhava em jardinagem nos parques. O trabalho de jardinagem não era nada especial. Consistia em criar ou reformar esculturas de madeira que decoravam parques. Não era algo difícil para quem estudou escultura. Mas não tinha nada a ver com arte. Literalmente, era o ofício dele. No início, Viktor se dedicava ao trabalho com interesse. Contudo, com o tempo, chegou a pensar que fazer esculturas de madeira atrapalhava a sua música. Sentia que seu ofício estava consumindo sua arte. E rapidamente perdeu o interesse.

Não conseguia tempo, mesmo recebendo convites para concertos musicais; e nem podia criar música até de noite, pela pressão de acordar cedo no dia seguinte para o trabalho. Atrasar ou faltar ao trabalho acontecia frequentemente. Sem poder fazer música de verdade, Viktor sempre se lamentava. E se sentia frustrado.

Nessa época, a banda Kino, que havia lançado três álbuns, já estava ganhando muita atenção do público, além de boa crítica, por meio de festivais de rock. Ele não podia continuar trabalhando com música enquanto servia no emprego, que exigia uma rotina regular. Esse foi o pensamento de Viktor. A música era mais importante do que o emprego. Além disso, havia imenso estresse no trabalho, por causa do chefe que grunhia. Chegara o momento de tomar uma decisão.

Quando terminou o festival de rock, Viktor se despediu sem pensar muito. Deixou o trabalho de jardinagem. E, no lugar, escolheu viajar. Ele partiu como se algo o atraísse, sem dinheiro nem planejamento. Com o único intuito de ver o mar. O local de trabalho já não era mais importante para ele. O que ele precisava fazer era trabalhar com música.

O emprego que ele conseguiu, após voltar da viagem, foi na sala de caldeira. Um trabalho que ninguém queria. Era um emprego duro para o corpo. Embora trabalhasse uma vez a cada três dias, era-lhe exigido um turno de 24 horas sem descanso.

Entretanto, para Viktor, foguista foi a melhor profissão. Garantia-lhe maior liberdade. Trabalhando como operário de caldeira, ele ganhou a liberdade. Na sala escura e sóbria da caldeira, além de gozar liberdade, não havia chefe vigiando, e podia descansar por dois dias quando terminasse as 24 horas de trabalho duro. Foi um emprego que lhe permitiu usufruir bastante o mundo fora das paredes de vidro. Viktor viu uma luz nesse lugar.

Mike perguntou-lhe, enquanto cantarolava "Essa obra é rock de foguista":

— Viktor, realmente está pensando em incluir essa canção, "Eu quero ser foguista", no álbum?

Viktor foi carregar carvão, concordando com a cabeça. O que ele precisava fazer como operário era levar carvão à caldeira a noite inteira. Era um trabalho que exigia esforço físico. Depois de ter consumido todo o seu corpo durante a noite, conseguia fazer música por dois dias. Ele acreditava que seu corpo trabalhava num dia e, nos outros dois seguintes, seu espírito trabalhava.

Os amigos que faziam música com ele também gostavam de Kamchatka, que parecia uma caverna escura. Eles gostavam do lugar porque era escuro e, ao mesmo tempo, havia luz e calor lá dentro. Na sala minúscula realizavam-se, frequentemente, concertos barulhentos. Viktor se descobriu nessa sala fechada. Embora fosse um lugar apertado, era o único, fora das paredes de vidro, onde ele poderia cantar sua música. Especialmente, havia Mike Naumenko, amigo de longa data e companheiro de música que frequentava o lugar. Assim, nessa sala de caldeira, eles queimavam o fogo da música.

Mike acompanhava Viktor, que carregava e descarregava carvão. Ele ficava atrás de Viktor, e cantava ao seu jeito, alterando as letras que Viktor tinha feito: "Eu não quero ser foguista". Viktor não parava de rir do humor de Mike.

Kamchatka foi o lugar onde a paixão de Viktor acendeu. Ao mesmo tempo, foi o lugar onde ele conseguiu achar tranquilidade na vida. Foi o lugar onde a sua arte começou. Foi o lugar onde plantou a paixão como um vulcão ativo.

Viktor transportou carvão com a pá para a caldeira. Mike, ao seu lado, estava cantando sobre o foguista. O som do violão de Mike e os barulhos de Viktor depositando carvão na caldeira se misturavam misteriosamente.

Quero ser foguista, tchak! tchak! Trabalha um dia, tchak! Essa música é rock de foguista. Essa música é rock de foguista, tchak! tchak!

Viktor, que cantava com zelo, trabalhando com a pá, abaixou a cabeça. Parecia que havia achado alguma coisa. Do monte de carvão ele retirou algo. Mike observava atentamente o comportamento do amigo. O que Viktor achou foi a corrente de uma plaqueta de identificação militar. Viktor limpou lentamente a plaqueta com a mão. Na plaqueta amassada estavam gravadas informações sobre tipo sanguíneo e um número de identificação militar. Quando esfregou com a mão, deu-se com a plaqueta prateada de identificação. Mike perguntou-lhe.

— Viktor, o que é isso?

Viktor jogou-a para Mike.

— O quê? É uma corrente com plaqueta de identificação militar. Como é que isso chegou aqui? Que legal! Vamos fazer uma música para os militares. Precisamos lhes desejar sorte para que possam vencer as batalhas. Ou para aqueles que morreram heroicamente. Já que existe uma música para operários de caldeira, precisamos também de outra para os militares, não é? Senhor foguista!

Viktor improvisou um verso da letra ao escutar o discurso estapafúrdio do amigo.

Deseja-me sorte na batalha,
Deseja-me sorte!

Logo em seguida, Mike acompanhou os versos de Viktor. Deseja-me sorte! Ele enfiou no bolso a corrente e a plaqueta de identificação militar. O fogo na caldeira inflamou intensamente. Viktor pensou no seu futuro, olhando a chama.

Nessa noite, os dois planejaram a turnê do concerto. E, a partir do outono daquele ano, Viktor cumpriu seu plano. Assim, a turnê começou pelas regiões da Sibéria. Do lugar mais quente para o lugar mais frio, eles viajavam para onde a música chamava.

Para Viktor, Kamchatka foi o ponto de partida da paixão. A sala da caldeira era um armazém de tesouros. Amigos que frequentavam eram os seus companheiros de música, e muitas canções nasceram junto às chamas. Para ele, Kamchatka representou natureza e liberdade.

Lado B

01. Deixe-me
Разреши мне

Os espíritos de porco disseram para eu aparecer na escola só quando tivesse preparado perfeitamente a música russa. P.e.r.f.e.i.t.a.m.e.n.t.e.

Foi numa terça-feira, 4 de junho de 2002.

O horário marcado pelos espíritos de porco foi entre as 4 e as 5 horas da tarde (se fosse como de costume, eles teriam dito para nos encontrarmos logo depois das aulas – ainda bem que não foi).

Em geral, os espíritos de porco não dão muita importância para a pontualidade. De fato, não havia necessidade de se preocuparem com isso (é muito diferente de uma pessoa como eu. Talvez por isso eu não possa ser um espírito de porco).

Por isso, os nerds acabavam se comportando sempre de acordo com a disponibilidade do tempo dos espíritos de porco. No dia em que recebi a ordem deles, "apareça quando terminar as aulas", fiquei esperando em vão. Muitas vezes ficava esperando por eles, do meio-dia até meia-noite. Era comum apanhar feito asfalto porque eu fora para casa depois de ter esperado até as 10 da noite, quando eles teriam chegado às 10 horas e 03 minutos. Evidentemente, mesmo se eu tivesse esperado até meia-noite, eles não deixariam de bater em mim.

De qualquer modo, marcar um horário entre 4 e 5 da tarde foi uma coisa excepcional, e até poderia dizer que foi um milagre (evidentemente, não havia garantia nenhuma de que eles compareceriam no horário marcado).

Será que foi por causa da Copa do Mundo? Talvez.

| 121

Ao chegar em casa, larguei a mochila e fiz o último ensaio diante do espelho.

Tiploye myesta na ulitsi jdut atpechatcov nashi nog
(Aqui está quente mas esperamos na rua).

Escutei milhares de vezes a música que a minha Salvadora mostrara. E repeti a canção. Cantava, cantava e cantava. Repeti diversas vezes os ensaios.

Saí de casa às 15h30. Eu deveria estar na escola até as 4 horas da tarde. Quando dei uma volta para sair do beco, senti algo diferente em relação aos outros dias. As casas que eu sempre via pareciam estranhas. Pareciam bem esquisitas, pois as casas velhas estavam misturadas inadequadamente com as casas não tão velhas. Eu senti uma poluição visual porque as *hanoks* [casas tradicionais coreanas] e as casas em estilo ocidental se misturavam sem organização (embora eu nada tivesse para dizer a respeito. Talvez porque eu não quisesse apanhar por opinar).

Aqui é Seul? Ou é Moscou? Ou é Liubliana? Ou Paramaribo? Se não for nenhuma delas, onde seria?

Nesse momento, talvez muitos estivessem se preparando para cantar "Oh vitória à Coreia" da banda Yun Do-hyun. Eu, porém, nesse momento, estava me preparando para cantar "Tipo sanguíneo" (as duas músicas foram cantadas pela banda de Yun Do-hyun. Que coincidência interessante!)

O caminho para a escola estava muito calmo (claro, a tranquilidade era melhor do que o barulho). Alguns idosos que vinham de um beco caminhavam bem devagar, e uma estrangeira que eu nunca havia visto na vizinhança estava passando. Como se fosse um romance.

Essa mulher ocidental parecia passear e vagabundear pelo meu bairro. Se ela tivesse vindo para assistir ao jogo de futebol na Copa, deveria ir em direção ao portão de Gwanghwamun. O que esses idosos estão conversando? Será que eles também estão falando de futebol?, pensei. Eu ficava imaginando coisas para esquecer de algo ruim que poderia vir. Eu tentava esquecer o medo com pensamentos fragmentados (embora soubesse que isso não faria diferença).

Mas senti algo estranho, diferente dos outros dias. Havia um clima misterioso nos becos e nas esquinas.
Era verdade.
Havia algo muito misterioso.
Havia algo bem suspeito. Apesar do clima misterioso e estranho, não pude desobedecer à ordem dos espíritos de porco. E fui embora apressadamente.
Ao chegar à quadra de esportes da escola, vi muitos meninos. Estavam correndo para lá e para cá. Havia crianças penduradas na barra de ferro. Contudo, devido à Copa do Mundo, havia mais gente jogando futebol. Até o ano passado, todos eles diziam que o basebol era o melhor esporte do mundo. Eu me dirigi ao lugar onde sempre apanhava, gritando "eu sou asfalto". Meus passos, como sempre, estavam bem pesados.
O dia em que aconteceu o primeiro jogo da Coreia contra a Polônia para classificação do grupo na Copa do Mundo,
O dia em que aconteceu a primeira vitória da Coreia na Copa do Mundo,
Eu cantei a música russa pela primeira vez na frente das pessoas (precisamente falando, na frente dos espíritos de porco!).

Tiploye myesta na ulitsi jdut atpechatcov nashi nog
Zvyezdnaia pil – na sapogar. Miagcoe cresla, cletchati pled, ne najati vavremia curok.
Salnyetchnin dyen – v aslepitelnir snar.
Gruppa crovi – na rucave.

Não errei nem um verso. Foi um momento inesquecível. Se eu dissesse que foi um momento de grande emoção – teria sido um exagero? Não fiquei nervoso ao cantar diante dos espíritos de porco. Eu não estava nervoso, embora houvesse grande chance de apanhar se não cantasse bem. Talvez eu estivesse confiante de que eles não poderiam entender. Ou talvez fosse graças ao meu absoluto preparo.
A minha voz ecoou num tom baixinho. Parecia espalhar-se por todos os cantos da quadra de esportes do colégio. Minha voz ficou bem charmosa e, ao mesmo tempo, rústica e rouca, agradável de ouvir (na minha

opinião). Parecia suplicar algo sério de maneira verdadeira, e expressava um apelo carismático ao mesmo tempo (talvez tudo fosse só impressão minha). Além disso, havia um sentimento sutil de melancolia. Eu cantei com sinceridade, em voz baixinha mas comovente. Eu mesmo pude confirmar isso cem por cento!

E, enquanto eu cantava, mantive o pensamento de que alguém estaria ouvindo a minha música, além dos espíritos de porco: *é verdade que alguém está escutando a minha voz muito charmosa. Então, por isso, eu vou cantar ainda mais maravilhosamente.* E até cheguei a fantasiar que uma melodia de viola estaria me acompanhando de algum lugar, ou deveria acompanhar a minha canção.

Ao terminar de cantar, os espíritos de porco números 1, 2, 3 e 4 estavam com expressões de quem não conseguira entender nada (*claro, vocês não devem entender nada. Nem se atrevam! Língua russa é muito difícil. Já escutaram o nome Viktor Tsoi?*). Eles fizeram caras de indecisos sobre se bateriam ou não em mim.

Nesse momento, o número 1 abriu a boca:

— Filho da puta!

A pronúncia dele estava diferente. A dicção da letra F tinha o som fechado, e a letra P também não estava forte como ele costumava pronunciar. Algo estava fraco. Ele não estava dizendo o palavrão de coração. Não mesmo! Eu pressenti. O número 1 nem conseguia finalizar a frase. Os espíritos de porco se entreolhavam sem foco, e eu mantinha meu olhar para baixo, com muita calma. Com meus dentes bem fechados (pois eles poderiam de repente bater em mim). Dentro do meu coração, eu murmurava: "eu sou asfalto".

Nesse dia, depois de me ouvirem cantar, os espíritos de porco não bateram em mim. Nem explicaram a razão; só disseram: *Se a Coreia perder para a Polônia, será culpa sua por não ter cantado bem. Aí mesmo é que vamos castigar você* (de fato, eles não explicaram qual era a relação entre minha música e o desempenho da seleção coreana. E, naquela época, eu nem sabia o significado da palavra castigar).

Graças a Deus, a seleção coreana conseguiu ganhar repetidamente e chegou às quartas de final (muito obrigado, senhor Guus Hiddink, técnico da seleção coreana!). Na partida em que a Coreia foi derrotada na disputa pelo terceiro lugar, eu achava que iria apanhar. Porém, fui poupado pelo acontecimento inédito de a seleção coreana ter chegado às quartas de final. Além disso, não apanhei mais até o final do semestre e até concluir o colégio.

Em vez de apanhar, eu cheguei a cantar algumas vezes a música de Viktor Tsoi diante dos espíritos de porco. Fui levado a um lugar qualquer para cantar diante dos espíritos de porco mais apavorantes, que faziam tremer até os outros da minha turma (estranhamente, eu não entrei em pânico).

Naquele fim de ano de 2002.

Eu chorei inúmeras vezes assistindo ao sucesso na Copa (eu não sei por que chorei tanto. Será que realmente não há razão para o choro de um homem?). Como eu não gostava daqueles gritos vindos do estádio de futebol, assisti ao jogo escutando as músicas de Viktor Tsoi. Com o fone de ouvido na cabeça, assisti à televisão. A minha Salvadora me deu um presente quando a seleção foi classificada para as quartas de final. Eu usei o headphone ligado ao enorme aparelho cinza. Fiquei impressionado ao saber que os dois instrumentos se conectavam.

Então, por isso, assistindo ao jogo ou não, eu sempre cantava músicas de Viktor Tsoi. E escutava (evidentemente, graças à minha Salvadora, podia escutar e cantar todas aquelas músicas). Ela regularmente vinha à minha casa, brincava comigo e me dava músicas russas de presente, inclusive o headphone. Minha Salvadora parecia, aos poucos, transformar-se num "verdadeiro anjo".

No início eu só cantava "Tipo sanguíneo", mas meu repertório pouco a pouco aumentou. Ao testemunhar a primeira goleada do Hwang Sun-hong (atacante), cantei "Eu sou asfalto". Achei que a canção "A chuva para nós" combinava bem com o gol de cabeça do atacante Anh Jung-whan (eu deveria ter associado a música porque houve temporal no dia da partida).

Escutei a canção "Um espaço para dar um passo adiante" ao presenciar Park Ji-sung (meia) dar um chute depois de matar a bola no peito.

Quando Seol Gi-huyn (atacante) chutou de bicicleta, eu me lembrei da música "Isso não é amor".

Ao assistir Hong Myung Bo (defensor) marcar um gol na disputa por pênaltis, eu cantei vigorosamente a música "Lenda".

Foi estranho.

Depois da partida entre a Coreia e a Polônia, no dia em que me escutaram cantar música russa, os espíritos de porco não implicaram mais comigo. De vez em quando, me assediavam por algum pretexto, porém jamais pela música. O grau de perseguição diminuiu muito em relação ao passado.

Eu não mais precisava lhes pedir ou suplicar para cantar. No final do semestre, eles disseram que queriam me ouvir cantar, e pediram que eu cantasse na sala de aula. Toda vez que eu cantava, imaginava estar na Rússia. Imaginava que estivesse cantando lá. E eu cantava em russo com mais coragem. Cantava balançando vigorosamente meus cabelos, como se transformado em Viktor Tsoi. Quando cantava, os espíritos de porco me achavam interessante, e diziam: "esse cara sabe fazer algo direito". Eles até chegaram a rir. E cheguei a escutar bastante que "esse cara não é completamente nerd". Quando ouvia esses comentários, eu me sentia muito bem. Wow! eu não sou totalmente nerd! Talvez eu estivesse expressando "eu não sou nerd!" quando cantava na frente deles. Esse meu desejo também sobressaía na canção de Viktor Tsoi.

Eu esperava que assim terminasse o ano de 2002. Sem grandes transtornos, eu e Jeon conversávamos e imaginávamos sobre o próximo curso do ensino médio. Graças a mim, Jeon também apanhou menos. Infelizmente, não podíamos cantar música coreana à vontade.

Quando nos tornarmos alunos do ensino médio, talvez possamos ver o mundo verdadeiro dos nerds!, pensávamos.

Mas isso foi uma ilusão. Enquanto Jeon partiu completamente para fora do mundo dos nerds, eu não consegui. Eu fui para o ensino médio, mas ele não conseguiu. Nós ficávamos exageradamente obcecados pelas coisas que giravam. Nós não compreendíamos as historinhas banais que os nossos colegas da escola contavam. Continuávamos a não entender bem as aulas de matemática e éramos sensíveis aos pequenos barulhos. Entretanto, o tempo passava. O tempo sempre passava assim igualmente para todos. Para uns e para outros, assim o tempo passava. No contexto geral, passou normalmente.

Eu me tornei aluno do ensino médio e Jeon não conseguiu. Uma parte da minha vida começou a mudar. Embora parecesse coisa trivial, houve uma transformação grande.

Lado B

02. A música das ondas
музыка волн

Eu gostava muito de ficar deitado nos braços ou nas pernas da minha mãe. Isso era um certo privilégio. Eu sabia disso. Não havia uma mãe tão carinhosa no mundo. Porque nem todo mundo pode deitar e dormir em cima da barriga ou das pernas tão macias da minha mãe.

Minha mãe falava pouco mas comia excessivamente. Talvez ela não tivesse espaço para falar porque a boca ficava ocupada em comer.

Eu me deitei por cima das pernas da mamãe, que estava sentada na sala de estar (ela não conseguia sentar-se no sofá porque era grande demais. Por isso, sempre se sentava no chão). Estava escutando músicas de Viktor Tsoi do aparelho enorme. Às vezes escutávamos outras músicas, acho eu.

Como sempre, minha mãe estava comendo alguma coisa (em geral, eram salgadinhos em alta quantidade). Eu acompanhava as músicas de Viktor Tsoi de olhos fechados. Eu ficava em silêncio quando escutava outras músicas.

Eu ouço como os ramos das árvores tocam músicas.
A música das ondas, a música dos ventos.
A música das ondas, a música dos ventos.

Eu fui adormecer seguindo assim a canção.

Não era nada mau adormecer, mas o sonho foi um problema. O problema foi o sonho mesmo. Quando caía no sono desse jeito, eu sempre acabava sonhando. Eram sonhos onde via minha Salvadora ou minha mãe. Eu repetia sonhos como repetia palavras ou comportamentos.

Os dois sonhos acontecem na praia. No mar em que as ondas dançam e os barulhos das ondas são as músicas de fundo nos sonhos. Nesse lugar, eu e minha Salvadora estamos sentados, cantando. Minha Salvadora diz existir um país ultramar, apontando para o além. Esse país é maravilhoso para viver, ao contrário do país da gente, diz ela. E completa que seria bom viver comigo naquele lugar. Eu não consigo abrir a boca, apenas escuto o que ela diz. Pois ouvi-la é o suficiente para eu ficar feliz. A orelha da minha Salvadora está aberta para mim, mas a minha boca não consegue abrir. Atrás da gente há uma macieira, um morro baixinho, vento, música e um castelo grande. Passa-se o tempo. A minha boca se abre e eu converso muito com a minha Salvadora. E ela escuta minha história com muita paciência, e a escuta de novo.

Estranhamente, eu não me lembrava de nada do que conversávamos. E nem lembrava das músicas que cantávamos juntos (talvez fossem de Viktor Tsoi). Nem me lembrava do que eu disse. Apenas lembrava que eu tinha conversado com ela (acredito que tenha falado de Viktor Tsoi).

Meu pai disse que é normal não se lembrar bem do que sonhamos.

O sonho com mamãe foi um pouco assustador:

Minha mãe e eu estamos sentados na beira do mar. Na praia, minha mãe está comendo muito alguma coisa. Embora eu queira comer também, desisto, porque ela está comendo vorazmente. Ela parece estar comendo areia ou frutos do mar. Eu queria ver o que ela está comendo, mas não consigo ver suas mãos porque ela come muito rápido. Parece estar sendo sugada pelo furacão. Por isso, eu não consigo identificar. Apenas sei que ela está comendo. De novo ela está comendo, penso eu. Eu a observo sem foco, como um ventilador que gira. Eu fui sugado pela minha mãe, que come demasiado e excessivamente rápido. Ela se torna cada vez maior. Eu estou com medo. Minha mãe começa a ficar maior do que a casa, a montanha e o céu. Ela não para de crescer. Ela fica cada vez maior, de verdade. Ela fica imensa, como se fosse encher todo o planeta. E a minha mãe explode. Minha mãe estoura. Logo vem um enorme furacão. Eu estou sendo levado para o mar. Eu acabo de ser empurrado para o fundo do mar. Eu não sei nadar, nem nos sonhos nem na realidade. Eu estou caindo no fundo do mar. Embora eu tente sair, descubro que não consigo. Eu escuto a voz da minha mãe já explodida. Minha mãe disse algo ao estourar, mas eu *não consigo compreender. Talvez eu não esteja me lembrando do que ela disse. Quanto mais me aprofundo na água, mais calmo me sinto. Como se estivesse em algum lugar para onde devo retornar. Eu estou afundando. Meu coração fica tranquilo. Tento lembrar a última palavra da minha mãe mas não consigo.*

Como meu pai dizia, nós não lembramos totalmente de um sonho.

Quando acordava de um sonho, ao lado dela, eu sempre estava cheio de saliva no canto da boca. A saliva escorria como se fosse o mar, molhando a barriga ou as pernas da minha mãe. Obviamente, havia muito odor. Mas minha mãe não se importava. Ela não reclamava da umidade ou da sujeira. E, como sempre, ela estava comendo sem parar. Principalmente salgadinhos em grandes quantidades.

Quando deitava ao seu lado, ela acariciava minha cabeça muito raramente. Se bem que eu não gostasse de sentir sal ou açúcar de salgadinhos e biscoitos nos meus fios de cabelos, gostava do toque da minha mãe. Como se me sentisse voar. O barulho do toque da minha mãe no meu cabelo parecia o som das ondas do mar.

Lado B

03. Seja um pássaro
стань птицей

Fiquei muito feliz, parecia estar sonhando e flutuando nas nuvens. De fato, estava acima das nuvens.

Entretanto, na realidade não foi assim. A minha mente estava muito confusa, de alguma maneira.

Olhando para fora da janela, acabei entrando nos meus pensamentos. Eu desejava apagar esses pensamentos da minha cabeça, mas não conseguia. Como as memórias da vida dos nerds, como o último dia com meu amigo Jeon, como a despedida da mamãe. Eu desejava me despedir de tudo, mas não foi fácil. Talvez um montante de tudo isso estivesse amassado e amarrado dentro da minha cabeça.

Eu queria pensar apenas no encontro com Viktor Tsoi e queria lembrar o dia 15 de agosto, mas não foi fácil. Eu queria ficar feliz pensando no reencontro com a minha Salvadora, mas não deu.

Então, é isso mesmo. As memórias ruins não são poeiras. Por isso não foi fácil me livrar delas. Os pensamentos que desejo apagar não foram escritos a lápis. Por isso não foi fácil apagá-los.

Muitas coisas no mundo aconteceram sem razão. Aconteceram de alguma maneira. Apenas aconteceram. Apenas assim! Quantas coisas aconteceram desse jeito? Como aconteceram mesmo com Jeon, com a minha mãe, ou com alguém. Por isso talvez a razão não seja importante. Há inúmeras razões. Procurar saber a razão seria inútil.

Todos que eu via pela janela estavam diminuindo. Ficavam cada vez menores e menores. E estavam ficando distante. Fiquei distante. Eu fiquei muito nervoso pelo fato de que as coisas que eu conhecia ficaram menores e distantes. Os meus braços tremiam involuntariamente. Meu coração batia fortemente como quando eu saía para encontrar os espíritos de porco. Embora eu esteja indo ver Viktor Tsoi e a minha Salvadora, em vez dos espíritos de porco. Será por que eu estou ansioso para vê-los?

    Lembrei do meu pai. O rosto do meu pai, na despedida. Eu não pude ler o sentimento do meu pai. Eu já tinha dificuldade para ler a mente de alguém, e o rosto do meu pai, na despedida, foi ainda mais incompreensível. Evidentemente, meu pai, por natureza, não mostrava qualquer expressão no rosto.

    Lembrei da minha mãe. Não sei por que, naquele momento, de repente, veio a cara da minha mãe. Fiquei com medo ao me lembrar do último momento da minha mãe. Aquele rosto, o rosto pálido da mãe apareceu na minha mente. Eu me lembrei das pernas macias e da barriga mole dela.

    Será que vou me sentir melhor se cochilar um pouco? Mas o sono não vinha. Eu tentei dormir pensando na minha mãe, mas acabei lembrando das palavras que meu pai dizia frequentemente. Em relação a sono, mulher e dinheiro, quanto mais formos obcecados por eles, mais longe ficarão.

    Uma piada ousada do pai! Em relação a mulher e a dinheiro, eu não pude concordar por falta de experiência. Contudo, quanto ao sono, realmente acontecia assim mesmo. Tentei contar carneiros de olhos fechados, e logo desisti. Porque os carneiros não vinham brincar na minha mente. Ao mesmo tempo, aqueles que foram embora da minha mente não se juntavam. Nem retornavam à minha mente.

    Quando ficava nervoso, em geral, bastava escutar música. Entretanto, sentia muita dor no ouvido. Comecei a escutar barulhos no ouvido. Nem pude me dar ao luxo de escutar músicas por causa da dor. Fiquei frustrado por causa dos ruídos imensos existentes no avião. Simplesmente fiquei segurando firme o headphone com as duas mãos. A borracha do headphone ficou encharcada de suor.

    Queria chamar alguém porque sentia dor. Eu acenei com a mão. Escorria suor por minhas costas. Olhei ao redor. Ninguém prestou atenção à minha mão. Como sempre, minha mão estava levantada, sozinha, por cima das poltronas. Se houvesse um rosto na minha mão, ele estaria bem vermelho de vergonha. Um passageiro ao meu lado apertou um botão para me ajudar. Uma lâmpada acima da minha cabeça começou a piscar. O passageiro ao meu lado riu para mim. Como poderia rir tão embaraçosamente? E eu respondi também sorrindo embaraçosamente.

Então alguém veio correndo na minha direção. Uma aeromoça. Antes de começar a falar, já percebia a gentileza dela. Evidentemente, era muito linda. Ela sorriu para mim. Como conseguia dar um sorriso tão bonito?

— Em que posso ajudar?

Respirei profundamente e falei devagar. Graças à fonoaudiologia, eu havia melhorado imensamente, mas ainda não era fácil expressar-me para alguém que via pela primeira vez. Era como se revelasse para pessoas desconhecidas quanto dinheiro tinha na carteira. Mais ainda se essa pessoa fosse uma mulher e, além de tudo, bela.

— Tenho dor no o-ou-ouvido.

Acabou parecendo uma mixagem. A aeromoça mostrou que havia entendido com um sorriso, e se foi pelo corredor estreito. O sorriso nos olhos dela não me saía da memória. Logo depois, ela voltou com suco de laranja. Beba devagar, vai se sentir melhor, disse ela. Se precisar, posso lhe servir mais. Ao se misturarem a imagem ilusória dela, que havia pouco tempo acabara de desaparecer, e a outra imagem verdadeira dela na minha frente, eu fiquei tonto. Fiquei grogue.

Quão devagar eu deveria beber? Que velocidade por segundo? Eu senti o suco nos meus lábios. O gosto ácido espalhou-se pelo meu corpo quando o senti na língua. Será que vou melhorar quando o gosto chegar ao meu ouvido? Não senti diferença, embora bebesse o primeiro, o segundo e o terceiro copo de suco. Apenas fiquei com a barriga cheia. Será que eu bebi rápido demais? Comecei a arrotar: burp, burp. O passageiro ao meu lado sorriu para mim, de novo, embaraçosamente. A aeromoça continuou trazendo sucos para mim, obviamente com muita simpatia.

O passageiro ao meu lado, que havia presenciado tudo, sugeriu que eu bocejasse. Como poderei bocejar quando o sono não vem? Ao me ver sem reação, ele sugeriu que eu engolisse saliva. E ele mesmo fez a demonstração para mim. Juntei saliva na boca, à força, e dei um gole bem grande. Senti o sabor da laranja. Parecia sumir devagarzinho o sofrimento. Mais uma vez eu engoli: blub! glub!

E coloquei o headphone na cabeça. Parecia conseguir ouvir música. Eu liguei o adaptador no apoio do braço do assento do avião. Não deve existir uma música especial para se ouvir durante um voo, mas fiquei esperando que algo especial tocasse no avião com destino à Rússia. Tinha esperança de que pudesse encontrar Viktor Tsoi no ar. Aumentei o volume, pensando que talvez fosse mesmo possível, já que o voo era de Seul para a Rússia. Não tocou música de Viktor Tsoi (obviamente!).
Esperança é apenas esperança (como sempre!)

O avião estava voando normalmente. Embora fosse a minha primeira experiência, não tive medo de voar. Apenas não gostei dos barulhos ao redor do avião. Contudo, me senti maravilhoso com a sensação de voar como um pássaro.

A música tocou.
Uma melodia suave de viola. Não parecia sair da caixa de som do avião. Parecia que alguém tocava de verdade, na minha frente. Cheguei a pensar que alguém estava tocando no ar. Não devia ser. Fechei meus olhos pensando "não". A sensação ficou ainda mais real. De fato, alguém parecia estar na minha frente. Embora fosse uma música que ouvia pela primeira vez, parecia que já a conhecia. A melodia da viola era bem familiar.
Eu segui a música. Parecia estar flutuando acima das nuvens. Ou talvez a música tivesse me levado para além das nuvens. Meu corpo parecia se transportar para as nuvens de música. Foi um sentimento diferente de quando eu escutava as canções de Viktor Tsoi.
Em menos de dois minutos a música acabou. Terminou. Havia uma próxima música, mas estranhamente não se ouvia nada. A melodia que eu escutara anteriormente permanecia ecoando nos meus ouvidos. A melodia da viola continuava a soar nos meus ouvidos. Parecia escorrer água pelos meus ouvidos. Curiosamente, meu corpo não se movia. A força do corpo se esvaziara. Como se a música retirasse a minha energia. Até a minha mente parecia estar submersa no fundo do mar.
Eu levantei e acenei com o braço por cima do assento. Evidentemente, ninguém veio. Eu me levantei repentinamente e acabei gritando (puxa vida! eu havia me esquecido de apertar o botão).

— Por favor! Por favor!

Uma aeromoça veio a passos rápidos. Ela estava muito agitada, embora sorrisse. Eu também fiquei surpreendido com minha reação repentina, já que não agia assim havia muito tempo. Entretanto, mantive minha aparência. Na verdade, fingi estar calmo!

— Gostaria de escutar de novo aaaquela música que aaaacabou de tocar!

Obviamente, ela não sabia aaaquela música que eu aaaacabara de escutar. Eu expliquei lentamente sobre a "música". A aeromoça disse que eu não poderia escutar de novo a música. Seria impossível repetir a transmissão de áudio no voo porque funciona como um programa de rádio. Só seria possível reproduzi-la tal como se transmite uma reprise, após algumas horas.

Eu não pude entender. Como não poderia escutar de novo? Eu tirei o headphone. Tive vontade de arremessá-lo por um momento, mas me contive. Pois era um presente da minha salvadora. Eu queria gritar, mas também resisti. Em vez disso, fechei meus olhos. A aeromoça se afastou, pedindo desculpas.

Sem que percebesse, eu estava respirando ofegantemente, arf, arf! Viam-se nuvens pelas janelas. Não havia nada entre as nuvens. Parecia existir um vácuo entre elas. Seria bom se eu pudesse ver algo. Eu conseguiria me concentrar. Se esse algo girasse seria ainda melhor, mas não havia nada entre as nuvens. O avião planou pelo espaço totalmente vazio.

Começou a chover. A chuva bateu nas janelas. Parecia uma música. Eu fechei os olhos. O avião voava pelo céu chuvoso. Eu queria que algo de longe pudesse subir voando.

Cegonha! Seria bom se uma cegonha, com suas asas grandes, pudesse voar, atravessando o céu chuvoso. Se uma cegonha pudesse voar bem grande.

Já fazia sete anos.

Mil cegonhas, precisamente 999 cegonhas que Jeon tinha me deixado de presente. Jeon foi embora deixando mil cegonhas (ou seja, precisamente 999 cegonhas) para mim. Como uma cegonha, ele voou para algum lugar.

Até então, Jeon e eu acreditávamos estar resistindo muito bem, mas de fato não deve ter sido assim. Talvez apenas eu tivesse pensado desse modo. Foi meu engano.

Nós (eu e Jeon) estávamos prestes a nos formar no colégio primário. Eu estava excitado ao meu jeito. Refletindo bem, talvez Jeon não estivesse sentindo da mesma maneira. Evitando os olhares dos espíritos de porco, nós trocávamos ideias de que haveria um novo mundo quando ingressássemos no ensino secundário. Os espíritos de porco também se esqueceram de Jeon assim que me permitiram cantar. Foi um evento feliz. Jeon não agradeceu a mim. Contudo, eu senti. Compartilhávamos emoções sem palavras.

Até então, achávamos ingenuamente que apenas havia espíritos de porco ao nosso redor. Desconhecíamos a realidade de que havia mais espíritos de porco do que cinzas e nerds (muito ingenuamente).

Na época, a minha capacidade de expressão estava progredindo rapidamente, a ponto de eu perceber. Jeon parecia não mudar. Entretanto, sua técnica de dobrar as cegonhas progredia extraordinariamente. Nunca consideramos que meu progresso na fala ou sua técnica de dobrar papéis pudesse interferir na nossa amizade e fosse importante para a gente. Assim o tempo passava. E, poucos dias antes da cerimônia da formatura, um dia de fevereiro de 2002,

Jeon morreu.

De repente.

O que Jeon deixou foram centenas de cegonhas e seu testamento. Entre elas, 999 cegonhas ficaram comigo. Jeon escreveu uma nota, como parte do seu testamento, explicando por que havia feito 999 cegonhas.

Vitório, dizem que os sonhos se realizam quando se consegue mil cegonhas.
Nessa caixa há 999 cegonhas.
Eu as dobrei especialmente para você.
Não demorou muito.
Faça mais uma cegonha quando você quiser e realize seu sonho!
E vá voando bem alto para onde você queira!

Escreveu ele. Fiquei emocionado ao ler a nota. Mas as lágrimas não vieram.

Meu pai ensinou como dobrar cegonhas de papel. Evidentemente, o processo não foi simples. Eu demorei meses para dobrar mais uma cegonha. Era para dobrar apenas mais uma, mas não foi fácil. Toda a vez que tentava, lembrava de Jeon. Lágrimas escorriam quando eu pensava que não poderia mais ver aquela figura maravilhosa que ele dobrava veloz: a cegonha de papel dourado. Mas não fiquei mais emocionado.

Finalmente, eu dobrei mais uma cegonha. Embora tivesse conseguido completar 1.000 cegonhas, não fiz pedido algum. Não consegui pedir porque havia muitos desejos para realizar, embora talvez precisasse pedir apenas um. Por isso, guardei o meu sonho.

E mandei todas as cegonhas voarem.

Apesar de ter mandando voar tantas cegonhas, não havia cegonhas no céu. Não havia cegonhas entre as nuvens. Não havia nada. Às vezes, nem se viam nuvens. O céu era um espaço vazio. Um vão branco. Um vácuo aterrorizante.

Pensando bem, eu não havia visto cegonhas verdadeiras nem no céu nem em outros lugares. Tudo o que eu havia visto eram apenas cegonhas de papel (nem mesmo essas cegonhas eu conseguia ver por muito tempo). Alguém me chamou quando eu contemplava repetidamente cegonhas e Jeon, olhando para o céu.

— Senhor passageiro.

Quando levantei a cabeça, era a aeromoça. Ela ainda estava com uma cara de desculpas. Porém, estava sorrindo. Eu respondi com um sorriso e ela continuava um pouco sem jeito.

— Me disseram que a música se chama "Orchid" da banda Black Sabbath, de Ozzy Osbourne.

Ozzy Osbourne, Black Sabbath e "Orchid". Embora não pudesse compreender, eu não perguntei mais. Somente essas palavras começaram a se reproduzir repetidamente na minha cabeça. Ozzy Osbourne, Black Sabbath e "Orchid", Ozzy Osbourne, Black Sabbath e "Orchid".

Ouviu-se a transmissão de áudio no voo. Em decorrência do vento e da tempestade, a aeronave poderia balançar. A aeromoça pediu que os passageiros retornassem aos seus assentos e se mantivessem sentados, com o cinto de segurança afivelado.

Eu recoloquei meu headphone, mas a música não voltou a tocar. Lembrei de novo da música, "Orchid".
Aquela melodia.
Aquela doçura.
E cegonhas que voavam.
Jeon que me observaria de algum canto.
Eu, nesse momento, me senti frustrado. Dentro do avião podia apreciar à vontade o céu, a terra abaixo, e o mar enorme, porém nada mais do que observar.
Embora se parecesse gozar de uma liberdade sem limites, isso não era verdade. Apesar da sensação de voar, não dava para sentir o céu de fato.
Não posso sentir nem tocar.
Eu queria ser um pássaro de verdade, em vez de um passageiro no voo! Um pássaro.
Nesse instante, o avião estava se afastando de Seul e se aproximando de Moscou. Eu estava voando, embora não fosse um pássaro.
De alguma forma, sem que eu quisesse, eu estava voando. Estava a caminho de Viktor e de minha Salvadora.
Eu guardei na minha mente milhares de vezes, repetidamente, Ozzy Osbourne, Black Sabbath e "Orchid" etc. E comecei a escutar músicas do Viktor Tsoi. Antes de desembarcar, confirmei com a aeromoça.
– Está certo? Ozzy Osbourne, Black Sabbath *e* "Orchid"?
A aeromoça respondeu que sim, com um sorriso. Foi uma reação simpática e bonita. Até que enfim eu chegara à terra de Viktor Tsoi. Finalmente.

Lado B

04. Passeio de um romântico
прогулка романтика

Quando Olga e Vitória se encontraram em Moscou, não houve desconforto. As duas se trataram como se já se conhecessem há muito tempo, como se já tivessem se encontrado. Elas agiam como se tivessem adivinhado o encontro.

Quando Olga voltou da Coreia, ela conseguiu trabalho em empresas coreanas ou relacionadas ao país, graças ao prêmio de primeiro lugar no concurso de "oratória em língua coreana". Ela ganhou posição no Centro Cultural da Coreia na Rússia, depois de trabalhar como autônoma em pequenas associações e empresas. O trabalho principal foi como tradutora e intérprete. Embora oficialmente fosse intérprete, ela precisava realizar outras tarefas, por falta de mão de obra. Além de tradução e interpretação, ela fazia reservas em restaurantes coreanos ou russos e também em *norae-bang* [karaokê coreano], e ainda servia café coreano instantâneo. Entretanto, Olga não se queixava. Pois ela era, em geral, uma pessoa tranquila, e seu emprego lhe garantia boa remuneração em relação a outras pessoas na Rússia. Ao mesmo tempo, ela estava contente com o trabalho que lhe dava muitas oportunidades de divulgar Viktor Tsoi para os coreanos e os jovens russos, como planejar festivais de cinema ou de música.

Olga considerava que o seu emprego no Centro Cultural era um presente da Coreia e de Viktor Tsoi. Ela dizia isso para as pessoas que conhecia, e todos acreditavam nisso. A maioria das pessoas que ela conheceu através do Centro era simpática e, por vezes, até provocava algum desconforto por excesso de simpatia.

Depois de se tornar funcionária do Centro, ela viajou algumas vezes para a Coreia a trabalho. A Coreia se tornou sua segunda terra natal, e a capacidade de falar coreano ficou bem mais aperfeiçoada. Toda vez que ela ia à Coreia, esperava escutar a voz de Viktor Tsoi. Porém, a esperança sempre parava na esperança. Para Olga, nunca houve outro ano da sorte como o de 2002. Na Coreia, não conseguia escutar em lugar algum a voz de Viktor Tsoi ou a música dele. Por isso, de vez em quando, ela recordava a voz de Viktor Tsoi que ouvira no pátio de uma escola primária em 2002.

Apesar da saudade de Viktor Tsoi, ela teve alguns namorados. Houve até chances de se casar, mas nada além de chances. Todas essas chances foram com coreanos.

Toda vez que ela se separava, ouvia a música de Viktor Tsoi. Além de outras músicas, ela frequentemente escutava "Já um ano", da banda coreana Brown Eyes, que ouvira quando foi à Coreia pela primeira vez. No Centro Cultural da Coreia ela organizava concertos, adaptando músicas do Brown Eyes. Para os alunos russos do curso de coreano no Centro, dava aulas especiais como "aprender coreano com música coreana" ou "aprender coreano com música russa". Nessas ocasiões, destacava-se o talento de Olga na guitarra. "Tipo sanguíneo", da banda Yun Do-hyun, era um bom material para a aula. Então ela se lembrava da loja de discos em Shinchon, onde conseguira comunicar-se em russo. Não conseguia lembrar-se do rosto da vendedora, apesar daquela simpatia e intimidade estranhas. "Tipo sanguíneo" fez sucesso entre os alunos. Embora a letra da canção estivesse em idioma estrangeiro, foi fácil cantá-la porque já era conhecida da maioria dos russos. Além das músicas de Viktor Tsoi, Olga tocava frequentemente músicas do Black Sabbath ou dos Beatles, as preferidas de Viktor Tsoi.

Entretanto, ela visitava Viktor Tsoi todas as férias. Ia ao muro de Viktor Tsoi em Moscou, onde havia homenagens ao cantor, e, quando tinha tempo, ia a São Petersburgo, onde Viktor Tsoi nascera. Ela participava, sem falta, dos eventos anuais em homenagem a Viktor Tsoi, como convidada ou na plateia. Especialmente no Ano Novo, ela passava o *réveillon* com Viktor Tsoi.

O mundo às vezes se aproximava de Viktor Tsoi, por vezes se afastava dele. Mas Olga sempre permanecia no mesmo lugar. Não vivia mais na rua em homenagem a ele, mas tinha confiança de que Viktor Tsoi poderia reaparecer em algum lugar. Ela estava esperando o dia em que poderia escutá-lo de novo. Ela sozinha aguardava esse encontro.

Vitória se formou e conseguiu emprego no Centro Cultural da Rússia. No Centro, ela cumpria várias tarefas relacionadas com a Rússia. No Centro, ensinava-se língua russa, davam-se conselhos para os estudantes e ajudava-se a preparar documentos relacionados a estudos ou investimentos, além de consultas para empresários, serviços de interpretação e tradução. Ao mesmo tempo, publicavam-se livros referentes à Rússia.

O Centro tinha curso de coreano gratuito para os russos que moravam na Coreia. Realizava também projetos culturais, convidando à Coreia companhias de balé russo ou orquestras. Por isso, o Centro foi apelidado de "a pequena Rússia". Entretanto, para Vitória, o indicativo "pequena" pareceu inadequado. Além disso, o Centro Cultural da Rússia tinha uma placa homenageando o maior poeta russo (Pushkin House).

Vitória fazia parte da divisão de planejamento. Havia o chefe da divisão e dois funcionários. Ela era a novata. Embora a equipe fosse pequena, executava várias tarefas. A relação entre colegas era fraterna. Na divisão, planejavam-se projetos culturais em relação à Rússia. Programavam-se publicações, concertos e eventos a se realizar na Rússia.

Para Vitória, o trabalho era divertido, mas ela nunca sentiu que ficaria por muito tempo no Centro. Embora fosse boa a remuneração, não havia razão suficiente para se manter ali. Ela gostava do chefe e dos colegas, e fizera amizade com funcionários de outras divisões e professores russos da divisão de educação. Vitória era considerada jovem, bonita e inteligente no Centro. Ela não frustrava essa imagem. Do diretor ao faxineiro, todos tinham simpatia por ela. Entretanto, Vitória não se sentia confortável. Ela queria partir.

Vitória tomou uma decisão. Queria ir para a grande Rússia, saindo da pequena Rússia. Ela mesma não sabia como havia tomado essa decisão. Ela não sabia bem se isso acontecera de repente ou há muito tempo. Não sabia se ela não gostava mais do trabalho ou da Coreia. Talvez, simplesmente, ela não quisesse algo menor, e sim algo bem maior.

O trabalho no Centro não era ruim para ela. Obviamente, se quisesse, poderia listar várias razões justificáveis para ficar. Porém, Vitória considerava que era seu destino. Ou seja, simplesmente decidiu acreditar nisso. O destino, em geral, tem sua força quando acreditamos. Assim como o maior poeta russo havia aceitado um duelo, mesmo pressentindo sua morte, ela considerou sua partida uma sina inevitável. Vitória acreditou que colocar sua decisão em prática seria mais importante. Então preferiu refletir sobre tudo isso apenas depois de partir.

E ela foi à Rússia com o título oficial de professora de coreano do Instituto de Língua Coreana Rei Sejong. Sua remuneração seria bem menor em relação à do Centro. Nem havia garantias de um trabalho promissor, em comparação com o que fazia na divisão de planejamento cultural. Tampouco havia certeza de que poderia fazer amizades interessantes, como na Coreia. Talvez valesse a pena tentar pela falta de certezas.

Já que ia à Rússia, talvez fosse mais apropriado trabalhar numa multinacional coreana no país, considerando bem a sua carreira, os seus estudos e a sua personalidade. Realmente teria sido melhor para a sua carreira. Mas ela não quis esse lugar. Ela pensou diferente das outras pessoas.

Em setembro de 2005, ela deu a primeira aula em Moscou. A professora jovem, que veio da Coreia, fez grande sucesso. Muitos russos gostaram da sua personalidade simpática e dinâmica. Seu estilo agradável e simples se tornou um símbolo do Instituto Rei Sejong. Não era fácil matricular-se na aula de coreano, por haver mais inscrições do que as vagas oferecidas gratuitamente. E o Instituto ficou mais cheio ainda depois que ela chegou. Mais pessoas queriam estudar coreano. Ela passou seu primeiro outono na Rússia sentindo-se muito feliz.

No lindo outono, ela já estava totalmente apaixonada pela grande Rússia, pelo novo desafio, pelos russos que gostavam dela.

No fim de dezembro desse ano, quando terminou o período letivo, ela preparou sua viagem a São Petersburgo. Vitória pensou da seguinte forma: se for à Rússia, o primeiro lugar para conhecer seria São Petersburgo. Eventualmente, se ela morasse em São Petersburgo, sua primeira viagem teria sido a Moscou. As duas cidades na Rússia são como o coração e o cérebro de um ser humano. Não fazia sentido sem um deles.

Os amigos perguntaram se não seria mais apropriado um lugar quente como o Egito ou a Turquia. Alguns diziam que seria melhor ir à Coreia. Mas ela não escutou aquelas opiniões. Não deu bola, como se estivesse com um fone de ouvido, escutando rock.

Vitória comprou passagem de trem com destino a São Petersburgo. Até então, não havia uma razão especial, uma razão pela qual ela precisasse viajar ou partir para aquela cidade. Será por que é uma cidade bela? Será por que tem o maior museu, o Hermitage? Será por que é a terra natal de Viktor Tsoi?

Ela não pensou tanto na razão. Não era o estilo dela. Ela sempre agia antes de pensar. E, mais uma vez, ela disse que era o destino.

Ao seguir sua intuição, Vitória deveria encontrar sua razão, que estaria no fim.

Por isso,

No último dia de 2005, Vitória estava esperando o trem na estação São Petersburgo, em Moscou. Ela achou interessante existir uma estação de trem denominada São Petersburgo. Em Seul há a estação ferroviária Seul, mas não há estação ferroviária Moscou em Moscou. Em seu lugar está a estação São Petersburgo. Achava mais interessante ainda que em São Petersburgo não existisse uma estação São Petersburgo, mas sim uma estação Moscou. Achava sensacional batizar a estação de trem pela localização de um destino.

Dar importância ao lugar de chegada em vez do de partida. Ter interesse pelo destino que se vai seguir, em vez daquele que se está deixando. Era essa ideia que Vitória achava atraente. Era essa a razão que estimulava Vitória a partir.

No final do ano de 2005, Vitória estava em pé na plataforma, sentindo o charme e o vento frio da estação.

No mesmo horário, Olga também estava nessa plataforma. Olga estava lá para passar o *réveillon* com Viktor Tsoi. Era como uma espécie de culto para ela. E isso para ela talvez fosse uma coisa natural. Não poderia ficar ao lado de Viktor todos os dias, mas não se esquecia dele. Ao mesmo tempo, ela sempre se esforçava para ficar com ele nos dias significativos, tais como o aniversário dele, o aniversário de morte e o

Ano Novo. E na maioria das vezes ela conseguia realizar. Considerava inútil qualquer esforço não concretizado.

Olga viu Vitória.
Ao vê-la, pressentiu que fosse coreana. Pelo menos ao olhar de Olga, tinha certeza de que não seria chinesa ou japonesa. O problema foi que ela estava sozinha. Uma mulher sozinha não poderia ser coreana. A voz de Viktor Tsoi penetrava no ouvido de Olga. Olga inclinou a cabeça. Coreanos, especialmente uma mulher coreana, jamais viajam sós. Muito menos em Moscou, no último dia do ano, uma mulher tão bonita como ela.

Estranhamente, Olga não conseguia tirar os olhos de Vitória. Quando chegou a hora da partida do trem, Vitória preparou o passaporte, o visto e a passagem. Olga observava tudo com atenção.

Embora fosse sua primeira viagem pela Rússia, Vitória já sabia muitas coisas porque os amigos haviam explicado várias vezes sobre: o que preparar para uma viagem de trem; que cuidados tomar; algumas histórias bem aventureiras e outras bem terríveis, em detalhes.

Olga estava próxima de Vitória, mas não no mesmo vagão. Ela cogitava entrar no mesmo vagão da outra. Vitória apresentou sua passagem de ida e de volta, o passaporte e o visto ao fiscal do trem, que estava diante do vagão. Enquanto eles conversavam, Olga observou o passaporte dela. Era um passaporte coreano. Com certeza, estava escrito República da Coreia.

Olga se sentiu estranha. Ela seguiu para o mesmo vagão onde Vitória entrou primeiro. Retirando o fone de ouvido, ela se aproximou de Vitória. E perguntou em coreano. Pausadamente, perguntou em coreano com muita educação.

— *Annyung haseyo* (tudo bem)? *Hoksi hankuk bunisingayo* (por acaso, você é coreana)?

Vitória virou para trás.

— *Ne* (sim).

Vitória não parecia surpreendida. A resposta dela fora curta e clara. Porém, não parecia surpresa. Ela respondeu naturalmente, como se pegasse um ônibus que estava esperando. E continuou falando, com expressão usual e comportamento normal.

— Você fala bem coreano, embora pareça ser russa.
O sorriso dela foi lindo. Vitória elogiou Olga em russo. Olga agradeceu em coreano e respondeu, modestamente, que o seu coreano não era tão bom assim.
As duas se encontraram dessa maneira. No trem, com destino a São Petersburgo. Ou a caminho de encontrar Viktor Tsoi. Sem nenhuma sombra de estranheza. Elas não lembravam que haviam se encontrado na Coreia muito tempo atrás, que lá na Coreia elas tinham conversado sobre Viktor Tsoi e que Olga encomendara um CD da banda Yun Do-hyun.

Faixa oculta 07
Perco, perco, perco, e perco

Ao refletir, Vitório viu que havia perdido muitas coisas naquele ano.
A primeira coisa que perdera foi seu único amigo.
E, a seguir, sua mãe, única no mundo.
E, ao perder o amigo e a mãe, únicos no mundo, Vitório se comportou como se tivesse perdido o mundo.
Ele tinha razão.
E ele também perdeu sua chance de estudar.

Ao se aproximar da data da formatura do ensino fundamental, Vitório já havia melhorado em diversos aspectos. Deu para ver que ele estava diferente quando ensaiava muito para cantar música russa. Em 2002, a Copa do Mundo terminou com grande sucesso. Por todos os lados, a sociedade coreana transmitia alegria. As pessoas sem ânimo sentiram-se motivadas graças à Copa. Havia muita gente dizendo que a vida ficara interessante. Os que gostavam de brigar pararam naquele momento. Entre eles estava Vitório. Parecia que algo muito interessante poderia acontecer assim que começasse o Ano Novo. Vitório, que detestava o futebol, chegou a assisti-lo com frequência. Ele assistia enquanto escutava a música de Viktor Tsoi.

Vitório levava a sério as sessões de fonoaudiologia e estudava muito. De fato, ele não conseguira corrigir totalmente o seu temperamento de pavio curto. Porém, em relação ao passado, havia melhorado visivelmente. Ele começou a controlar suas emoções. Parecia reconhecer e decodificar o ambiente. Nas últimas férias de verão do colégio, Vitório se preparou bem para ingressar no ensino médio. Ele mesmo dizia que ansiava pela mudança para o novo colégio.

Para se tornar um aluno de ensino médio, ele preparou tanto a mente quanto o físico. Ainda gostava de mexer com rolos de alumínio e adorava exageradamente o barulho de mastigar pepinos e as canções de Viktor Tsoi. Mas nada disso trazia uma influência especialmente negativa à vida cotidiana. Embora ele dissesse às vezes, e de repente, desejar comer pepino, pensava que a sua vida estava encontrando uma possibilidade de crescimento. O rosto de Vitório ficou mais alegre. Ainda que minha mulher continuasse a comer em demasia, ela sorria mais vezes ao ver o progresso do filho.

Vitório falava muito comigo sobre seu amigo, Jeon. Isso foi uma grande mudança. De fato, até então, eu e minha mulher não sabíamos da vida de Vitório. Era um mundo de segredos. Salvo alguns incidentes violentos em que se envolvia, jamais ficamos sabendo como ele levava sua vida escolar. Realmente, sabíamos que ele teria dificuldade nos estudos. Entretanto, se ele apenas continuasse a ir à escola, já seria bom demais, pensamos.

Desde a infância, Vitório não falava nem se expressava bem. Os médicos davam várias explicações sobre o sintoma. Mas isso de nada adiantava como ajuda especial para Vitório. Mesmo que um dia descobrissem a causa do problema, aprendemos que não haveria tratamento de fato. Nós não exigimos nada de nosso filho, além do tratamento de fonoaudiologia. Pois Vitório já lia bastante e ouvia música dezenas de vezes mais do que os meninos em geral. De fato, ele escutava repetidamente algumas músicas. Por outro lado, na matemática ele foi bem pior do que os outros alunos.

No segundo semestre do sexto ano, Vitório começou aos poucos a se expressar melhor. Primeiramente, ele falou sobre seu amigo mais próximo, Jeon. Refletindo bem no que ele disse, Jeon era parecido com Vitório em vários sentidos.

Entretanto, contou que Jeon não gostava de alumínio, nem de pepino, nem de Viktor Tsoi. Ele não tinha ideia sobre essas coisas. Em vez disso, adorava a cor dourada e dobrar papéis. Disse ainda que Jeon fazia cegonhas de papel dourado sem parar. Vitório apreciava ver o amigo fazendo origami. Parecia que os dois almoçavam e voltavam para casa juntos. Eu fiquei um pouco aliviado ao saber que dois meninos frágeis permaneciam unidos. Quando a gente se une, nossa força, vigorosa ou frágil, sempre aumenta.

Por isso, pensei em encontrar os pais de Jeon, antes de Vitório ingressar no ensino médio. Acabei encontrando com eles um pouco depois. Foi no funeral do Jeon.

Jeon se suicidou. Ele pulou do décimo quinto andar. Ele se matou, deixando direitinho no quarto o testamento e seus pertences. Ele subiu para o décimo quinto andar do prédio, se conduziu precisamente para o meio do corredor e pulou, depois de tirar os sapatos e deixá-los arrumados. No lugar onde Jeon caiu não havia carros estacionados. Nem havia gente passando. Jeon caiu diretamente na área de pedestres. A cabeça bateu primeiro no chão. O resultado foi terrível. A cabeça ficou despedaçada e um lado do braço se soltou. Com aquele braço ele dobrava cegonhas de papel.

Diversos meios de imprensa, televisões e jornais noticiaram a morte de Jeon. Os meninos que testemunharam o acidente gravaram imagens com câmeras digitais. E as espalharam por todos os cantos. Infelizmente, Vitório acabou vendo a foto. Alguém, de propósito, lhe mostrou. Ele viu a foto do amigo morto daquela maneira horrível.

No local onde Jeon morreu, por muito tempo, permaneceu uma marca de sangue. As pessoas tentaram apagar a marca de todas as maneiras possíveis, mas não foi fácil.

Logo depois o testamento de Jeon foi revelado. E as milhares de cegonhas que ele deixou se tornaram conhecidas. Uma parte delas foi levada a Vitório. O teor do testamento era o seguinte:

Eu passei muito tempo dobrando cegonhas porque minha mãe disse que meu sonho se realizaria ao dobrar mil cegonhas. Mas meu sonho não se realizou, embora eu tivesse dobrado milhares de cegonhas. Como Deus criou crianças normais e uma criança diferente como eu, talvez haja crianças que não consigam realizar seu sonho, ao contrário das outras. Eu devo ser uma delas. Por isso...

Por isso, eu e os pais de Jeon chegamos a nos encontrar. Eles eram pessoas bem simples. Eles ficaram muito tristes e se sentiram muito culpados. Pediram desculpas a Vitório muitas vezes. Eu não entendi por que os pais de Jeon pediram desculpas. Porém, não fiz nenhuma pergunta.

Vitório não chorou nem riu ao ver o retrato de Jeon no funeral. Simplesmente, estava petrificado. Mais de dez, vinte, trinta minutos ficou ali de pé, sem falar nem se mexer. Passaram-se uma, duas horas e ainda assim ele ficou parado sem se mexer. O tempo do meu filho parecia parado naquele momento. Eu simplesmente esperei que reagisse. Eu queria entender a tristeza do meu filho.

Depois de ter ficado parado por muito tempo, ele começou a gritar como louco. Ele rolou pelo chão, teve convulsões e cuspiu muito. Ele ainda tentou retirar o retrato e jogá-lo fora. Os pais de Jeon conseguiram segurá-lo com dificuldade. Vitório não parou por aí; derrubou uma mesa e deu socos nas pessoas indiscriminadamente. Ele mordeu e beliscou os braços das pessoas que o seguravam, além de dar pontapés. Eu trouxe Vitório para casa à força. Não tive outro jeito. Ele resistiu fortemente. O olhar dele era bem assustador. No fundo desse olhar assustador, eu vi lágrimas penduradas. Ao vê-las, não tive coragem de dizer nada para Vitório.

Ao chegar em casa, Vitório entrou no seu quarto como se nada tivesse acontecido. E por longo tempo permaneceu calado. Vitório não abriu a boca, nem mesmo quando março chegou. Consequentemente, ele não se tornou aluno do ensino médio. Corrigindo, ele era estudante do ensino médio, mas não foi à escola. Para falar a verdade, ele foi uma ou duas vezes à escola, porém não pôde continuar.

As pessoas em volta faziam fofocas, dizendo que Vitório, muito amigo de Jeon, poderia morrer da mesma maneira. Pareciam pedir a morte de Vitório da mesma forma. Na vizinhança, havia pais de alunos contra a presença de Vitório no mesmo colégio. Havia muita gente que desejava a mudança da minha família para outro lugar, fazendo comentários sobre o valor do apartamento.

Num dia de abril.

Ele foi à escola depois de um mês. Contudo, retornou para casa depois de ficar sentado por alguns minutos no colégio. Certamente, a escola nem entrou em contato comigo. Vitório era estudante do ensino médio, mas não pôde terminar. Nem conseguiu ir ao colégio direito.

Mesmo que a escola quisesse aceitar, Vitório não tinha condição de continuar. Apenas comia suas refeições com dificuldade e não fazia absolutamente nada. Ele escutava músicas, mas não cantava junto.

Nós decidimos: não vamos mandá-lo estudar no colégio. Ele não vai mais para a escola. Vitório concordou com seu silêncio. E o outono veio. Não me lembro como passou o verão daquele ano tão quente.

Foi assim.

Os seres humanos

Não conseguem lembrar-se de tudo. Lembramos apenas do mais quente, do mais terrível, do mais feliz e do mais interessante. Porque a vida é muito difícil para que lembremos de todos os momentos marcantes.

E, no outono desse ano, nós finalmente mudamos. No outono desse ano.

Porque não havia outro jeito. Todos estavam esperando que minha família fosse embora. Todos.

Lado B

05. O último herói
Последний герой

Viktor Tsoi desceu do carro. Ele queria andar com calma, mas seu corpo não obedecia. Seu corpo não conseguia relaxar. Felizmente, ele não estava nervoso. Talvez a sensação nesse dia fosse algo diferente de tensão. Algo fora do conceito, algo que nunca tinha sentido.

Ele conseguia mexer-se à vontade. O que o fazia agir não era ele mesmo. Era uma força externa. A energia da plateia. Dezenas, centenas, milhares e dezenas de milhares de pessoas. Ele fechou a porta do carro com força e correu. Cada vez que dava um passo, explodiam gritos. Embora escutasse o clamor, não se viam as pessoas. Quanto mais ele se aproximava do estádio, mais alto ficava o barulho. Até os guarda-costas tiveram dificuldade para abrir caminho. Apenas se percebia o caminho. Não se via nada fora do caminho. "Está bem, vou olhar somente para a frente", pensou Viktor. Esquecendo-se dos caminhos que percorreu, tomou a decisão de pensar somente nos caminhos a abrir e em correr para frente. No fim desse caminho deve aparecer luz!

Choveu em Moscou até poucos dias antes do concerto. Choveu muito, um temporal. O fracasso do concerto parecia óbvio. Sobraram milhares de ingressos que deveriam ter sido vendidos. Mesmo assim, na época, Viktor não voltou atrás. Ele não se arrependeu. No momento em que a gente se lamenta, a esperança desaparece, pensou. Ele sabia bem que lamentar não iria dar-lhe uma resposta. Não lamentar significaria ter esperança. Depositar esperança significaria uma chance de sucesso. Ele sabia disso: "Não lamentar", sinônimo de sucesso.

Ele não lamentou e a chuva parou. Como se fosse um sonho, as pessoas começaram a aparecer. Mais uma vez, como se fosse uma ilusão, havia:

Dezenas de pessoas
Centenas de pessoas
Milhares de pessoas
Ao final, dezenas de milhares de pessoas
Viktor estava correndo para o meio dos clamores de dezenas de milhares de pessoas. O que poderia acontecer adiante? O que eu poderia mostrar nesse concerto, que duraria mais de duas horas?
Ele sabia. Ele próprio estava ciente de que ele tinha feito muitos esforços para chegar ao topo. Para ele mesmo, para a música e para os que amavam o repertório da banda Kino, ele ia descansar um pouco, depois de dar o seu máximo no concerto. Então refletiu que o concerto deveria ser para ele mesmo, para a música e para os que se reuniram pelo amor à música da Kino.
Antes que começasse o concerto, na sala de espera, Viktor lembrou do mar. Imaginou descer ao fundo do mar. Embora não voltasse para cima d'água, parecia conseguir segurar o fôlego. Quanto mais ele submergia, mais parecia sentir-se confortável. Imediatamente, sentiu vontade de mergulhar ao fundo do conforto. De repente, desejou partir para Riga. Lugar de floresta, mar, lago e chalé de madeira.
Seria bom levar seu filho, Alexander, pensou. Ele sonhou em pescar com seu filho. Ele sorriu ao refletir sobre o sorriso aberto do filho. Tocou o sinal que anunciava o início do concerto. Viktor se levantou do lugar.

Na primavera de 1990, num estádio de Moscou, realizou-se o concerto que marcou Viktor Tsoi como um herói; não apenas um cantor célebre, mas uma lenda.
O estádio, chamado Lujniki, era o maior estádio de esporte do mundo. Tinha capacidade para cem mil pessoas. Ali começou a lenda, com a aparição do último herói.

Começou, enfim!
A partir de agora era o começo!
Ao subir para o palco, não conseguia ver nada. Até pouco tempo atrás, queria ficar sozinho, mas de repente essa ideia sumira. Ele escutava apenas um enorme clamor. Viktor pegou o microfone. A plateia rea-

gia de pronto a cada movimento de Viktor. Ele encostou o microfone na boca. E fez um teste: "um, dois, um e dois". No mesmo instante, o clamor enorme esmagou Viktor. Atrás dele ouvia-se a batucada de tambores. Já era hora de abrir o sinal no microfone. Viam-se pessoas. Pessoas parecidas com ele. Os olhos delas estavam brilhantes. Havia luzes dentro delas. Essas luzes pareciam explicar tudo. Por que ele mesmo estaria no palco? O que deveria fazer? O brilho nos olhos da plateia era irradiante. Pequenas partículas resplandeciam dentro desses olhos. Havia gente chorando.

Já vou começar. Ele não fez mais o teste de microfone. Não conseguia distinguir as batidas do seu coração e as dos tambores. Viktor, de olhos fechados, contava os compassos por dentro. Ao fechar os olhos, ele via estrelas. Eram luzes prateadas, exuberantes. Luzes deslumbrantes e prateadas. Ele abriu a boca. Explodiu outra vez o clamor da plateia. Foi um clamor extremamente grande, bem diferente de quando ele entrou no estádio, subiu ao palco e fez o teste de microfone.

Ele começou a balançar as pernas, batendo ritmos. Começou a cantar:

> *Tiploye myesta*
> *na ulitsi jdut atpechatcov nashi nog*
> *Zvyezdnaia pil – na sapogar.*
> *Miagcoe cresla, cletchati pled,*
> *ne najati vavremia curok.*
> *Salnyetchnin dyen – v aslepitelnir snar.*
> *Gruppa crovi – na rucave,*

No dia 5 de maio de 1990, no Estádio Olímpico de Moscou, a primeira música que a banda Kino cantou foi "Tipo sanguíneo".

Lado B

06. Os dias ensolarados
Солнечный день

Eu estava caminhando pelo corredor do avião, ouvindo "Tipo sanguíneo". Queria escutar a música que marcara minha história. Achei impressionante o som dos tambores no início da canção. As minhas pernas balançaram espontaneamente.

Finalmente cheguei à Rússia. Até que enfim.

A aeromoça explicou que Black Sabbath estava em frente à porta do avião. Ela deu um sorriso bem grande, desejando boa viagem. Ao desembarcar do voo, fui caminhando, atrás dos outros passageiros. Todo mundo parecia estar sem forças, como zumbis (quem teria energia depois da longa viagem?). Fui seguindo eles. Graças à música, eu não caminhava como um zumbi.

Quando não souber o que fazer, siga os outros, disse meu pai. No entanto, não vou seguir os que parecem zumbis!, pensei.

Nesse instante, eu me lembrei da minha mãe.

O interior do aeroporto de Moscou estava bem escuro. Em vários lugares havia cheiros ruins, e eram cheiros que eu nunca tinha sentido (os meus sentidos, como olfato, visão e paladar, são muito sensíveis). Os cheiros não eram estranhos, mas desconfortáveis. Eram cheiros que não conseguia descrever (existem muitas coisas no mundo que não conseguimos explicar!). Ainda assim, tudo parecia estranhamente familiar (até isso é difícil de explicar!).

Todo mundo parecia ocupado. A iluminação desagradável parecia prestes a explodir mas não dissipava a escuridão do lugar. O ambiente sufocante me oprimia com uma energia estranha. Em todo canto havia muitas letras em russo, indecifráveis. Tudo isso me fez sentir enjoado e fiquei tonto.

Havia uma fila enorme, com muita gente. Meu pai disse que haveria uma fila grande ao desembarcar do voo e talvez eu devesse esperar por muito tempo. Eu não compreendia bem o que seria esse "esperar por muito tempo". Eu só sabia que o meu padrão de pensar era bem diferente do das outras pessoas. Nem meu pai, que era quem melhor entendia sobre mim no mundo, foi exceção. Nesse caso, era necessário tomar a decisão firme de aceitar. Fosse paciente!

Então. Foi preciso aceitar para poder esperar por tão longo tempo. Eu fui até o fim da fila, cerrando bem os dentes, preparando pensamentos para enfrentar a fila, me lembrando de que não deveria gritar em público. As palavras russas que eu não conseguia entender perturbavam o meu ouvido. Os odores estranhos provocavam o meu nariz. O ambiente sufocante parecia esmagar minha cabeça. A iluminação escura irritava minha vista. Meu corpo ficou dolorido. Até cheguei a sentir medo.

Eu me concentrei na música de Viktor Tsoi, apertando meu headphone com as duas mãos. Músicas sempre aceleravam o tempo. A música de Viktor Tsoi que eu estava ouvindo não combinava com o ambiente, embora fosse uma bela música:

Ainda falta muito até o verão, e mal estou aguentando.
Mas essa canção talvez me liberte da nostalgia.
Saudades de você e dos dias ensolarados.
Os dias ensolarados
Os dias ensolarados.

Num dia ensolarado, minha mãe morreu.

Até antes de minha mãe morrer, ou até vê-la morta, eu achava que minha mãe nunca morreria. Eu achava que ela era muito forte, pois era bem grande, e viveria por muito tempo, já que ela comia muito (mas eu estava enganado).

Minha mãe não gostava de sair de casa por ser grande demais (de fato, eu duvidava que minha mãe enorme pudesse passar pelo portão de casa). Por isso, as tarefas de fora de casa eram realizadas pelo meu pai (efetivamente, meu pai também não gostava de sair). Meu pai fazia compras ou resolvia as coisas do banco no computador. E só saía quando era necessário resolver algo por minha causa. Meu pai nem precisava ir ao trabalho porque trabalhava em casa (disse que ele ganhava o pão escrevendo livros. Disse que era escritor). De qualquer modo, meu pai veio à escola quando eu joguei um tijolo na cabeça de um colega, e ele foi comigo ao fonoaudiólogo para tratar da gagueira. Além disso, foi ele quem veio quando eu desmaiei depois de olhar por cinco horas um ventilador girando num restaurante de fast food. Quando Jeon morreu, só meu pai foi comigo. A minha mãe ficou em casa. Talvez ela estivesse deitada, comendo algo.

Minha mãe não gostava de sair de casa nem de receber visitas. Por isso não pude convidar Jeon para ir à minha casa. Quando meu pai disse que precisava mudar, ela foi extremamente contra. Minha mãe, que geralmente não se opunha ao meu pai, deixou claro que não queria mudar. Pensando bem agora, talvez minha mãe não quisesse sair de casa. Talvez ela achasse difícil sair.

Mas eu não odiava minha mãe por isso. Até gostava muito dela. Ela foi a pessoa de maior importância porque me deu à luz. Ela era sempre confortável e quentinha.

Em minha memória, embora minha mãe sempre fosse extremamente gorda, ela estava bem elegante nas fotos. Havia minha mãe e meu pai de mãos dadas num retrato, ela estava elegante e magra. Na foto, minha mãe era elegante. Ela sempre estava sorridente e bem linda na foto. E, fora dos retratos, ela estava sempre comendo muito, demais. O sorriso da minha mãe era mais bonito do que o sorriso da minha prima Vitória. Apesar das fotos, eu não pude acreditar quando meu pai disse que minha mãe era mais bonita e elegante do que Vitória no passado (porém, meu pai aceitou que a orelha da minha salvadora Vitória é realmente mais bonita do que a da minha mãe). Ao mesmo tempo, eu não pude entender quando foi esse "no passado", em que minha mãe era bonita.

Eu realmente nunca tinha visto minha mãe bonita e elegante. Apenas via minha mãe imensamente gorda e um pouco feia. Minha mãe morreu me deixando somente essa imagem. De vez em quando ela falava gentilmente, mas, na maioria das vezes, falava de um jeito ríspido. Ainda assim, eu gostava da minha mãe. O abraço dela era fofo, quentinho, cheiroso e bom demais. Especialmente, tinha um cheiro bem gostoso (realmente, como existem coisas difíceis de explicar!). Além disso, eu adorava quando ela me acariciava. Acontecia só de vez em quando, e eu gostava.

A última vez em que vi minha mãe foi no hospital. Meu pai disse:
— Morreu.
— Sua mãe.

Eu não pude acreditar. Embora meu pai dissesse várias vezes que era verdade, eu não acreditava. Ele disse que minha mãe tinha morrido num acidente de carro, mas não pude crer. Ele explicou várias vezes, mas parecia mentira.

Eu achava que minha mãe não poderia ser machucada por um carro, em geral. Minha mãe era uma pessoa bem grande. As pessoas também disseram que a causa da morte não foi acidente de carro. Os vizinhos disseram que ela morreu explodida (como poderia morrer explodida, se não era um balão?).

Eu não pude acreditar. O meu único amigo tinha morrido antes de minha mãe. Dessa vez, foi a minha única mãe que morreu.
— Seria possível? Realmente, minha mãe morrera?

O hospital para onde fui com meu pai estava escuro. As pessoas estavam ocupadas com algo, andavam depressa ou corriam sem prestar atenção em mim. Todos tinham olhares vazios. Eu estava escutando música. Dentro do hospital, parecia estar flutuando um ar imensamente pesado. Era difícil até para respirar. Sem lâmpadas suficientes, sentia o escuro explodir. Não pude ver adiante. A escuridão fez doer meus olhos. E médicos e enfermeiros falavam uma língua que só eles podiam entender. Como se fossem estrangeiros. Eu senti como era estar sozinho num aeroporto de um país estrangeiro. Até então, eu nunca tinha ido ao exterior.

Havia um cheiro esquisito. Um cheiro ácido e azedo.

Se minha mãe morreu de verdade, eu queria pedir ao meu pai para ver o corpo dela. Eu queria vê-la. Realmente, eu queria confirmar. Mas não consegui abrir a boca. Na verdade, eu abri a boca, mas não consegui expressar nenhuma palavra. Apenas fiquei grudado ao meu pai. Fiquei pendurado a ele, sem palavras. Eu me pendurei ao meu pai como uma fruta na árvore. Durante os três dias de funeral, eu ficava olhando o retrato da minha mãe, agarrado ao meu pai. Não havia nada que eu pudesse fazer além disso. Minha mãe dentro do retrato estava diferente do que eu conhecia. Minha mãe estava linda e elegante.

Antes de levá-la ao crematório, vi minha mãe morta pela primeira e última vez. Minha mãe estava branca. Tão branca que parecia estar com muita maquiagem. Tanto as mãos quanto o rosto estavam brancos. Meu pai chorou olhando minha mãe branca. Ele continuou a chorar. Eu, estranhamente, não conseguia chorar. Estranhamente, apenas meu nariz escorria.

Ao mesmo tempo, senti um buraco enorme no meu peito. E um vento frio parecia passar por esse buraco. Eu queria fechar o buraco, mas não consegui. O buraco era enorme demais para que eu pudesse tapá-lo. A minha mãe deitada no necrotério estava bem grande. Ela estava tão grande que a maca parecia estranhamente menor. Quando olhei, eu senti meu peito estremecer. Se ela não for logo para o crematório, a maca poderá quebrar. Só de pensar nisso me deu tontura na nuca. Eu fiquei com um nó na garganta.

Eu me lembro bem do caminho para o crematório.
O sol, o vento, o clima e todas as coisas nesse dia.
Foi um dia ensolarado. Um dia claro.
Eu esperei por muito tempo até minha mãe se transformar em cinzas.

Eu esperei por um longo tempo. Ainda havia muita gente. O interior estava escuro e fechado, e havia um cheiro esquisito. Eu não ouvi o barulho das pessoas porque estava com headphones. Ouvindo a canção "Os dias ensolarados", eu me perdi. Sem que eu soubesse, estava cantarolando a canção. Era a música de Viktor Tsoi.

Eu deveria cantarolar discretamente em público, mas de vez em quando eu me perdia e cantava alto. O meu pai já tinha avisado para prestar atenção. "Em público, deve ficar silencioso, e pensar nos outros!". Porém, isso não era fácil. De fato, cantarolar música russa em voz alta não causaria problema na Coreia. Pois as pessoas em geral não ligam para quem canta alto com headphones no ouvido.

A cidade a 25 graus — é verão!
Os trens suburbanos estão lotados,
Todos vão para o rio.
O dia dura quase o dobro, com apenas uma hora à noite — é verão!
O sol cai na caneca de cerveja.
(Eu estava cantando em russo!)

Alguém cantava junto comigo.
— O sol cai na caneca de cerveja (de fato, ele também estava cantando em russo). Quando eu cantei mais alto, com um grande sorriso, pouco a pouco, um bando de pessoas começou a se juntar à minha volta. Será que isso era o poder de Viktor Tsoi? Mais pessoas estavam cantando comigo. Não foram duas ou três. Havia muita gente até batendo palmas. Eu me lembrava de que tinha cantado mais alto, com ânimo.

Eles reagiam às canções de Viktor Tsoi executadas por um asiático (realmente, Viktor Tsoi deveria ser o maior cantor da Rússia). A expressão das pessoas ao meu redor era de alegria. No aeroporto deprimente, acabou-se ouvindo a música que eu estava cantando! Havia gente dançando de modo inadequado, sem sincronia com o ritmo. Precisamente durante 1 minuto e 37 segundos eu cantei "Verão". Não foi difícil porque eu tinha ensaiado milhares e dezenas de milhares de vezes (embora não soubesse russo).

As pessoas se aglomeraram ao meu redor, saindo da fila onde estavam aguardando. Foi misterioso. Parecia uma transformação de zumbis em seres humanos. Os rostos dos zumbis começaram a ganhar cores (impressionante o poder da música!). Algumas pessoas de uniforme do aeroporto também aplaudiam. Meus ombros mexeram. Minhas pernas balançaram, batendo ritmos com o pé. Após terminar de cantar, fiz uma reverência espontânea. Explodiram aplausos. Vieram palmas. Meu coração bateu com força. Tum! Tum!

— Bravo, *Viktar* Tsoi!

Eu pude entender. A pronúncia "V" bem carregada dos russos soava igual à dos espíritos de porco quando gritavam palavrões. Eu pude sentir que eles estavam exaltando "Viktor Tsoi". Pude sentir intuitivamente. Na Rússia, se pronuncia "Viktar" em vez de "Viktor". (Que bom senso linguístico eu adquiri! Agradeço ao meu fonoaudiólogo).

Tive uma sensação misteriosa. Havia pouco tempo estava lembrando da minha mãe e daquele hospital deprimente. Logo depois eu parecia estar no centro do mundo.

Quando ainda me sentia confuso depois de receber aplausos ao terminar de cantar, um russo me levou para algum lugar. Todos os olhares me fitavam. Ele explicou alguma coisa durante um bom tempo. Ele pensava que eu falasse bem o russo ao me ver cantar em seu idioma. Era uma pessoa enorme como a minha mãe. Quando percebeu que eu não compreendia, me puxou pela mão. Sem poder falar nada, eu o segui. Ele me deixou no início da longa fila. E apontou o chão com a mão. Parecia dizer que eu esperasse ali mesmo. Naquele lugar, eu fiquei em pé, aguardando. Ninguém falou nada para mim. Assim eu acabei ficando no início da fila.

Aqueles que pareciam coreanos olharam para mim, levantando o dedão para cima. Então eu cocei a cabeça. Cocei e cocei. Nada mais eu poderia fazer (ooops, poderia ter feito um V com meus dedos). Nesse momento, com certeza, eles deviam ter rido de mim, pensei.

Peguei minhas malas e saí correndo da sala de desembarque (aquele homem enorme ajudou a achar logo as minhas malas).

Como meu pai dissera, minha prima Vitória me esperava no saguão de desembarque. Havia uma russa ao lado dela (era bela, porém não tão jovem). As duas pareciam bem íntimas. Nem as cores da pele nem as fisionomias se assemelhavam, mas pareciam irmãs, misteriosamente.

A mulher russa cumprimentou-me. Falou em coreano. Como minha prima disse, ela falava bem o coreano.

— *Anyeonghaseyo*? Olga *yibnida*. (Tudo bem? Sou Olga.)

A pronúncia foi corretíssima, até melhor do que a minha. Também respondi em russo o que havia aprendido: "eu sou Vitório". Vitória sorria ao lado dela. Estava bonita como sempre. Ela estava concentrada na minha fala, empinando bem suas orelhas.

— Como você está se sentindo? Está gostando?
Concordei com a cabeça. Na verdade, eu não tinha entendido a pergunta: se eu gostava da Rússia ou se gostava dela. Ou se gostava da russa. De qualquer modo, como eu gostei de tudo, simplesmente concordei com a cabeça.
Eu, minha prima Vitória e Olga sorrimos.
Quando saí do aeroporto, o brilho do sol estava radiante. Quando íamos entrar no carro de Olga, alguém me disse alguma coisa, fazendo sinal com o dedão. Não entendi. Vitória perguntou se eu conhecia aquele homem. Eu disse que não. Minha prima completou com cara de quem não entendia:
— Ele disse que você é o máximo!
— Ele disse em russo: você é o máximo!
Eu sorri. Foi o primeiro sorriso que dei na Rússia. *Realmente, eu sou o máximo? Eu me tornei o máximo na Rússia?*
Nós entramos no carro de Olga, todos sorrindo. Olga colocou óculos de sol. Era o fim da tarde, mas havia sol brilhante, diferente da Coreia. Nós corremos para algum lugar com o carro de Olga. A estrada estava bem vazia. Corremos bem velozes em direção à luz. Comecei a cantar espontaneamente. Eu cantei devagarzinho, olhando pela janela.
Assim cheguei a Moscou. Esse também foi um dia ensolarado. Um dia tão luminoso que me pareceu exuberante.

Lado B

07. Toda noite
каждую ночь

— Viktor era um artista nato. Desde o colégio ele demonstrou um senso artístico extraordinário. Eu pude notá-lo na hora. Observe esta tela. É um retrato meu que ele pintou para mim. Não é incrível? Ho ho ho!

Ela se apresentou como ex-professora do colégio de Viktor Tsoi, uma senhora russa de idade já avançada que admirava o quadro com muito orgulho e alegria. Para mim, a risada tímida, com aquele som de "ho ho ho", não combinava bem com ela. Quando sorria, as rugas ao redor da boca aumentavam. O rosto, carregado de maquiagem, não conseguia esconder as rugas. Não há nada que consiga fugir ao tempo.

Na tela grande via-se o retrato dela. O apresentador do programa pediu para que continuasse a ver outros quadros. Em seguida, foram apresentadas esculturas e várias capas de álbuns da banda Kino, que Viktor Tsoi mesmo criou. Eu pude ver obras de Viktor Tsoi ao estilo *pop art*.

— Realmente, Viktor Tsoi é o máximo!

Olga disse em coreano; Vitória apenas concordava com a cabeça, sem reagir. Olga estava cantarolando. Era a canção de Viktor Tsoi. Ela estava cantando em coreano, com tradução dela mesma. Vitória continuava concentrada em assistir à TV. Apesar de dominar o idioma, relativamente em nível alto para uma estrangeira, Vitória precisava concentrar-se para compreender bem o programa russo.

A televisão exibia um programa sobre Viktor Tsoi. Era um *talk show*. Convidaram pessoas ligadas a Viktor Tsoi, uma por uma, para falar do artista.

Olga e Vitória foram a São Petersburgo para o aniversário de Viktor Tsoi. Passaram pelo túmulo de Viktor Tsoi, encontraram amigos e ficaram hospedadas numa pensão coreana. Elas estavam descansando, depois da peregrinação sagrada ao túmulo. No fim de junho, por volta do dia 21, no aniversário de Viktor Tsoi, sempre passavam um ou dois programas sobre a estrela do rock russo. Nesse ano havia mais programas, porque se comemorava o vigésimo aniversário da morte dele.

Era a quinta visita que faziam juntas no aniversário. Todo ano, elas visitavam o cemitério no dia do aniversário de Viktor Tsoi. Havia sempre outros colegas. Não eram as mesmas pessoas, mas havia sempre alguém que as recebia com prazer. Ou elas sempre esperavam por alguém para recebê-las com prazer. E, juntas, curtiam música. Olga tocava com outros músicos. Vitória se divertia com aquele momento.

Elas foram uma ou duas vezes por ano ao túmulo de Viktor Tsoi desde o último dia de 2005 e o primeiro de 2006, quando tinham saído de Moscou para São Petersburgo. No verão de 2006, Olga revelou que havia escrito as frases da bandeira que flutuava no túmulo de Viktor.

O nosso Viktor não morreu.
Apenas foi fazer um concerto no paraíso, por um tempo.
Quando terminar o concerto, ele voltará sem falta.
Voltará.
Sem falta!
Exatamente para cá!

Ao mesmo tempo, contou uma história longa e estranha sobre ela e Viktor Tsoi, desde "dormir na rua" até a viagem à Coreia. Naturalmente, as duas acabaram se reconhecendo. Até ficaram sabendo que haviam se encontrado na Coreia. Elas conversaram sobre a encomenda de um disco da banda Yun Do-hyun em Shinchon. Vitória ficou envergonhada ao lembrar da época em que não falava bem o russo. Olga respondeu modestamente que ela também não dominava bem o coreano. No dia seguinte, elas não voltaram a se encontrar. No horário em que Olga foi à loja de discos havia outra pessoa trabalhando. Ela então pegou o disco encomendado e retornara à Rússia. O destino das duas era incrível. Entretanto, não se surpreenderam ao descobri-lo.

Frases como "é possível mesmo" ou "pode acontecer mesmo" passaram simultaneamente pelas cabeças de ambas. O encontro das duas estava marcado como um destino.

Em 2007, quando elas foram a São Petersburgo, Olga revelou mais uma coisa. Vitória deu uma risada longa ao ouvir a história de Olga. E ficou sem compreender por um bom tempo.

— Ali tem um pepino de alumínio que eu plantei.

Olga disse isso seriamente, com cara de ingênua. As duas sabiam. Que "Pepino de alumínio" é uma das músicas de Viktor Tsoi. Porém, Vitória não estava compreendendo. O que significaria "plantar um pepino de alumínio"? Ao ser perguntada, Olga explicou:

— De verdade, eu plantei! Eu plantei o pepino de alumínio como eu disse, literalmente. O pepino de alumínio.

Olga pronunciou "pepino de alumínio", sílaba por sílaba, em coreano. Vitória não fez mais perguntas; tentou apenas imaginar. Pepinos de alumínio crescidos no pé que Olga teria plantado. Só de pensar nisso acabou explodindo numa risada grande.

Em 2008, quando foi a Bogoslovsky, em São Petersburgo, Vitória pensara em procurar um pepino de alumínio plantado junto ao túmulo de Viktor Tsoi. De fato, ela explorou por toda a parte, mas não havia nenhum rastro de algo plantado. Olga estava tocando violão, observando Vitória a procurar. Era uma cena um pouco grotesca: ver a amiga oriental procurando o pepino de alumínio no cemitério enquanto escutava a música suave de Olga. De qualquer modo, seria uma lembrança para as duas.

Em 2009, Olga fez uma confidência surpreendente: a de que havia escutado na Coreia a voz de Viktor Tsoi. Vitória considerou isso uma brincadeira de Olga. Era um absurdo total para Vitória, que não acreditava em "pepino de alumínio", quando Olga disse que tinha escutado a voz de Viktor Tsoi. Apesar da reação desinteressada de Vitória, Olga explicou seriamente. Ela afirmou ter escutado a voz de Viktor Tsoi em 2002, numa escola primária de uma área residencial tranquila, ao redor do palácio de Gyungbokgung, em Seul.

Vitória não sabia como reagir a uma declaração tão absurda. Não podia concordar nem negar com veemência. Por isso, Vitória retrucou desinteressadamente que "eu também quero escutá-la". Uma parte era verdade, outra parte era mentira.

O homem na televisão disse que queria voltar àquele momento. O homem era enorme. Esse homem enorme estava tentando transmitir a emoção para os telespectadores. Vitória sentiu pena da cadeira amassada debaixo do homem. Ela estava escutando a fala do homem, resistindo à possibilidade de que a cadeira se quebrasse. O homem tomou um suco de laranja posto em cima da mesa, de um gole só. O copo parecia bem pequeno. E parecia pouco para ele.

O homem estava descrevendo o último concerto de Viktor Tsoi. O concerto que nem Olga nem Vitória haviam assistido. Apesar das longas explicações, o homem não passava emoção. Tanto Vitória quanto Olga estavam observando somente a cadeira.

— Foi um concerto maravilhoso. Havia realmente muita gente. Viktor Tsoi cantou músicas fantásticas durante duas horas sem parar. As pessoas gritavam, quase enlouquecidas.

Todos sabiam que essas ou aquelas frases não poderiam descrever o ambiente do dia. Tanto Vitória quanto Olga, e até mesmo esse homem enorme. A lente da câmera focou nos olhos do homem enorme. Os olhos do homem estavam brilhando. Via-se uma luz lá dentro. Esse brilho de luz dava toda a explicação. Essa luz, dentro dos olhos, cintilou e formou um cristal pequeno. O cristal pequeno escorreu pelo rosto dele. O técnico da câmera não perdeu o momento. O homem enorme estava falando sem perceber que algo escorria pelo seu rosto. A cadeira estava sustentando o homem precariamente.

Olga e Vitória não deram mais atenção à cadeira. Elas já estavam concentradas no cristal. A professora de arte de Viktor, colegas de música, críticos de música e o homem que assistiu ao último concerto, incluindo as atrizes que também haviam participado do concerto, contaram muitas histórias sobre Viktor Tsoi. Por último, apareceu um idoso oriental.

O apresentador demonstrou uma reverência especial para com esse senhor.

O idoso na televisão estava sorridente. Era o último convidado. Mas seu sorriso não parecia de alegria ou felicidade. Ele estava observando algo, e puxava as pontas da boca como se estivesse usando uma máscara. Eram olhares sem foco ou olhares que perderam o foco. Esse velho oriental parecia buscar uma lembrança boa, forçadamente. Foi sufocante e aflitivo assisti-lo falar, como se quisesse retirar uma moeda de um bolso de calça jeans apertada. Entretanto, o apresentador estava obcecado por essa moeda. Ele perguntou sobre a infância de Viktor Tsoi. O idoso oriental respondeu à pergunta. Parecia entoar um mantra. Não havia nada especial. Além de contar que Viktor fora um aluno mediano e que gostava de arte, admitiu que ele próprio não havia sido um bom pai. Ao confessar, as pontas da boca forçadamente erguidas acabaram despencando. Ficaram caídas.

O apresentador perguntou se, por acaso, ele se lembrava do momento em que soube da morte de Viktor Tsoi. Ele ficou calado. Passaram-se um, dois, três segundos, mas ele não falou nada. Pouco antes de provocar um constrangimento, o apresentador interrompeu:

— Se for difícil, não precisa falar...

Ele abriu a boca antes que terminasse a fala do apresentador.

— Realmente foi um destino estranho. Quando Viktor saiu do carro com vara de pesca, de madrugada, eu também estava pescando. O pai e o filho estavam segurando varas de pesca ao mesmo momento. O pai estava muito alegre, pescando peixes, e o filho estava passando por momentos de sofrimento, momentos depressivos talvez. Enquanto eu pescava, sentia que tudo ia dar certo. De qualquer modo, o sentimento é simplesmente sentimento...

O idoso não conseguiu continuar as frases. Entretanto, ele não estava chorando. No final das contas, não deu para ouvir muito bem quando ele falou da morte. Ele parou de falar de novo. A câmera direcionou o foco para o apresentador. O apresentador anunciou vigorosamente que voltaria em breve, após os anúncios. Tinha uma voz exageradamente forte, em comparação à voz tênue do senhor que escutávamos até há pouco.

Passava das dez horas da noite, mas o ambiente lá fora estava ainda claro. Embora Vitória tivesse morado havia cinco anos na Rússia, a noite branca da cidade foi sempre um mistério para ela. Vitória não conseguia acostumar-se à noite branca. Portanto, ela resolveu não tentar. Se não conseguisse adaptar-se, simplesmente procuraria compreender. "Acostumar-se" acontece com o corpo, "compreender" poderia acontecer com a cabeça. O corpo é sempre mais demorado do que a mente. A luz da noite branca penetrou no quarto através da janela. Ouviu-se música coreana vinda do andar de baixo. Cheirava a *bulgogi* [churrasco coreano]. Olga passou uma cerveja para Vitória. Quando terminou o anúncio, apareceu o último convidado do programa. Olga falou alguma coisa, observando pela janela com a lata de cerveja na mão.

— Queria que tivéssemos um dia longo em Moscou como aqui. Queria que todas as noites fossem claras.

Assim, as duas estavam passando a noite branca no pensionato coreano em São Petersburgo. Junto com as memórias sobre Viktor Tsoi.

Faixa oculta 08

Cegonhas de papel a voar

Um dia, Vitória ligou da Rússia.
— Tio, esse ano é o vigésimo aniversário da morte de Viktor Tsoi. Não quer vir visitar com Vitório, já que vão acontecer diversos eventos musicais? Efetivamente, haverá um festival de música de Viktor Tsoi. Todo o ano há eventos pequenos, mas esse ano vai ser diferente. Acredito que Vitório também vai gostar disso. No verão, é confortável para passear, embora o inverno seja mesmo muito frio. Quando falo que moro na Rússia, as pessoas perguntam se faz muito frio; contudo, aqui também existem primavera, verão, outono e inverno. Aqui também vive muita gente. Moscou deve ser maior do que Seul. Então venha para cá me visitar e saber como eu vivo. Não tem curiosidade por sua sobrinha, que mora aqui?
— No ano passado, mamãe e papai estiveram aqui e gostaram. Se vier, por favor, me avise. No dia 15 de agosto se inicia o maior festival. Seria bom visitar Moscou e São Petersburgo antes de meados de agosto porque acontecem muitos eventos nessa época. Venha no verão para aproveitar o festival Viktor Tsoi e passear um pouco. Não seria bom para Vitório? Eu realmente acho que seria muito bom.

Não pude, porém, sequer contemplar o convite de Vitória. Tinha manuscritos atrasados a entregar. Havia muitos textos para escrever, pois as pessoas acreditam invariavelmente que o outono é a estação da leitura. Para mim, parar de escrever significava parar de viver. Por isso, após pensar bastante, resolvi mandar só o Vitório. Eu não gosto muito de me movimentar. Nem gosto de novidades. Eu sou um tipo afetuoso com as coisas rotineiras. Tenho o estilo de dar preferência à rotina. Mas Vitório era diferente. Vitório disse que queria ir a Moscou. Embora ficasse preocupado em deixá-lo ir sozinho, resolvi agir assim. Vitório também gostou. Seria bom irmos juntos, mas não achei mau se ele viajasse sozinho, já que era um adulto. Vitório já havia me dito que queria conhecer a Rússia. Portanto, é como se realizasse o sonho dele no dia em que se tornará adulto. Por um lado, fiquei orgulhoso. Por outro, fiquei triste.

Um dia antes de partir, eu expliquei ao meu filho que seguisse as pessoas, sem nervosismo, quando desembarcasse do voo. E falei que a prima Vitória estaria esperando por ele. Depois de escutar o que eu disse, comentou sobre cegonhas de papel. "Papai, agora descobri que eu sou uma pessoa que consegue realizar sonhos". Perguntei-lhe: "uma pessoa que consegue realizar sonhos?".

Vitório pareceu falar das cegonhas de papel que Jeon deixara. Não se passara nem uma semana após a morte da minha esposa quando Vitório subiu à laje do apartamento e jogou fora as cegonhas de papel que Jeon deixara. Embora eu tenha tentado impedi-lo, não foi fácil. Antes disso, Vitório já havia espalhado as cegonhas pelo ar. Mil cegonhas caíram da laje do apartamento. Por um curto momento, as cegonhas voaram, brilhando no céu. Essa imagem, em vez de alegria ou prazer, transmitiu uma tristeza inexplicável. Ao observar a queda das cegonhas, eu não conseguia falar nada. Perdi a fala num instante. Eu não conseguia dizer nada para meu filho, nem para mim mesmo. Apenas fiquei olhando. Quando as cegonhas, todas as cegonhas douradas caíram, Vitório disse:

— Papai, eu nunca tinha desejado nem uma vez que a mamãe morresse em acidente de carro. Por que a mamãe morreu? Realmente, na vida devem existir pessoas que conseguem realizar sonhos e outras que não conseguem. Como Jeon dizia. Por que mamãe morreu? Mamãe morreu por quê? Por que mamãe morreu?

Não havia tremor na voz de Vitório. Estava bem fria e lógica. Era uma voz que eu nunca tinha escutado. Nunca antes tinha sentido uma frieza como aquela. Eu me mantive calado. O silêncio é assim. Um tipo de resposta mais covarde. Vitório devia se considerar uma pessoa demasiadamente infeliz. Afinal, ele perdera tanto o amigo quanto a mãe. Ele deve ter julgado que o seu sonho jamais se realizaria.

Vitório falou novamente daquela história. Naquela vez, ele teria pensado equivocadamente. Senti muita pena do meu filho ao escutá-lo. Dar-lhe uma viagem para a Rússia não seria uma coisa difícil. Por que eu não havia feito isso até agora? Se era esse o sonho dele, por que eu não havia realizado?

Como um adulto, Vitório disse que seria bom viajar para o festival Viktor Tsoi. Fiquei muito orgulhoso com isso. Ele já se tornara homem maduro, não apenas parecido com um adulto. Finalmente, meu filho era um adulto! Vitório viajou em direção ao céu do oeste, deixando uma imagem legal para mim.

Assim, acabei ficando sozinho, no vigésimo aniversário de Vitório: 15 de agosto de 2010.

Lado B

08. Eu entre as pessoas
Я из тех

Quando percebi, eu estava entre as pessoas.
Pensando bem, eu nunca havia agido dessa forma.
Havia muita gente na rua Arbat, em Moscou. Pessoas de várias nacionalidades, com rostos diferentes, passeavam. Nós também estávamos entre elas. Eu, minha prima Vitória e Olga. Conversávamos sobre os quadros que havíamos visto na galeria estatal Tretyakov. Embora tivesse visto muitos quadros, eu somente me lembrava de um.
O quadro chamado "Trindade".
Quando estive de frente para o quadro, escutei uma voz. Poderia ser o ruído do riso de um anjo, ou uma mensagem de incentivo. Não sei se foi em russo ou em coreano. Apenas se ouviu um ruído. Quando eu disse ter escutado a voz de um anjo, Vitória sorriu como sempre, empinando suas orelhas graciosas. Contudo, ela fez uma cara de que não compreendia. E Olga sorriu, demonstrando que havia compreendido (Olga realmente fala bem coreano!).

Minha prima Vitória disse que a Arbat é uma rua muito parecida com as de Insadong. Realmente é parecida. Vendiam-se sorvetes e bijuterias populares. Havia muitos estrangeiros e tudo parecia mais caro, independentemente da qualidade. Havia restaurantes. Havia Starbucks (como em Insadong). Entretanto, havia lojas que não existem em Insadong. As lojas do tipo Nike, Adidas (os russos devem gostar muito de esportes, além de música). Havia muitas lojas de celular (imaginei que os celulares fossem fabricados na Rússia, mas descobri que todos eram coreanos).

A Arbat era, com certeza, uma rua mais agradável para se passear do que as do bairro de Insadong. A largura da rua era maior e o raio de sol parecia mais simpático. Olga estava carregando um violão. Ao saber que Olga adorava loucamente Viktor Tsoi, eu quis ver como ela tocava. Talvez Olga também devesse ter vontade de me ouvir cantar, já que ela sabia que eu gostava de Viktor Tsoi. Havia muitos músicos na rua. Porém, não vi ninguém que tocasse a música de Viktor Tsoi.

— Logo vai aparecer o muro de Viktor Tsoi.

O muro de Viktor Tsoi. Fiquei com medo só de pensar que iria ver aquele muro legendário que eu havia conhecido apenas em foto. Francamente falando, sentia mais medo do que nervosismo. Eu não entendia por que estava com essa sensação. Achava que iria ficar nervoso. Contudo, eu não deveria fugir por causa do medo.

Meu pai sempre dizia: se não puder fugir, tente curtir! Mas não seria uma frase muito idiota? Como poderei curtir se nem tenho desejo de fazê-lo? Então, se eclodir uma guerra em que você não quer ser envolvido, deve tentar curtir? Se eu tiver um filho, lhe direi o seguinte: fuja, meu filho orgulhoso! Eu estava preocupado se deveria evitar ou não o muro de Viktor Tsoi.

— É aqui mesmo, Vitório!

Era a voz de Olga. Realmente havia o muro. Eu olhei para Olga e olhei para o muro. Olga deu um sorriso, olhando para mim. E olhei para o muro. Havia o retrato de Viktor Tsoi. A bituca de cigarro tinha fumaça. Flores estavam postas também. Algo estava escrito em russo. Eu já sabia o significado daquelas palavras (embora não soubesse russo).

"Viktor está vivo!"

Eu também acreditava nisso. Os fãs de Viktor Tsoi acreditavam. Quatro russos estavam em frente ao muro. Todos eram homens. Vestiam jaquetas de couro preto. Como se estivessem com o uniforme dos roqueiros de classe B (não dá para usar jaqueta de couro no verão, não é?). Os jaquetas de couro números 1, 2, 3 e 4 me examinaram.

Olga conversou com eles. Parecia que já se conheciam. Conversaram com muita naturalidade. Pareciam muito acostumados a estar juntos.

De vez em quando, Vitória interrompia a conversa deles. Pelas expressões e pelos gestos, todos pareciam ser amigos. Assim, as seis pessoas bateram papo. Sem me incluir. Eu não tinha o que dizer nem o que fazer. Olhei para o céu. Desejei observar algo girando no céu. Porém, não havia nem uma sombra de nuvem.

Ao olhar vagamente para o céu, eu me senti solitário diante do muro de Viktor Tsoi. Ouviram-se ruídos cada vez mais altos ao meu redor. Palavras russas. Entre elas, havia palavras que eu dei conta de compreender. Eram títulos de canções de Viktor Tsoi e suas letras. Contudo, as palavras que entendi e as que não entendi me fizeram ficar tonto. Elas estavam me apertando e enrolando. De repente, tive vontade de gritar.

— *Quack!*

Eu me senti sufocado como acontecia na minha infância. Aquele desconforto envolveu todo o meu corpo.

Na época em que eu apanhava junto com Jeon. No período em que eu sofria nas mãos dos espíritos de porco números 1, 2, 3 e 4, eu não soubera me expressar direito. Naquela época, também havia um muro à minha frente. E havia pessoas que não compreendiam as minhas palavras. Eu tampouco compreendia o que eles falavam.

Eu senti enjoo. Queria dar um berro. Queria gritar que não dava mais para aguentar. Meu pai dizia: não grite num lugar onde haja muita gente porque vai atrapalhar você. Então tentei resistir. "Vou resistir. Resista!". Comecei a sentir enjoo. "Eu não devo vomitar".

— Vitório! Está tudo bem com você?

Minha prima me chamou. Eu estava tremendo muito. Ainda assim, me esforcei para exibir um sorriso. Até as pernas tremiam (que vergonha que estou passando diante da minha Salvadora). Vitória parecia sorrir ainda mais, de propósito (compreendendo toda a minha situação). Eu tentei fingir que nada tinha acontecido. Estranhamente, porém, minhas pernas não paravam de tremer. Nesse momento, o homem da jaqueta de couro número 1 gritou para mim. Ele falou em russo. Pareceu palavrão (para quem não conhece o idioma russo, dava a impressão de que fosse palavrão).

— Seria melhor cantar quando você estivesse aqui!

Olga traduziu em coreano. As minhas pernas passaram a tremer ainda mais, involuntariamente. Olga sentou-se na rua e se preparou para tocar violão. Seu comportamento parecia muito natural. Eu me senti confortável ao vê-la à vontade. Iniciou-se o concerto com uma canção bem familiar. Mas não se tratava da música de Viktor Tsoi. A melodia era formidável, e até Olga parecia mais bonita. Ao escutar a música, meu passado doloroso parecia desaparecer. Da mesma forma como desaparecera a dor no ouvido enquanto eu voava. Observei que o dedilhado de Olga, dançando nas cordas, era uma obra de arte (realmente foi espetacular).

Lembrei da aeromoça. Aquela aeromoça linda que me trouxera o suco. Olga estava tocando Black Sabbath. Foi "Orchid", do Black Sabbath. Eu me sentia como se flutuasse no céu. Parecia que todas as manchas escuras do meu coração iam sumindo. Sem poder voar de fato, acabei olhando para o céu. Nesse exato momento, os homens de jaqueta de couro, os números 1 e 2, se juntaram ao concerto. E os outros números, 3 e 4, estavam cantarolando juntos (que lindo coral!). Vitória sorriu abertamente, olhando para mim e Olga (queria que ela tivesse olhado só para mim). Quando terminaram as canções de Olga e o coral do quarteto de jaquetas de couro, alguns turistas bateram palmas.

Os homens de jaqueta de couro, números 1 e 3, responderam *"thank you"*. Então, o número 3 gritou para mim.

— No muro de Viktor Tsoi seria interessante cantar música coreana!

Minha prima fez a tradução para mim (realmente seria interessante!) Como vou cantar música coreana? De repente eu não consegui enxergar nada. Os homens de jaquetas de couro números 1, 2, 3 e 4 estavam determinados: deram gritos e bateram palmas.

Eu achava que, na Rússia, as pessoas escutavam e cantavam somente as músicas de Viktor Tsoi. Realmente, eu queria que fosse assim (eu esperava mesmo). Depois de ter cantado direitinho a música de Viktor Tsoi no aeroporto, eu tinha certeza. E agora, de surpresa, precisava cantar uma música coreana. Eu nem conseguia decifrar as palavras em russo dos homens de jaquetas de couro. Já me disseram que seria interessante eu cantar. Era para que eu cantasse mesmo (já estou bastante ágil em perceber o ambiente). Vitória olhou para mim sem falar nada. Havia uma expressão brincalhona no olhar dela. No meio dessa confusão, eu ainda fiquei examinando se ela era bonita demais (isso é absurdo ou natural?)

Olga começou a tocar sem combinar comigo. Não pude saber se fazia isso para mim ou para me ignorar (será que ela estava tocando para me deixar de lado?)

Era uma música que eu já conhecia: "Já um ano", do Brown Eyes. Já se passaram muitos anos. Passaram-se quase dez anos. Eu me lembrei daquela época. Vieram à tona as memórias tão dolorosas quanto boas. Olga estava tocando violão calmamente, como se conhecesse a minha história. Ela tocou o prelúdio, longa e lentamente. Como se ficasse esperando por mim.

Quando terminou, coloquei a minha voz na melodia do violão de Olga:

Seria porque é a primeira vez.
Fica melhor em alguns dias.
Já se passou um ano.

Os homens de jaqueta de couro começaram a se juntar no ritmo. Vitória começou a bater palmas. Os turistas que estavam ali para conhecer o muro de Viktor Tsoi também sacudiram os ombros (entre eles havia coreanos). Eu continuei cantando com muita confiança (inclusive balançando os braços).

I believe in you.
I believe in your mind.
Já se passou um ano
Já se passou um ano.

(A minha pronúncia de inglês está ficando interessante).

Terminei a canção com um vocalize. Eu achava que meu estilo de vocalize estava combinando bem com a melodia deslumbrante do violão. Embora acreditasse que a minha canção tivesse resultado num efeito harmônico incrível do Oriente e do Ocidente, a reação do público foi diferente. Os de jaqueta de couro acabaram batendo palmas sem entusiasmo e os turistas foram saindo em direção à estátua de Pushkin. De repente, na frente do muro, tudo se esvaziou. Olga e Vitória ainda estavam sorrindo, mas aqueles de jaquetas de couro pareciam decepcionados, sem sorrisos. Será que eu cantei tão mal assim?, pensei.

Olga começou a tocar outra vez para acabar com o clima embaraçoso. Eu me senti culpado. O quarteto de jaqueta de couro se juntou na música. Até que enfim eles mostravam um pouco de respeito por mim, um estrangeiro. Ao ouvir uma harmonia fantástica dos cinco violões, eu poderia dizer que eles deviam ensaiar com muita frequência. Era uma música que eu conhecia: "Eu entre as pessoas", de Viktor Tsoi. A letra deveria ser cantada como um *rap*, mas eles não conseguiam fazer. Pareciam estar mais concentrados na melodia do violão em vez de se preocuparem com a voz. Todos estavam esquecendo o vocalize. Olga e o quarteto de jaqueta de couro estavam unidos e concentrados em apenas tocar violão. Naturalmente, já que sabia a música, comecei a cantá-la bem baixinho. Ainda consegui cantar com mais confiança do que a música coreana (embora parecesse estranho um coreano cantar melhor a música russa).

Eu estou entre as pessoas que saem todas as manhãs, por volta das 7.
Embora esteja no subsolo, pode estar frio ou calor.
Amanhã seria igual a ontem, eu sei disso.
Eu sou quem sai de casa todas as manhã, por volta das 7.
(Eu cantei em russo!).

Quando comecei a cantar, Vitória me olhou bem de frente. Ela parecia impressionada. Ela estava bem diferente. Ela estava com a mesma expressão do jogador Park Ji-sung quando fez gol depois de um chute diagonal, ao receber a bola de Kim Nam-il. Embora estivesse surpreso, fingi calma e continuei a cantar. E consegui cantar ainda um pouco mais alto.

Eu estou entre as pessoas que saem todas as manhãs, por volta das 7.
No meu quarto, talvez passe uma ventania cheia de malícia.
Não há sentido nessa música. Essa é velha.
Eu sou quem sai de casa todas as manhãs, por volta das 7.
(Eu cantei cada vez mais alto.)

O quarteto de jaqueta de couro parecia animado ao escutar minha voz. Entretanto, estranhamente, para minha surpresa, quanto mais eu conseguia cantar, mais rapidamente as expressões faciais do quarteto, Vitória e Olga iam mudando. As expressões se transformaram em algo animador, para admiração de todos. Quando eu estava quase terminando de cantar, já se viam olhares de respeito. Tão logo acabei de cantar, tendo conseguido exprimir todos os versos da canção, Olga veio correndo em direção a mim. E ela me abraçou. Eu me senti sufocado (em geral, não gosto de ser apertado). Os homens de jaqueta de couro números 1, 2, 3 e 4 ficaram imóveis como pedras de gelo (até tive vontade de descongelá-los). Nos olhos de Vitória parecia explodir a imagem de um coração de amor (talvez eu estivesse enganado).

Passaram-se alguns momentos de gelo, sem que ninguém se mexesse. Ninguém se movia nem abria a boca. Como se tivessem apertado a pausa da vida por um momento, todos estavam congelados. Logo a seguir, explodiram as palmas. Como se tivessem desativado o modo silencioso da televisão, ouvia-se o volume exageradamente alto. Muitas pessoas ao meu redor estavam me aplaudindo. E eles gritavam, como acontecera no aeroporto.

— Bravo, Viktor Tsoi!

Eu cocei minha cabeça. E fiz reverências. As pessoas estavam batendo palmas de pé (ou seja, com muito entusiasmo). Quase fiquei cansado pelo longo tempo que permaneceram aplaudindo.

Que coisa!
Que maravilha!
Como é possível?

Eu jamais imaginara o que tinha acabado de acontecer. Cada uma das pessoas veio falar comigo. Apesar de não entender nada do que diziam, pareciam elogiar-me, a julgar por suas expressões faciais (o idioma comum do mundo!)

Eu estava bem feliz no meio delas. Olga deu um grito nesse momento (que susto!).

— Foi essa voz! A mesma voz que escutei! A voz de Viktor Tsoi que escutei quando estive na Coreia pela primeira vez. A voz de 2002, que eu ouvi, em vez dos gritos das torcidas.

Lado B

09. Nós ainda agiremos
Дольше действовать будем Мы

Peterhof deixou uma recordação especial em Vitório. Não foi por causa das fontes majestosas que permaneceram na memória. Nem foram os palácios exuberantes. Tampouco os pavilhões. Também não foi a história do chamado "palácio de verão".

Para ele, Peterhof significava o mar, o golfo da Finlândia.

Ali, Vitório viu o mar. E Vitória estava sentada ao lado dele. Os dois ficaram sentados sem fazer nada. Apenas observando o mar. Eles ficaram ali parados, diferentemente dos outros turistas em Peterhof. Vitória explicou sobre Peterhof. Peter significa o imperador Pedro e Hof significa palácio, em alemão. Ou seja: era o palácio do imperador Pedro, onde ele passava os verões, explicou.

Ela ainda adicionou que *burgo*, em alemão, significa cidade. Por isso, São Petersburgo significa a cidade do imperador Pedro. A aula de alemão foi tão entediante quanto a explicação sobre o palácio construído em estilo neoclássico para a imperatriz Catarina. Parecia-me inútil tanto para compreender Peterhof quanto para nós dois.

Vitório apontou o dedo para além do mar.

— Prima, o que é aquilo que eeestou vendo? Aquilo ali! Aquilo me parece um pontinho!

Vitória respondeu que era a Finlândia. Além do mar havia a Finlândia, ultrapassado o golfo da Finlândia. O país parecia um pontinho, como Vitório havia dito. Vitório sentiu-se estranho ao observar a Finlândia ao lado da Rússia, que ele estava visitando, sentir o golfo da Finlândia na sua frente, em solo russo, e estar sentado ali.

Vitória disse que a Finlândia era um país muito agradável para se viver. Apesar do comentário, ele não teve vontade de conhecer. Por isso, ficou calado sem dar resposta. A Finlândia, um lugar bom para se viver. Havia um pé de macieira atrás deles. E um pequeno morro. Um ventinho do mar soprava de leve e lhe fez cócegas nas bochechas. Embora fosse agosto, não estava quente.

Vitório cantarolou. Vitória se juntou a cantar. As duas pessoas que vieram do fim do Oriente estavam sentadas no golfo da Finlândia e cantavam música russa olhando para a Finlândia. Para Vitório, tudo pareceu familiar. Sentiu-se tão natural como se já houvesse tido essa experiência em outro lugar. No entanto, jamais se lembrou desse outro lugar.

No mesmo momento, Olga estava em São Petersburgo. Ela tinha um encontro com o diretor de cinema Nugmanov. Em decorrência da entrevista marcada, ela não fora a Peterhof. Mas os três combinaram um encontro tão logo terminasse a entrevista. Eles planejaram ir ao cemitério público, Bogoslovsky.

O amigo de Viktor Tsoi, o cineasta Nugmanov, estava fazendo um documentário em homenagem aos vinte anos de seu falecimento. Ele estava entrevistando conhecidos de Viktor Tsoi enquanto percorria a cidade de São Petersburgo. Estritamente falando, Olga não havia conhecido pessoalmente Viktor Tsoi; contudo, todos os que conheciam Viktor Tsoi a conheciam também. Ao mesmo tempo, ela foi quem passou mais tempo junto ao túmulo de Viktor Tsoi. Não foi a esposa Mariana, nem a amante Natalya, tampouco o filho Alexander, nem mesmo os pais de Viktor Tsoi. Nugmanov disse que o concerto em homenagem a Viktor Tsoi seria incluído no filme. O diretor pediu a Olga uma explanação longa e atraente sobre Viktor, depois de descrever detalhadamente e com orgulho o seu projeto.

Mas ela disse não ter nada de atraente e longo para contar. Ela relatou rapidamente o que já havia dito no concurso de "oratória em coreano" sobre o encontro destinado a Viktor Tsoi e ela mesma. Isso foi tudo. Não havia mais nada. Assim que terminou sua história, ela começou a falar de Vitório.

Olga disse a Nugmanov que havia encontrado um coreano que tinha a voz de Viktor Tsoi. O nome dele era Choi Vitório. Ele tinha o mesmo sobrenome de Viktor Tsoi. Até o significado do nome dele em coreano era o mesmo de Viktor Tsoi: vitória. Ela explicou que tudo isso se devia ao destino. Já em Moscou, a voz de Vitório chamara a atenção dos fãs de Viktor Tsoi. Quando ela terminou de falar, Nugmanov respondeu que queria conhecer essa voz. Ele se sentiu atraído pela palavra destino. E disse ainda que queria fazer uma entrevista, se possível. Olga contou que iria encontrá-lo em breve. O diretor ficou surpreendido pelo fato de existir um coreano, na Rússia, com a voz de Viktor Tsoi. Também ficou muito impressionado pelo fato de ele possuir o mesmo sobrenome do músico. Ele considerou que talvez fosse sorte, por um lado, ou destino, por outro.

Retornando de Peterhof a São Petersburgo, Vitória e Vitório encontraram-se com Nugmanov e Olga num café-navio à beira do rio Neva. No olhar do diretor, Vitório pareceu um jovem imaturo. Ele considerou que não se tratava de um adulto quando viu que bebia suco de laranja, em vez de cerveja, e não conseguia olhar para o interlocutor diretamente, além de balançar as pernas sem parar. Vitória, ao lado de Vitório, apenas sorria, sem falar nada. Nugmanov achou que esse era o comportamento típico de uma mulher oriental. Ele custava a crer que Vitório teria a voz de Viktor Tsoi. Já não tinha acreditado no que Olga dissera e, agora, acreditava menos ainda ao conhecer o rapaz oriental. Olga também podia perceber, sem dificuldades, o que Nugmanov estava pensando. Vitório se perdera em seus pensamentos, observando o rio Neva.

— Vitório, dá para cantar um pouco?

Vitório foi pego de surpresa e fez cara de quem não entendia: ele precisava cantar de repente. O diretor ficou olhando para Vitório com muita ansiedade. Até Vitória observava Vitório com expressão semelhante.

Vitório percebeu. Ele precisava mostrar algo para eles. Logo Olga começou a tocar violão.

Era a canção "Nós ainda agiremos". Uma das canções de que Nugmanov gostava especialmente. Olga já sabia disso. Ao escutar o violão, Vitório reagiu como um cachorro de Pavlov. Em vez de salivar, acabou saindo aquela canção de sua boca. Muito naturalmente. Isso foi suficiente para acabar com a descrença de Nugmanov e até para estancar a correnteza do rio Neva.

Faixa oculta 09

Meu Vitório sobe ao palco

Vitório telefonou do trem com destino a Moscou. No vagão não percebia barulhos, ao contrário do que eu havia imaginado. Vitório é que estava agitado. Obviamente, era uma agitação alegre e feliz.

Vitório disse, com voz bem comovida, que ele cantara muito em Moscou e fora conhecer o muro de Viktor Tsoi, e precisaria cantar mais músicas de Viktor Tsoi. Ele já cantara para muitas pessoas e iria cantar para mais gente ainda, continuou. Ele disse que as pessoas tinham gostado muito e que havia encontrado um diretor de cinema. Ao mesmo tempo, contou ter visitado o túmulo de Viktor Tsoi em sua homenagem. Ainda anunciou que iria apresentar-se em breve para muitas e muitas pessoas em Moscou, e que havia recebido convite para um grande concerto.

Eu não consegui entender mais nada quando escutei Vitório falando agitadamente sobre um cineasta, cantar em público e até num concerto.

Tomei conhecimento de tudo quando conversei com Vitória. Vitório e Olga, a amiga de Vitória, haviam cantado para os amigos de Viktor Tsoi. Para surpresa deles, as pessoas gostaram muito. E, durante o mês em que Vitório estava na Rússia, a canção de Vitório ficou muito famosa e foi discutida entre os fãs de Viktor Tsoi. Até chegou a correr um boato de que Viktor Tsoi havia retornado da Coreia. Além disso, Nugmanov, o diretor que havia dirigido o filme com Viktor Tsoi como ator principal, convidou Vitório a participar de um documentário ao escutar sua voz, comentou. Ela disse também que alguns jornais regionais mostraram interesse pela história de Vitório e chegaram a fazer matérias. Além disso, na internet, Vitório ficou conhecido como "o retorno de Viktor Tsoi" ou "a ressurreição de Viktor Tsoi". Afinal, Vitório acabou recebendo um convite especial para participar de um concerto em homenagem ao vigésimo aniversário da morte de Viktor Tsoi.

Eu não fiquei surpreso com as notícias a respeito dos artigos de jornais sobre Vitório, a participação dele no filme e o retorno ou ressurreição de Viktor Tsoi, inclusive o concerto em comemoração ao vigésimo aniversário. Eu já sabia. Vitório era especial quando cantava músicas de Viktor Tsoi. Na verdade, ele era especial a cada momento.

Eu falei para ele cantar direitinho em voz alta. E quis realmente que ele conseguisse fazê-lo. Desejei que meu filho conseguisse cantar em voz alta e confiante, diante de muita gente.

Para Vitória, pedi que ela cuidasse bem de Vitório no aniversário dele, 15 de agosto. Isso foi de coração. Eu queria que ela conseguisse comemorar o 20º aniversário dele, e o fizesse de modo especialmente inesquecível para meu filho. Vitória disse que nessa data aconteceria o concerto. Seria o dia em que Vitório iria participar do concerto como convidado. O dia em que Viktor Tsoi havia morrido.

Quando desliguei o telefone, curiosamente, tive vontade de escutar música. Eu nunca havia sentido vontade de escutar música. Na verdade, eu não gosto de música. Nem tenho talento para isso. Não tenho ouvido para perceber se uma música é boa ou não. Eu, realmente, não sou bom na maioria das coisas, salvo escrever e cuidar do meu filho. Por isso, achei Vitório incrível. Não consegui compreender meu filho, que adorava músicas loucamente e cantava, até cantava extremamente bem. Cheguei a duvidar se ele seria mesmo meu filho.

Andei procurando pelo velho gravador. Busquei o enorme aparelho cinza, quase do tamanho de uma geladeira. Saí à procura daquele aparelho no qual Vitório escutava músicas durante a infância. Estranhamente não achei. Aquele aparelho — que se dizia fora dado por um amigo do meu pai — desapareceu. Eu fiquei procurando o dia inteiro, mas não havia sinal dele. Com certeza, eu o havia trazido comigo quando mudei de casa; contudo, o aparelho não estava em nenhum lugar. Depois de revirar tudo, cheguei a pensar que talvez Vitório o tivesse levado para a Rússia.

Enfim, acabei desistindo depois de passar o dia todo procurando, da manhã até a noite. E fui deitar na sala onde não havia ninguém: nem minha mulher, tampouco meu filho. Fiquei deitado calmamente, olhando para o teto. Desejei que tivesse algo no teto, girando. E fechei meus olhos. Então, misteriosamente, pareceu-me que uma música soava. Ouviu-se a voz de Vitório. Talvez fosse a voz de Viktor Tsoi. Ouviu-se a voz. Ouviu-se uma canção.

Lado B

10. Está na hora
Пора

— Aqui é o Estádio Olímpico de Moscou! Chama-se Lujniki! Minha prima Vitória estava emocionada. Eu também estava comovido. Eu disse já ter sido informado sobre o estádio. O Lujniki foi o lugar onde Viktor Tsoi fizera seu último concerto, explicou Vitória. E foi o lugar que provocou a tristeza em Park Ji-sung, o maior jogador de futebol coreano. Ela disse que no ano retrasado havia sido realizado o maior festival de futebol europeu nesse estádio. Porém, o jogador Park Ji-sung, que deveria participar, não estivera presente na partida (eu não entendi o que ela disse. Por que ele deveria estar na partida europeia?) Eu conheço Park Ji-sung, o jogador que marcara uma grande goleada na partida contra a França em 2002. O jogador que me fizera ficar sem fôlego. Entretanto, não consegui entender bem o que ela estava dizendo.

De qualquer forma, o Estádio Olímpico de Moscou era um lugar fascinante. O local que registrara histórias de pessoas legendárias como Viktor Tsoi e o jogador Park Ji-sung. Foi nesse lugar que aconteceu o concerto. E eu também estive lá.

Só ficar sentado no camarim já me deixava feliz. Os roqueiros russos que passavam por ali me cumprimentaram. Eu não tinha ideia de quem eram eles nem entendi o que diziam. Olga e Vitória faziam tradução simultânea toda vez que eles vinham falar comigo. Ainda assim, por causa do nervosismo, tive dificuldade de entender. O quarteto de casacos de couro também veio falar comigo. Embora os homens de casaco de couro números 1, 2, 3 e 4 falassem longamente comigo, e mostrassem satisfação, eu não conseguia entender nada. Segundo o resumo da minha prima, eles disseram estar felizes em participar do concerto comigo.

O meu nome estava no topo da lista dos participantes do concerto. Será que foi uma consideração porque eu vinha de longe, ou porque Viktor Tsoi tinha origem coreana, ou porque a Coreia é um país importante? De qualquer forma, até o nome estava escrito em coreano (embora eu soubesse em russo, pelo menos, o meu nome).

O diretor Nugmanov e sua equipe me filmavam toda vez que eu me movimentava. Eles estavam atrás de mim (embora eu não fosse uma celebridade). Apesar de eu não falar nada, a câmera ficava na minha frente, para captar o meu rosto, que não é nada bonito.

Eu me senti sufocado. Tive vontade de pedir para remover a câmera. Acabei descobrindo que talvez fosse uma pessoa muito nervosa na frente da câmera. Eu fechei os olhos.

Então, apareceu o mar azul. Era o golfo da Finlândia. Imaginei que entrava no mar. Vou ficar sem fôlego? Talvez não! Eu me lembrei do meu pai. Pensei em viajar com meu pai quando terminasse a visita à Rússia e retornasse a Seul. Não somente "queria viajar", mas "precisava viajar", pensei. Podia ser para uma casa construída em madeira. Seria bom se houvesse uma floresta de pinheiros e o mar. Se não houvesse mar, poderia ser um lago pequeno. Seria bom também para pescar? Por alguma razão, julguei que meu pai não soubesse pescar. Então que tal se eu e meu pai pudéssemos escutar música? Como meu pai gosta de ler, ele ficaria com os livros e eu ficaria com as músicas!

Tocou a campainha (o barulho foi tacanho, apesar da grandeza do estádio). Ding dong ding dong! Olga entrou correndo para o camarim. Eu pressenti. Era hora de agir. Chegara a hora de cantar!

— É hora de cantar? É hora de cantar?, perguntei a Olga.

— Preciso sair?

Olga respondeu que sim. E eu perguntei outra vez.

— Quando? Olga respondeu rápido e com força.

— Agora mesmo!

Assim que me respondeu rápido e com força, Olga colocou um objeto na minha mão. Não vi o que foi, mas percebi que era alguma coisa de metal. Eu saí do camarim segurando firme essa coisa de metal.

Eu queria caminhar até o palco com estilo e tranquilidade. Mas minhas pernas tremeram. Creck, creck, creck. O apresentador do concerto fez um longo anúncio em russo.

E, por fim, ele chamou o meu nome. Eu abri a mão. Havia uma placa de identificação em minha mão. A identificação que os militares colocam no pescoço. Era o objeto que Olga passara para mim.

Choi

Vitório

Na verdade, eu não estava nervoso, mas minhas pernas continuavam tremendo. Não paravam de tremer.

As pessoas chamavam meu nome. Choi Vitório. Choi Vitório. Choi Vitório. Alguns gritavam Viktor Tsoi, em vez do meu nome. Viktor! Viktor! Eu sentia algo mais forte do que nervosismo. Até agora jamais havia sentido isso. Meu corpo não me obedecia. Era como se minha mente tivesse sido hipnotizada por um ventilador que girava. Olhei para a identificação. Estava torta. Parecia bem velha. Onde ela teria achado essa identificação militar? Por que ela teria me dado naquele momento? De novo, apertei a minha mão. Bem fortemente! Na identificação, algum nome estaria gravado. Parei de pensar e comecei a andar. O que me pôs em movimento foi o público. Havia dezenas, centenas, milhares e dezenas de milhares de pessoas. Dei um pulo no mesmo lugar. Como eu pulara na minha infância ao plantar um pepino de alumínio. E saí correndo em direção ao palco. Embora minhas pernas tremessem, consegui correr. A cada passo que eu dava no caminho para o centro do palco, surgia um clamor ainda maior. Apesar do imenso clamor da plateia, não se viam pessoas. A plateia estava escura. Estava bem escura. Estava escura.

Lado B

11. Crianças que passam entre prédios
Дети проходных дворов

Eu sei que a noite deve ser escura.
Se for manhã, deve ser clara.
Sempre foi assim, será assim por muito tempo.
Isso é a lei da natureza
As crianças que passam entre prédios também sabem disso.

Eu sei que se for inverno, deve nevar.
Se for verão, deve fazer sol.
Eu sei disso. Eu canto isso.
E eu espero que
As crianças que passam entre prédios me ouçam.

Existem duas cores: preto e branco.
E há nuances maiores.
Mas nós não nos importamos.
Quer seja preto, quer seja branco,
Nós, crianças que passam entre prédios,
Achamos nossa própria cor.

Em meados de agosto de 2010, cantamos "Crianças que passam entre prédios" sentados no cemitério público de Bogoslovsky.

Nós ainda cantamos muitas outras músicas. Trocamos ideias. Havia coisas que podíamos entender, e outras que não podíamos. Entretanto, nada era importante. O fato de estarmos reunidos era importante. Talvez nós estivéssemos nos encontrando naquele lugar para estarmos juntos. O pretexto para nosso encontro foi Viktor Tsoi. Mas nem isso era tão importante. Nós dividimos tristeza e compartilhamos risadas enquanto ficávamos tristes. Mesmo que Viktor tivesse partido, ele não estaria morto; nisso acreditávamos de verdade.

E então recebemos uma notícia: um convite para cantarmos no concerto em homenagem a Viktor Tsoi. Não havia motivo para recusá-lo. Como se fosse nosso trabalho, ou seja, nossa obrigação. Não poderia deixar de aceitá-lo porque Viktor Tsoi fazia parte da gente.

Conversamos ao receber a notícia. Como o tempo não escurecia, não podíamos saber se havia anoitecido ou não. Mesmo que ficasse escuro, nós não teríamos medo da escuridão. Nós combinamos beber, cantar e conversar até anoitecer. Entretanto, não havia escuridão no verão de São Petersburgo. Sabíamos disso. Por isso, nós tínhamos combinado dessa forma.

A razão pela qual saímos daquele lugar foi para preparar o concerto. Faltavam dois dias para o concerto em homenagem a Viktor Tsoi. Precisávamos de tempo para chegar a Moscou. Pegamos um trem com destino a Moscou, na estação Moscou que ficava em São Petersburgo. No trem, conversamos, cantamos e bebemos mais uma vez. Nós ficamos assim. Nós repetimos, sem parar, o que queríamos, como se fôssemos crianças. Nós somos crianças que procuram a si mesmas.

Faixa oculta 10
Dia das Crianças em 1990

A manhã estava bem ensolarada. Teria sido um presente dos céus para o Dia das Crianças? Meu filho vai nascer em breve. Quando será que poderei curtir a felicidade com meu filho no Dia das Crianças? Vai ser logo? Dizem que as crianças crescem rápido.

Nos últimos dias eu me sinto pesada. Embora sinta leveza no coração. Ainda não posso acreditar que o meu bebê vai nascer em breve. Não vou chamá-lo de bebê. Meu Vitório. Choi Vitório, meu Vitório.

De fato, o nome é bem cafona. Vou considerá-lo precioso porque foi meu sogro quem o batizou assim. O significado seria "para vencer em tudo", explicou meu sogro. Para mim, não importa se ele não vencer em tudo. Eu quero que ele seja uma criança que saiba apreciar cada momento. Tal como o pai dele. Quero que seja o meu menino, que saiba dedicar-se ao que realmente gosta de fazer, embora não possua toda a capacidade, e saiba executar tarefas em silêncio ainda que sejam difíceis. E eu também quero ser uma mãe que possa ajudá-lo.

Hoje, Vitório brincou demais na barriga. Como se fosse um roqueiro, ele balançou as mãos e deu fortes chutes. Agora o palco de Vitório é o meu útero, mas no futuro o mundo será seu palco.

Quão brincalhão ele será, já que brinca tanto dentro da minha barriga? Acho que será um menino divertido. Que fala e brinca muito e é bem levadinho. Ele vai ter muitos amiguinhos para brincar. Talvez venha a ser um líder das crianças no bairro. Eu sinto que ele já nascerá falando "mamãe, sou eu, Vitório". Que fofinho! Já é engraçado só de imaginar.

Minhas irmãs falaram que um recém-nascido nunca é bonito, mesmo que seja o seu próprio filho. Todo bebê parece bem feio quando nos deparamos com aquela cabeça coberta de líquido amniótico e o corpo manchado de sangue, além de olhos que não abrem direito. Não obstante tenha sofrido muitas dores para dar à luz, é muito comum que a feiura do bebê decepcione, diziam. Eu não posso entender. Ao menos nesse momento, eu acharia lindo o meu filho, mesmo que ele nasça com quinze dedos. Porque é o meu bebê. Agora não seria o momento de pensar nisso. Vitório! Por favor, apenas nasça com saúde, OK?

De todo jeito, quero que ele cresça bem no restante do seu período em meu útero. Pensando bem, já se passou quase a metade do ano desde que eu concebi Vitório.

Vitório, espere um pouco!
Mamãe e papai vão fazer você feliz.
Vou te apoiar muito, para que você possa divertir-se no mundo como se estivesse num palco. Está bem?

Lado B

12. Lenda
легенда

Agora eu estou em pé no palco.
Eu não consigo abrir meus olhos.
Ouvem-se batucadas de tambores.
Ouvem-se clamores ainda maiores do que os tambores.
É o momento de cantar "Tipo sanguíneo", de Viktor Tsoi.
É a hora fatal de cantar a música dele.
Seguro bem o colar de identificação militar na mão.
Estou suando.
Estou suando.
Recordo mamãe.
Recordo um amigo.
Recordo papai.
O céu também vem à mente.
Cegonhas de papel estão voando pelo céu.
Aparece o mar azulado.
Há árvores no morro.
Árvores de alumínio.
Os gritos que chamam meu nome aumentam cada vez mais.
Eu estou sabendo.
Anjos falam.
Já é hora de abrir meus olhos.
Então, já é hora de abrir meus olhos.
Abro meus olhos.
A luz tão forte que deslumbra meus olhos.
Os brilhos dourados e prateados e outros

Brilhos. Brilhos. Brilhos.
A multidão aclama.
Vejo uma pessoa na multidão.
Um homem.
Enorme como a minha mãe.
Ele está chorando.
Eu vejo suas lágrimas.
As lágrimas estão cintilando.
Então,
Já é hora de cantar.
O prelúdio já acabou.
Agora é o começo.
Realmente é o começo.
Vai começar.

Outro

Será que realmente um pepino de alumínio não dá frutos?
Se quiser saber, precisa plantar um pepino de alumínio, de fato.
Não tem outro jeito.
O que deveria fazer para conseguir frutos de um pepino de alumínio?
Realmente não teria jeito, mesmo que se faça muito esforço?
Se um pepino de alumínio, naturalmente, não der frutos, não adiantaria fazer esforços. Ainda assim, há horas em que tenho vontade de me esforçar. Não há nada errado em se dedicar com afinco. Fazer esforço é amor, é futuro e é luta. Por isso, muitas vezes fazer esforço pode trazer mais resultados úteis do que inúteis. Seria inútil plantar um pepino de alumínio que, certamente, nunca vai dar frutos?
Na vida, não há nada inútil.
Pelo menos ficarei sabendo que os esforços feitos por nós estavam errados.
Na maioria dos casos, desde o começo já sabemos a resposta. Não seria diferente em relação ao pepino de alumínio. Ainda assim, eu plantei um pepino de alumínio. Talvez tenha sido por isso que eu plantei um o pepino de alumínio.
É.
Foi por isso.

Entrevista do escritor Kang ao crítico literário e poeta Park Sang-soo

Será que é possível fazer brotar um pepino de alumínio?
Sim, basta você acreditar!

Eu aceitei a proposta como destino
E
Eu me tornei seu fã como destino.

Crítico Park Sang-soo: Para falar sobre esse romance, não se pode deixar de falar de Viktor Tsoi. Conforme descrito no livro, o pai de Viktor Tsoi pertence à segunda geração da etnia *koryo* na Rússia, e a mãe é ucraniana. Ele fazia música com um dom de gênio, e para os russos ele foi um roqueiro de talento extraordinário que resistia ao sistema político russo. Em 1990, ele morreu numa colisão contra um ônibus quando ia pescar, depois de terminar de gravar o seu segundo álbum com a banda Kino. De fato, na época a morte dele provocou uma comoção tão grande que cinco fãs do sexo feminino cometeram suicídio logo depois. Ainda hoje, quando se comemoram os 50 anos de seu nascimento, sua popularidade se mantém. De certo modo, esse romance poderia ser um bom presente para os russos que querem acreditar que Viktor Tsoi está vivo, e até para os fãs coreanos que se lembram dele. De que modo Viktor Tsoi surgiu como assunto do seu livro?

Escritor Kang: Eu não tinha interesse por Viktor Tsoi antes de estudar na Rússia. Por acaso, acabei conhecendo o cineasta que havia dirigido o filme sobre Viktor Tsoi. Era um filme experimental, composto de documentário e musical. O diretor me convidou para uma sessão de pré-estreia para VIPs, porque eu sou coreano e escritor; as pessoas passaram a considerar o coreano algo relevante após Viktor Tsoi. A partir daí, comecei a me interessar por Viktor Tsoi.

Mas o motivo principal para escrever o romance foi a proposta da editora Pushkin, que planejou comemorar os 50 anos de nascimento de Viktor Tsoi. Quando recebi a proposta, não tive condição de aceitá-la porque ainda precisava terminar um romance em andamento, além de estar há muito tempo sem publicar livro. Porém, como por força do destino, acabei aceitando a proposta, e escutei muito as músicas de Viktor Tsoi enquanto buscava livros relevantes sobre ele. Naturalmente, eu me tornei fã de Viktor Tsoi.

Crítico Park: De certo ponto de vista, isso me parece um destino já traçado; por outro lado, me parece um destino especial (*sorriso*). De fato, os fãs consideram a morte de Viktor Tsoi a partir de uma teoria conspiratória, e ainda há muita gente acreditando que ele esteja vivo. Já que havia decidido escrever o romance sobre Viktor Tsoi, conspirações em relação à morte poderiam atrair mais interesse. Há alguma razão pela qual o romance narre a história de um menino coreano?

Escritor Kang: De fato, na questão da morte de Viktor Tsoi, muita coisa está relacionada à teoria conspiratória. Logo antes da morte, ele havia encontrado o ex-presidente da URSS, Gorbachev, que iniciou a abertura do regime. O acidente não ocorreu em horário comum para um ônibus circular, além de não haver passageiro nenhum dentro do ônibus. Os detalhes do acidente têm tudo para criar uma teoria conspiratória. Ao mesmo tempo, na época, a popularidade de Viktor Tsoi era incrivelmente alta, em termos de audiência nos cinemas e em concertos. Ele foi um personagem bem influente.

Na construção do romance, eu também considerei aspectos conspiratórios. Seria uma das ideias mais interessantes. Talvez seja o *plot* mais difícil de se escrever e, ao mesmo tempo, o mais fácil de pensar. Efetivamente, é um elemento muito atraente. Mas não era essa a história que estava em minha mente. Eu não posso e nem quero, sinceramente, escrever uma história de suspense ao estilo *Arquivo-X*, com elemento agnóstico, ou criar história para atrair o *fandom*, apenas porque existem elementos chamativos.

O que procurei mesmo foi criar um ponto de partida para ligar a Coreia do Sul e as pessoas excluídas. Viktor Tsoi, como filho da etnia *koryo* na Rússia, deve ter vivido como um estrangeiro. Refletindo sobre sua vida estudantil, ficou óbvio que ele era uma pessoa excluída. A ideia de interligar esses elementos se deu no início da história.

Crítico Park: "Pepino de alumínio" é a terceira canção que aparece no primeiro álbum da banda Kino. Pelo que sei, o pepino de alumínio se refere a "míssil". As letras de Viktor Tsoi são poéticas, simbólicas e metafóricas, mas no seu romance, diferentemente da ideia da letra original, parece simbolizar um sonho que se deseja mesmo quando se sabe ser impossível realizá-lo. Especialmente na parte final do romance: *"Seria inútil plantar um pepino de alumínio que, certamente, nunca, vai dar frutos? Na vida não há nada inútil. Pelo menos ficarei sabendo que os esforços feitos por nós estavam errados (...)"*. Eu fiquei surpreso quando li a frase: "Ainda assim, eu plantei um pepino de alumínio". Porque essa expressão genuína, a propósito, é bem rara no contexto de seus romances.

Escritor Kang: Eu sou de fato um homem genuíno (*sorriso*).

Escrevi esse romance desejando que pudesse ser lido por muitas pessoas. Por isso, talvez eu tenha abolido alguns elementos que por fim buscava, tais como destruição do estilo, transformação e radicalização da história.

Quanto ao título, *Pepino de alumínio*, trata-se de um ativismo contra a guerra. O alumínio representa arma nuclear ou míssil. Se eu tivesse levado ao pé da letra, deveria ter escrito um romance de guerra (*sorriso*). Eu queria reinterpretar. Nem posso explicar exatamente o que significa, afinal, o pepino de alumínio no romance. Acredito que isso fique por conta do leitor.

Na vida, existem coisas ou tarefas que precisamos fazer, ou já estamos cumprindo, mesmo sabendo que são impossíveis de realizar. Contudo, às vezes, isso poderia levar a um bom resultado. Embora saiba que é inútil, poderíamos trabalhar com alegria, ou já estaríamos trabalhando sem consciência. Talvez assim seja a nossa vida, pensei. O meu romance especificamente trata disso.

Embora a esperança esteja castrada,
Poderia realizar-se no próximo passo ou em outro lugar.
É isso o que eu quis mostrar.

Crítico Park: Através de três romances — *Histórias de um homem imaginário*, *Mujinjang* e *Documentário vulgar sobre a castração do Sr. Y* — você foi considerado um escritor que experimenta estilos variados. Com uma imaginação original, consegue desdobramentos incomuns de histórias, criação de personagens impossíveis e ao mesmo tempo atraentes, além de usar paródia e fetiches. Esse romance, porém, procura concentrar-se na relação entre personagens, afastando-se do seu estilo experimental. Ao mesmo tempo, manifesta esperança e calor humano.

Escritor Kang: A maioria dos escritores, inclusive eu, temos interesse especial por pessoas excluídas, minoritárias ou especiais. Eu também havia escrito sobre elas. O romance *História de um homem imaginário* fala de maneira exagerada sobre pessoas que têm os olhos nas pontas dos dedos, ou de indivíduos com muitos braços. No final, o que eu queria nesse romance era mostrar que existem muitas pessoas diferentes ao nosso redor, e elas convivem conosco, misturadas. E a nossa vida não sofre qualquer mudança especial por causa delas. É a história de pessoas bem diferentes, que também têm suas próprias vidas.

Documentário sobre a castração do Sr. Y trata de um menino que sofre bullying porque não tem nariz. De novo é sobre uma pessoa excluída. Não se deveria modificar a vida de alguém porque não tem nariz, acho eu. Mas a vida do personagem se transforma muito. Esses dois livros contêm imaginação provocadora. Como romance, em *Documentário sobre a castração do Sr. Y* eu havia tentado uma narrativa bem diferente, ou seja, escrevi em estilo experimental. Em *Pepino de alumínio*, quis trabalhar sobre pessoas excluídas sem qualquer provocação experimental. Em resumo, esses romances tratam de uma série de pessoas excluídas.

A propósito, não sei de onde veio essa mensagem na minha mente. Ao escrever constantemente sobre "romances de excluídos" e sobre bullying, alguns me perguntam se eu teria sido vítima de bullying na escola. Para ser sincero, eu estaria mais próximo de quem provocava sofrimento do que da vítima. Refletindo melhor, eu me senti como minoria ou alienado a partir do momento em que comecei a escrever e a pensar em fazer literatura. Eu acredito que bullying, alienados e excluídos sejam temas fundamentais que podem mostrar e representar a sociedade.

Talvez ao me tornar pai e cuidar de uma criança eu tenha começado a escrever um romance de formação? (*sorriso*)

Crítico Park: Estou pensando em reler seu romance (*riso*). Na entrevista, no posfácio de *História de um homem imaginário*, de 2006, você comentou que não tem um sentimento de afeto em relação a alienados e minoritários da sociedade, mas sente interesse por eles. Entretanto, nesse romance, eu tive a impressão de que seu interesse estava se transformando em amor por eles. Sobretudo fiquei muito emocionado quando Jeon, amigo de Vitório, deixa 999 cegonhas de papel para ele, ao morrer. Justamente nessa cena, eu simpatizei nitidamente com a solidão e o sofrimento dos dois.

Escritor Kang: Jeon e Vitório são o mesmo personagem. Dentro da nossa mente, temos diversos lados — um que diz para aguentar e resistir e outro que busca esperança ou perde esperança. O que Jeon quis mostrar foi o lado que buscava esperança. Ao não ter conseguido realizar sua esperança, Jeon a direciona para Vitório. A morte de Jeon, por um lado, significa a castração da esperança de Vitório na Coreia. Apesar de buscar esperança, no final das contas Jeon não consegue realizar seus sonhos.

O que eu quero mostrar, paradoxalmente, é que o ser humano deve sempre ter esperança, até nas situações mais difíceis. E dizer que, mesmo sem conseguir realizar agora os sonhos, sempre há possibilidade de realizá-los numa próxima etapa, ou em outro lugar.

Crítico Park: Faz todo o sentido. Nesse livro, como nos seus anteriores, há o personagem que sofre bullying por causa de uma deficiência congênita. A primeira fase de sofrimento se dá quando Vitório é perseguido por espíritos de porco, porque ele é considerado inferior e tem dificuldades de fala. Ao ler a parte em que os espíritos de porco expressam palavrões como *filhote de pusta*, chega a ser cômico, o que demonstra seu senso de humor. Acabei rindo à beça quando deparei com essa expressão.

Escritor Kang: Ao pesquisar sobre problemas associados a crianças na escola, para escrever esse livro e outros, acabei descobrindo que existe muita violência, de maneira frequente e severa, entre estudantes do primário, além da nossa imaginação. Mas eu não queria escrever de uma forma muito triste. Ao ler o romance, um dos meus editores comentou que é uma história triste e, ao mesmo tempo, engraçada.

O caminho que escolhi foi não exagerar na tristeza. Apesar do entristecimento, prefiro deixar um eco de lástima, fazendo com que a história a descrever seja leve e triste ao mesmo tempo. Queria mostrar o personagem principal sendo obrigado a aceitar a violência como rotina diária ou como piada. O personagem não tem saída, não pode fugir nem confrontar. O único jeito desse menino para encarar a realidade foi aceitá-la como rotina diária. Aceitando a rotina, só assim ele consegue suportar a situação, e talvez isso faça a gente sentir ainda mais tristeza. Assim, quando ele consegue se superar, tem um valor bem mais significativo.

Crítico Park: O nome do personagem, Choi Vitório [*em coreano, Choi Sungja*], parece cômico. Além disso, a escolha do nome deve ter pesado, porque temos um poeta importante da Coreia com o mesmo nome. Em romances russos, os nomes de personagens não carregam relevância importante? Por exemplo, Raskólnikov, de *Crime e castigo*: a palavra *raskol*, em russo, significa fragmento, e o romance trata da fragmentação ideológica do personagem. O nome Choi Vitório [*Choi Sungja*] parece ter sua origem no nome Viktor Tsoi. Os outros nomes também têm algum significado especial?

Escritor Kang: O nome Viktor faz-me lembrar da palavra *victory* em inglês. Naturalmente, pensei em *sungli* [*vitória, em coreano*]. Ao mesmo tempo, no início, eu estava pensando num membro da banda Big Bang que também tinha o mesmo nome. Enquanto pesquisava a música da banda, eu descobri que havia grande diferença, em termos de estilo musical, entre a banda e Viktor Tsoi. Portanto, escolhi *sungja* [*menino vitorioso, em coreano*] em vez de *sungli* [*vitória*]. Para mim, tanto faz se os leitores conseguem relacionar o nome Vitório com Viktor Tsoi como origem ou não, e não haveria nenhum problema na leitura mesmo que não houvesse relação entre eles. Efetivamente, o nascimento de Vitório foi planejado para preparar o renascimento de Viktor Tsoi.

Todos os escritores, além dos russos, se preocupam muito com os nomes dos personagens. A escolha do sobrenome Jeon tem dois significados. Jeon é o sobrenome do meu melhor amigo. Eu tenho aproveitado os nomes dos meus amigos em romances, o que, por sua vez, se torna recordação, ou presente para eles.

Ao mesmo tempo, *jeon*, em coreano, significa *eu*, quando se refere a si mesmo diante do outro, para demonstrar respeito. Ou seja, significa outro *eu*. Vitória, no romance, é a pessoa que dá alegria a Vitório e, ao mesmo tempo, uma salvadora. Como o nome dela também se origina de Viktor, os dois compartilham certa identidade. Portanto, Vitória seria como um *alter ego* de Vitório. No caso de Olga, em russo, significa "sagrado" ou "pacífico". Os russos não têm tanta variedade de nomes, e Olga é um dos nomes mais comuns. Quando se pronuncia Olga, a boca fica redonda. E quando se escreve a letra "O", tanto em coreano (오) quanto no alfabeto românico, a letra é circular (O). Esse nome dá uma sensação redonda na escrita e na fala. Eu escolhi o nome Olga por considerar que seria bom interligar o personagens com algo que evocasse uma imagem redonda. Eu não dei nomes ao pai e à mãe, porque queria que fossem somente uma representação de papai e mamãe. Embora talvez os nomes no meu romance não tivessem tanto significado como nos romances de Dostoiévski, eu me preocupei em criá-los. Espero que o resultado desse cuidado que tive possa ser percebido no romance.

Crítico Park: Eu me sinto mais próximo do personagem. A estrutura do romance está dividida em lado A e lado B, além da divisão dos capítulos por títulos de canções. Será que o conteúdo também tem algo a ver com as letras das músicas de Viktor Tsoi?

Escritor Kang: Eu queria que as músicas, suas letras e sua história estivessem entrelaçadas numa só unidade. Ao mesmo tempo, queria que o design do livro (o lado A e o lado B) trouxesse um toque antigo. E eu incluí, no final, a tradução das letras das canções, embora não atrapalhe a leitura desconhecer o sentido das canções. Porque eu desejei que os leitores conseguissem descobrir algum outro sentido através das canções. Além disso, ao tratar de Viktor Tsoi eu queria que os leitores tomassem conhecimento sobre o cantor.

Crítico Park: Este romance, por um lado, é um retrato de época. Porque trata de um tempo remoto, o ano de 2002, quando houve a Copa do Mundo, além de falar dos cantores em moda na época, como Jang Na-ra e Brown Eyes. Outros exemplos de época são a cena em que Viktor decide fazer música ao escutar pela primeira vez "Orchid", da banda Black Sabbath, na casa de Maxim, e o aparelho enorme de fita cassete que Maxim trouxera para mostrar a música (depois, o mesmo aparece na casa de Vitório). Quanto à minha experiência, no final do primeiro ano do ensino médio (1990-1991) o heavy metal era uma moda na minha geração, e a banda Black Sabbath era indiscutivelmente a melhor, e considerada a avó do gênero musical. Assim que acabavam as aulas, eu ia à loja de discos somente para olhar. Houve alguma razão especial para usar músicas do Black Sabbath interligando os personagens? Ao mesmo tempo, qual seria o motivo para escolher a canção "Já um ano", da banda Brown Eyes?

Escritor Kang: As pessoas tendem a recordar determinada época através de uma música. Eu queria que esse romance evocasse algo parecido, porém quase não há nenhum coreano capaz de recordar alguma coisa do passado ao escutar as músicas de Viktor Tsoi. Por isso, procurei saber qual música poderia fazer a gente viajar para aquele ano de 2002.

Ao buscar músicas que fizeram sucesso na época, encontrei muitas dançantes, em geral de bandas como Pinkle, HOT etc. Já a banda Brown Eyes apresentava um estilo bem diferente. Entre muitas músicas dessa banda, "Já um ano" tinha algo a ver com o tema do romance. A mensagem da canção é esperar ano após ano, e mais outro ano.

Quando pensamos que já se passou um ano, dependendo da perspectiva, pode-se achar demorado ou rápido, porém, simbolicamente, esperar é uma esperança. Viver é, no final das contas, esperar por algo sem parar, e recordar algo que se passou. E pode ser longo para alguém e ligeiro para outro? Encontrei nessa canção algo parecido com o meu romance. No caso da Black Sabbath, pelo que eu saiba, é uma das bandas que influenciaram Viktor Tsoi.

O ano de 2002 foi uma época em que muitas pessoas ficaram excitadas devido à Copa. Entretanto, nem todo mundo estava com tanta energia e tão animado. Eu queria mostrar no romance que havia um lado de tristeza, de tranquilidade e de obscuridade na época. Escolhi de propósito as canções tranquilas para mostrar que havia pessoas com emoções diferentes das outras.

De fato, o destino seria também uma parte da nossa escolha.

Crítico Park: Esse romance é lido como uma história que trata do destino. No trecho em que Vitória, a prima de Vitório, decide viajar para a Rússia, por exemplo: *"(...)Vitória considerou que era seu destino. Ou seja, simplesmente decidiu acreditar nisso. O destino, em geral, tem sua força no momento em que acreditamos (...)"*. Eu fiquei comovido de alguma forma. Até me lembrei da vida do escritor Kang que estudara na Rússia durante cinco anos. Fiquei contente em fazer a leitura através de uma narrativa desse tipo. Acho uma abordagem interessante. Entretanto, ao ler a passagem — *"quando os espíritos de porco que perseguiam*

Vitório disseram: "Não cante mais música coreana porque vai dar azar. Ou melhor, cante música russa. E venha para a aprovação!(...)" — isso me pareceu um pouco forçado ou artificial.

Escritor Kang: Quando me perguntavam por que fui estudar na Rússia, eu costumava dar uma explicação lógica. Refletindo melhor, qualquer resposta pode ser um pretexto. No final das contas, foi o destino, acho eu. Por isso prefiro crer que foi o destino.

O destino é algo desconhecido e está longe, além de não se poder controlá-lo. Para mim, a Rússia transmite essa imagem. É um país distante e estranho, que transmite possibilidade e obscuridade ao mesmo tempo. Seria interessante que a Rússia fosse um símbolo do destino, pensei eu.

Um dos pensamentos ou comportamentos das pessoas em geral é sonhar intensamente até que se realize o desejo, mas interpretar como se não tivesse participado da decisão ao alcançar o desejado. Eu queria dizer o contrário. Pode parecer fatalidade, mas cada um é responsável por suas decisões. Uma vez que escolheu determinado caminho, não deveria assumir a responsabilidade? Eu quis que Vitório fosse diferente. Ele não escolheu a música russa e, ainda assim, considera que ela foi uma escolha sua e a aceita como destino. Seria uma manifestação de otimismo que eu posso criar como autor. Acredito que esse otimismo está evidente em todo o romance.

Ao refletir sobre o destino num contexto maior, conclui-se que ele é uma parte da nossa escolha.

Crítico Park: Em termos de destino, achei divertida a colocação de coincidências que acontecem entre personagens, como por exemplo, entre Viktor Tsoi e Vitório e entre Olga e Vitória, que passam por experiências parecidas, ou assistem a cenas semelhantes, sendo ligados entre eles pelo destino. Ao mesmo tempo, é interessante o trecho de conexão entre Olga e Vitória. Especialmente quando Olga se encontra com Vitória, que trabalha como vendedora da loja de discos em Shinchon, ao chegar à Coreia após ganhar o prêmio do concurso de oratória em coreano na Rússia. Por acaso, na loja estava tocando "Orchid", do Black

Sabbath, e Olga encomendou o álbum que contém "Tipo sanguíneo", da banda Yun Do-hyun. O mais interessante é que elas não se aproximam na época, mas se encontram bem depois, quando Vitória vai à Rússia para conhecer um mundo maior.

Eu gostei das situações de ausência e reencontro. Achei realistas as descrições das personagens, especialmente Vitória. Olga talvez seja um personagem que faria sucesso na Rússia. Na parte em que Vitória viaja para Moscou, em 2005, se lê: *"(...) Não há estação Moscou em Moscou, mas há uma estação São Petersburgo. Em São Petersburgo, há estação Moscou no lugar. Achei fascinante escolher o nome da estação de acordo com o destino (...)"*. Nesse trecho, estranhamente me senti atraído por Vitória. Ela parecia realmente viva. Embora fosse curta a passagem, fiquei comovido e senti empatia com a emoção dela. A meu ver, o personagem que recebeu a maior influência de Viktor Tsoi seria Vitória.

Escritor Kang: Eu queria interligar todos os personagens através de Viktor Tsoi. Embora parecesse uma situação forçada ou artificial, fiz com que esses personagens de peso escutassem a mesma música quando se encontram.

Na escola, eu aprendi que "o romance é uma história que é possível acontecer"; contudo, gostaria de me atrever a dizer que está errada essa afirmação. Fazer um romance é "escrever despreocupadamente uma história que não existe como se existisse". Na obra, se não houver uma ligação entre Viktor Tsoi e os personagens, a história se torna uma crônica comum, em vez de um romance.

Eu queria que a realidade literária fosse criada por Viktor Tsoi. No romance o elo é amarrado por Viktor Tsoi. E, na vida real da gente, também existem elos que unem as pessoas. Poderia chamá-lo de "destino" ou "ato do providência", que quis usar como uma conexão entre os personagens. O prazer do romance talvez estivesse nisso, acho. Eu queria mostrar algo que é possível fazer acontecer no romance, embora dificilmente ocorra na vida real.

Quanto à sua observação, o nome das estações de trem na Rússia é muito peculiar para quem é estrangeiro. Achei um bom elemento para fazer refletir a mensagem: "o destino é o que nós podemos construir para nós mesmos". Acho relevante utilizar a cidade de destino para nomear a estação, em vez da cidade de partida, o que é uma perspectiva voltada para o futuro.

Crítico Park: Gostei do seu depoimento: "Fazer um romance é escrever despreocupadamente uma história que não existe", o que é a fonte da força no seu romance, acho eu. A mãe de Vitório parece ter uma referência: a mãe de Johnny Depp e Leonardo DiCaprio no filme *Gilbert Grape, Aprendiz de Sonhador* (de 1993). O que a mãe de Vitório teria sentido depois de dar à luz Choi Vitório? A voz do pai está nos capítulos de "faixas ocultas", possibilitando-nos conhecer os sentimentos dele, mas a voz da mãe não é perceptível. A mãe, obviamente, que não conseguiu proteger o filho, abandona sua vida como se castigasse a si mesma e morre em acidente de carro depois de se transformar numa pessoa gorda e sedentária. É uma cena triste.

No trecho oculto do último capítulo, 'Dia das Crianças em 1990', se encontra finalmente a voz da mãe. Essa parte foi ainda mais tocante: "(...) *Vou te apoiar muito para que você possa divertir-se no mundo como se estivesse num palco. Está bem?*" (...). Eu fiquei mais comovido porque a carta era da falecida. O que significa a mãe para Vitório? E que sentido teria a faixa oculta? Qual é a razão de exibir o olhar do pai nas faixas ocultas como narrativa principal?

Escritor Kang: Conforme observado, escrevi sobre a mãe pensando de fato na personagem do filme *Gilbert Grape*, e queria que os leitores se lembrassem da cena do filme ao ler meu romance. Eu acho que a mãe de Vitório ficou cada vez maior e explodiu no final. Por coincidência, há um personagem com autismo no filme também.

Claramente, a personagem da mãe, no romance, foi inspirada no filme. Entretanto, eu queria passar uma imagem diferente do amor dos pais, em geral representada pelo amor da mãe. Um pai também dispõe de calor afetuoso e de amor pelo filho, e pode passar esse amor efetivamente. Enquanto uma mãe expressa amor profundo pelo filho, um pai é capaz de entender melhor um filho, pensei.

Ao ler o romance, deve-se notar bem que o pai é escritor e não tem uma personalidade dinâmica. Eu reutilizei a relação fraternal descrita no meu *Documentário vulgar sobre a castração do Sr. Y*. De certo modo, quis enfatizar o amor do pai. No romance, o comportamento descontrolado (a vontade compulsiva de comer) da mãe se origina na culpa. De fato, na Coreia, quando nasce um filho com deficiência, socialmente e individualmente a mãe tende a sofrer mais do que o pai, embora o casal tenha a mesma responsabilidade em termos genéticos. No romance, o sofrimento da mãe é expresso através do comportamento anormal de comer excessivamente.

Inserir a voz da mãe numa das faixas ocultas é a minha homenagem a ela. Particularmente, pensei em deixar as faixas ocultas somente com a voz do pai. Entretanto, imaginei que haveria leitores que desejariam escutar a voz da mãe, e ao mesmo tempo eu também queria ouvi-la pela última vez.

Com relação ao tempo no romance, o cenário é o Dia das Crianças em 1990, a data em que Viktor Tsoi realizou o concerto no estádio Lujniki. Para mostrar a relação de destino e ressurreição entre Vitório e Viktor Tsoi, quis descrever que, nesse dia, Vitório se agitou mais fortemente na barriga da mãe.

Crítico Park: Olga plantou um pepino de alumínio no túmulo de Viktor Tsoi, assim como Vitório havia plantado um pepino de alumínio na infância. A cena em que Vitório canta "Tipo sanguíneo" no muro de Viktor Tsoi em Moscou, e Olga reage falando: *"Foi essa voz! A mesma voz que eu escutei"*, é o momento de ligação entre Olga e Vitório. Especialmente quando Vitório, por recomendação de Olga, canta "Tipo sanguíneo" no palco do Estádio Olímpico de Moscou, onde Viktor Tsoi havia realizado seu concerto, os sonhos de Vitório se tornam realidade; também os de Olga e dos pais de Vitório, e até, por fim, os sonhos de Jeon parecem realizar-se. Ao refletir sobre a cena em que a placa de identificação que Viktor Tsoi havia entregado a um colega foi repassada para Olga, que finalmente a transferiu para Vitório, é um final de certo modo previsível, mas interessante para fechar o romance em grande estilo.

Escritor Kang: Vitório é um personagem que acredita em ganhar um pé de pepino ao plantar um pepino de alumínio, enquanto Olga é a pessoa que planta um pepino de alumínio embora saiba que não daria frutos. Algumas pessoas persistem em fazer algo mesmo quando todas as outras se mostram contrárias, e há pessoas que se esforçam mesmo sabendo que não vai dar certo.

O fim dessa história não leva a uma esperança surpreendente. Seria um passinho pequeno no caminho da esperança. Eu queria plantar apenas isso. E quis escrever um final facilmente imaginável, o que significa que queria ganhar a simpatia dos leitores. Em vez de derrubar o fecho da história com uma novidade, ou finalizar como piada, ou levar a final extremo, foi uma solução que direcionou os personagens para um caminho já montado, levando a um epílogo mais esperançoso. No último capítulo, eu queria que os leitores pudessem evocar a imagem de alguém de pé no palco. Ao mesmo tempo, queria que o romance deixasse a impressão de que existia um pepino de alumínio plantado por alguém em algum lugar, embora não esteja brotando.

É essa a emoção que eu gostaria que meus leitores sentissem.

00. Pepino de alumínio

Olá, garotas,
Olá, garotos,
Olhem para mim pelas janelas
E acenem para mim com suas mãos, tá bem?
Eu planto um pepino de alumínio
No solo impermeável da pastagem.
Eu planto um pepino de alumínio
No solo impermeável da pastagem.

Três sábios da península Chukotka
Murmuram sem parar:
"Um pedaço de aço não dá frutos e não
Adianta se esforçar, vai ser um trabalho inútil".
Ainda assim, eu planto um pepino de alumínio
No solo impermeável da pastagem.
Eu planto um pepino de alumínio
No solo impermeável da pastagem.

Meus joelhos brancos malvados
Que rangem,
Que adormecem,
Com a esperança de desbloquear o segredo,
Eu planto um pepino de alumínio
No solo impermeável da pastagem.
Eu planto um pepino de alumínio
No solo impermeável da pastagem.

Botões, parafusos, tábuas,
Buracos, pães, garfos,
Meus tratores passam por aqui
E vão cair no cofre de porquinho
No solo impermeável da pastagem,

Onde eu havia plantado um pepino de alumínio.
Eu planto um pepino de alumínio
No solo impermeável da pastagem.

* * *

00. Алюминиевые огурцы

Здравствуйте, девочки,
Здравствуйте, мальчики,
Смотрите на меня в окно
И мне кидайте свои пальчики, да-а
Ведь я Сажаю алюминиевые огурцы
На брезентовом поле.
Ведь я Сажаю алюминиевые огурцы
На брезентовом поле.

Три чукотских мудреца
Твердят, твердят мне без конца:
"Металл не принесёт плода,
Игра не стоит свеч, а результат – труда",
Но я Сажаю алюминиевые огурцы
На брезентовом поле
Я Сажаю алюминиевые огурцы
На брезентовом поле

Злое белое колено
Пытается меня достать,
Колом колено колет вены
В надежд тайну разгадать,Зачем
Я Сажаю алюминиевые огурцы
На брезентовом поле
Я Сажаю алюминиевые огурцы
На брезентовом поле
 Кнопки, скрепки, клёпки,

Дырки, булки, вилки,
Здесь тракторы пройдут мои
И упадут в копилку,
упадут туда,
Где я Сажаю алюминиевые огурцы
На брезентовом поле
Я Сажаю алюминиевые огурцы
На брезентовом поле

Lado A

01. O menino

Poderia voltar se olhasse para trás?
Um após outro, os amigos acabam se transformando em máquinas.
Você já sabe, esse é o destino das gerações,
Se conseguir fugir será uma maravilha.

Você seria capaz de ser herói, mas não houve oportunidade para isso.
Você seria capaz de ser um traidor, mas não foi.
Menino, você que leu um monte de livros,
Se soubesse da morte, poderia ter morrido.

Se chover, tente evitar.
Se a esperança partir, tente agarrar.
Foi um fracasso nos estudos porque não encontrou
seus melhores momentos.
Deseja acordar mas isso não é um sonho.

Lado A

01. Подросток

Ты смотришь назад, но что ты можешь вернуть назад.
Друзья один за одним превратились в машины.
И ты уже знаешь, что это судьба поколений,
И если ты можешь бежать, то это твой плюс.

Ты мог быть героем, но не было повода быть.
Ты мог бы предать, но некого было предать...
Подросток, прочитавший вагон романтических книг,
Ты мог умереть, если б знал, за что умирать.

Попробуй спастись от дождя, если он внутри.
Попробуй сдержать желание выйти вон.
Ты – педагогическая неудача, й ты просто
вовремя не остановлен.
Теперь ты хочешь проснуться, но это не сон.

Lado A

02. O verão termina

Desliguei a televisão,
Te escrevo uma carta
Sobre o fato de que eu não posso
Mais olhar a merda,
Que eu não tenho mais força,
Que eu bebi até ficar bêbado,
Mas não posso te esquecer,
Que um telefonema
Me fez levantar,
Para me vestir e sair,
Ou melhor, que me fez
Fugir correndo,
Estou doente e cansado.
E não consegui dormir à noite.

Eu espero por uma resposta.
Não há mais esperança,
Logo o verão termina.
Esse verão.

O tempo está bom.
Está chovendo depois de 4 dias sem chuva.
Na rádio, falou-se que
Seria muito quente mesmo na sombra, porém
Nesta sombra onde eu estou
Ainda está seco e quente.

Mas eu ainda estou com medo.
Os dias passam depressa.
Comemos um dia e bebemos por três dias.
Vivemos nos divertindo.
Enquanto chove lá fora,
O gravador está quebrado.
Estou imerso em silêncio
E cheio de alegria.

Eu espero por uma resposta.
Não há mais esperança.
Logo o verão termina.
Esse verão.

Obras do lado de fora da janela,
Um guindaste em movimento,
O restaurante da esquina
Está fechado há 5 anos.
Uma lata na mesa.
Uma tulipa na lata.
Um copo de vidro na janela.
E assim passa um ano atrás do outro,
Assim a vida passa.
Passo manteiga no sanduíche
Pela centésima vez.
Pode ser um dia,
Pode ser uma hora,
Quando teremos sorte.

Eu espero por uma resposta.
Não há mais esperança.
Logo o verão termina.
Esse verão.

Lado A

02. Кончится лето

Я выключаю телевизор,
я пишу тебе письмо
Про то, что больше не могу
смотреть на дерьмо,
Про то, что больше нет сил,
Про то, что я почти запил,
но не забыл тебя.
Про то, что телефон звонил,
хотел, чтобы я встал,
Оделся и пошел,
А точнее, побежал,
Но только я его послал,
Сказал, что болен и устал,
и эту ночь не спал.

Я жду ответа.
больше надежд нету.
Скоро кончится лето.
Это.

А с погодой повезло:
дождь идет четвертый день,
Хотя по радио сказали –
жаркой будет даже тень.
Но, впрочем, в той тени, где я,
Пока и сухо и тепло,

но я боюсь пока.
А дни идут чередом:
день едим, а три пьем.
И вообщем весело живем.
Хотя и дождь за окном.
Магнитофон сломался-
Я сижу в тишине,
Чему и рад вполне.

Я жду ответа.
больше надежд нету.
Скоро кончится лето.
Это...

За окном идет стройка
Работает кран,
И закрыт пятый год
За углом ресторан.
А на столе стоит банка.
А в банке тюльпан.
А на окне - стакан.
И так уйдут за годом год,
так и жизнь пройдет,
И в сотый раз маслом вниз
Упадет бутерброд.
Но может будет хоть день,
Может будет хоть час,
когда нам повезет.

Я жду ответа.
больше надежд нету.
Скоро кончится лето.
Это...

Lado A

03. Eu sou asfalto

A noite cai mais lenta do que nunca,
A noite acaba de manhã como uma estrela.
Eu começo o dia à tarde e termino à noite,
24 círculos se afastam, 24 círculos se afastam,
Eu sou asfalto.

Eu recebi uma carta de mim mesmo.
Eu recebi uma página em branco,
Aquela que me lembra você.
Eu não sei quem poderia me ajudar.
24 círculos se afastam, 24 círculos se afastam.
Eu sou asfalto.

Eu sou meu próprio filho, meu pai, meu amigo e meu inimigo.
Eu tenho medo de dar esse último passo.
Vá embora, dia, vá para a alta noite.
24 círculos se afastam, 24 círculos se afastam.
Eu sou asfalto.

Lado A

03. Я асфальт

Вечер наступает медленнее, чем всегда,
Утром ночь затухает, как звезда.
Я начинаю день и кончаю ночь,
24 круга прочь, 24 круга прочь,
Я - асфальт.

Я получил письмо от себя себе,
Я получил чистый лист, он зовет к тебе.
Я не знаю, кто из вас мог бы мне помочь.
24 круга прочь, 24 круга прочь,
Я - асфальт.

Я свой сын, свой отец, свой друг, свой враг.
Я боюсь сделать этот последний шаг.
Уходи день, уходи, уходи в ночь.
24 круга прочь, 24 круга прочь,
Я – асфальт.

Lado A

04. Quero estar com você

Houve dias em que não vimos o sol,
Nossas pernas perderam a força nessa caminhada,
Queria entrar em casa mas não havia portas,
Minhas mãos buscavam colunas e não consegui.
Queria entrar em casa...
Tantas vezes troquei palhetas de violão,
Eu vi muitos lagos e nunca vi o mar,
Acrobatas no alto do telhado não escutam o clamor,
Você está atrás desse muro, e eu não vejo as portas.
Eu quero estar com você...
Eu nasci no fim das constelações mas não posso viver,
O vento sopra dia e noite a 20 metros por segundo,
Eu lia muitos livros e agora os estou queimando,
Eu queria ir mais longe, mas meus pés já estão encharcados.
Eu quero estar com você...

Lado A

04. Хочу быть с тобой

Мы не видели солнца уже несколько дней,
Наши ноги утратили крепость на этом пути,
Мне хотелось войти в дом, но здесь нет дверей,
Руки ищут опору, и не могут найти.
Я хочу войти в дом...
Я сточил не один медиатор о терку струны,
Видел много озер, но я не видел морей,
Акробаты под куполом цирка не слышат прибой,
Ты за этой стеной, но я не вижу дверей.
Я хочу быть с тобой...
Я родился на стыке созвездий, но жить не могу,
Ветер двадцать метров в секунду ночью и днем,
Раньше я читал книги, а теперь я их жгу,
Я хотел идти дальше, но я сбит с ног дождем.
Я хочу быть с тобой...

Lado A

05. A chuva para nós

Na minha casa não vejo paredes,
No meu céu não vejo a lua.
Eu sou cego mas vejo você,
Eu sou surdo mas ouço você.
Eu sonho sem dormir,
Aqui eu não tenho pecado,
Eu sou mudo mas você me ouve,
Por isso mesmo somos fortes.

E a noite volta,
Estou bêbado mas ouço a chuva,
A chuva para nós...
O quarto está vazio mas estamos aqui,
Aqui há pouca coisa mas estamos nós.
A chuva para nós.

Você vê a minha estrela,
Você acha que eu vou.
Eu sou cego e não vejo a luz,
Estou bêbado mas lembro do meu caminho.
Você olha para a Via Láctea,
Eu sou a noite e você é a essência da manhã,
Eu sou sonho e mito, e você não é.
Eu sou cego mas vejo a luz.

E a noite volta,
Estou bêbado mas ouço a chuva,
A chuva para nós...
O quarto está vazio mas estamos aqui,
Aqui há pouca coisa mas estamos nós.
A chuva para nós.

Lado A

05. Дождь для нас

В моем доме не видно стены,
В моем небе не видно луны.
Я слеп, но я вижу тебя,
Я глух, но я слышу тебя.
Я не сплю, но я вижу сны,
Здесь нет моей вины,
Я нем, но ты слышишь меня,
И этим мы сильны.

И снова приходит ночь,
Я пьян, но я слышу дождь,
Дождь для нас...
Квартира пуста, но мы здесь,
Здесь мало, что есть, но мы есть.
Дождь для нас.

Ты видишь мою звезду,
Ты веришь, что я пойду.
Я слеп, я не вижу звезд,
Я пьян, но я помню свой пост.
Ты смотришь на Млечный Путь,
Я – ночь, а ты – утра суть.
Я – сон, я не видим тебе,
Я слеп, но я вижу свет.

И снова приходит ночь,
Я пьян, но я слышу дождь,
Дождь для нас.
Квартира пуста, но мы здесь,
Здесь мало, что есть, но мы есть.
Дождь для нас.

Lado A

06. A vida nas vitrines de vidro

As ruas escuras me atraem para elas,
Eu amo a cidade como a uma mulher "X".
Há pessoas nas ruas e elas andam sozinhas,
Eu fecho a porta e desço.

Eu sei que a minha vida passa por aqui,
Nas vitrines de vidro,
Eu desapareço nas vitrines de vidro,
Minha vida nas vitrines de vidro.

E eu ando, e eles andam comigo,
Eu olho para eles, me parece uma loja de moda.
Parecida com a chuva de meteoros de ontem à noite,
Meteoros, como pedras, caíram em nosso jardim.

Eu sei que a minha vida passa por aqui,
Nas vitrines de vidro,
Eu desapareço nas vitrines de vidro,
Minha vida nas vitrines de vidro.

Minha capa de chuva voa ao vento,
Vejo de novo uma casa, você vai me ver.
As faíscas dos meus cigarros voam no escuro,
Para você hoje será o dia do imperador.

Eu sei que a minha vida passa por aqui,
Nas vitrines de vidro,
Eu desapareço nas vitrines de vidro,
Minha vida nas vitrines de vidro.

06. Жизнь в стеклах

Темные улицы тянут меня к себе,
Я люблю этот город, как женщину "X".
На улицах люди, и каждый идет один,
Я закрываю дверь, я иду вниз.

Я знаю, что здесь пройдет моя жизнь,
Жизнь в стеклах витрин,
Я растворяюсь в стеклах витрин,
Жизнь в стеклах витрин.

И вот я иду, и рядом со мной идут,
Я смотрю на них, мне кажется, это - дом мод.
Похоже, что прошлой ночью был звездопад,
Но звезды, как камни, упали в наш огород.

Я знаю, что здесь пройдет моя жизнь,
Жизнь в стеклах витрин,
Я растворяюсь в стеклах витрин,
Жизнь в стеклах витрин.

Ветер задувает полы моего плаща,
Еще один дом, и ты увидишь меня.
Искры моей сигареты летят в темноту,
Ты сегодня будешь королевой дня.

Я знаю, что здесь пройдет моя жизнь,
Жизнь в стеклах витрин,
Я растворяюсь в стеклах витрин,
Жизнь в стеклах витрин.

Lado A

07. Canção sem letras

Canção sem letras, noite sem sono,
Tudo no seu tempo, inverno e primavera,
Para cada estrela, seu pedaço do céu,
Para cada mar, uma gota de chuva.
Para cada maçã, um lugar pra cair,
Para cada matéria roubada, seu ladrão,
Para cada cachorro, um cajado e um osso
E para cada lobo, seus dentes e sua ira.

De novo pela janela amanhece o dia claro,
O dia claro me leva para a batalha.
Ao fechar os meus olhos,
O mundo todo parece envolvido comigo numa guerra.

Se há rebanho, deve haver pastor,
Se há corpo, deve haver alma,
Se há passo, deve haver rastro,
Se há escuridão, deve haver luz.
Você quer mudar este mundo?
Ou vai aceitá-lo como tal?
Vai se levantar e sair do lugar?
Vai se sentar na cadeira elétrica ou no trono?

De novo pela janela amanhece o dia claro,
O dia claro me leva para a batalha.
Ao fechar os meus olhos,
O mundo todo parece envolvido comigo numa guerra.

Lado A

07. Песня Без Слов

Песня без слов, ночь без сна,
Все в свое время - зима и весна,
Каждой звезде - свой неба кусок,
Каждому морю - дождя глоток.
Каждому яблоку - место упасть,
Каждому вору - возможность украсть,
Каждой собаке - палку и кость,
И каждому волку - зубы и злость.

Снова за окнами белый день,
День вызывает меня на бой.
Я чувствую, закрывая глаза, -
Весь мир идет на меня войной.

Если есть стадо - есть пастух,
Если есть тело - должен быть дух,
Если есть шаг - должен быть след,
Если есть тьма - должен быть свет.
Хочешь ли ты изменить этот мир?
Сможешь ли ты принять как есть?
Встать и выйти из ряда вон?
Сесть на электрический стул или трон?

Снова за окнами белый день,
День вызывает меня на бой.
Я чувствую, закрывая глаза, -
Весь мир идет на меня войной.

Lado A

08. História estranha

De novo um outro dia começa,
De novo a manhã bate na janela com raios intensos,
De novo toca o telefone: pare, por favor...
De novo não se vê o sol no céu,
De novo começa a guerra para si mesmo,
De novo o sol que nasce —
Apenas não passa de um sonho.

Pelas janelas de vidro
Uma história com final infeliz.
História estranha...

A chuva cai como metralhadora,
E o outono cai nas ruas,
E o muro de nuvens torna-se firme,
E as árvores adoecem com peste,
E adoecem pela saudade da primavera,
E as folhas voam da palma da mão
Acenando para nós do alto do céu.

Lá além da janela
Uma história com final infeliz.
Uma história estranha...

Lado A

08. Странная сказка

Снова новый начинается день,
Снова утро прожектором бьет из окна,
И молчит телефон: отключен...
Снова солнца на небе нет,
Снова бой, каждый сам за себя,
И, мне кажется, солнце -
Не больше, чем сон.

На экране окна
Сказка с несчастливым концом.
Странная сказка...

*И стучит пулеметом дождь,
И по улицам осень идет,
И стена из кирпичей-облаков крепка.
А деревья заболели чумой,
Заболели еще весной,
И слетят с ладони листья,
Махавшие нам свысока.*

Там за окном
Сказка с несчастливым концом.
Странная сказка.

Lado A

09. Um espaço para dar um passo adiante

Eu tenho casa, mas não há chaves.
Eu tenho o sol, mas ele está entre as nuvens.
Tenho cabeça, mas não há ombros.
Mas eu vejo como os raios de sol atravessam as nuvens.
Eu tenho palavras, mas não há letras nelas.
Eu tenho floresta, mas não há machado.
Eu tenho tempo, mas não há força para esperar.
E ainda há a noite, mas não há sonhos nela.

E há ainda os dias brancos, e brancos,
Há montanhas brancas e gelo branco.
Mas tudo o que eu preciso
É um pouco de palavras
E um espaço para dar um passo adiante.

Tenho o rio, mas não há ponte.
Tenho os ratos, mas não há gato.
Tenho barco e vela, mas não há vento.
E ainda tenho tintas, mas não há tela.
Tenho uma cozinha onde há água.
Tenho feridas, mas não há curativo.
Tenho irmãos, mas não são parentes.
E tenho a mão, mas ela está vazia.
E há ainda dias brancos, e brancos.
Há montanhas brancas e gelo branco.
Mas tudo o que eu preciso
É um pouco de palavras
E um espaço para dar um passo adiante.

Lado A

09. Место для шага вперед

У меня есть дом, только нет ключей.
У меня есть солнце, но оно среди туч.
Есть голова, только нет плечей.
Но я вижу, как тучи режут солнечный луч.
У меня есть слово, но в нем нет букв.
У меня есть лес, но нет топоров.
У меня есть время, но нет сил ждать.
И есть еще ночь, но в ней нет снов.

И есть еще белые, белые дни,
Белые горы и белый лед.
Но все, что мне нужно
– это несколько слов.
И место для шага вперед.

У меня река, только нет моста.
У меня есть мыши, но нет кота.
У меня есть парус, но ветра нет.
И есть еще краски, но нет холста.
У меня на кухне из крана вода.
У меня есть рана, но нет бинта.
У меня есть братья, но нет родных.
И есть рука, и она пуста.
И есть еще белые, белые дни.
Белые горы и белый лед.
Но все, что мне нужно
– это несколько слов
И место для шага вперед.

Lado A

10. Convidado

É noite. Eu estou sentado em casa.
É inverno, é dezembro.
A noite vai esfriar.
Se o relógio estiver certo, ela já estaria perto de mim.

Ei, quem será meu convidado?

Tomar chá, fumar cigarro,
Pensar no que vai acontecer amanhã.
Invejar quem sabe o ofício que quer fazer,
Invejar quem já conquistou algo.

Ei, quem será meu convidado?

Diga-me o que está acontecendo.
Surpreenda-me, diga-me algo novo.
Me mate, faça-me rir.
Me fale quem vem me visitar!

Ei, quem será meu convidado?

Lado A

10. Гость

Вечер. Я сижу дома.
Это зима, это декабрь.
Ночь будет холодной,
Если верить часам, она уже рядом.

Эй, кто будет моим гостем?

Пить чай, курить папиросы,
Думать о том, что будет завтра.
Завидовать тем, кто знает, что хочет,
Завидовать тем, кто что-нибудь сделал.

Эй, кто будет моим гостем?

Расскажите мне, что происходит.
Удивите меня, расскажите мне новость.
Убейте меня, рассмешите меня.
Кто придет ко мне, подай голос!

Эй, кто будет моим гостем?

Lado A

11. Isso não é amor

Você, muitas vezes, passa por mim.
Sem me ver, na companhia de alguém.
Eu paro sem fôlego.
Eu sei que você mora no meu bairro,
Você sempre anda sem pressa,
Sem pressa...
Oh, mas isso não é amor.

À noite fico debaixo da sua janela,
Você molha as flores, rega as flores.
Eu fico até escurecer e me apago como o fogo.
É mesmo, a culpa é sua, só sua...
Oh, mas isso não é amor...

Ensine-me tudo o que você sabe,
Eu quero saber e conseguir.
Faça isso para realizar todos os meus sonhos,
Eu não posso mais esperar,
Eu posso morrer...
Oh, mas isso não é amor...

Lado A

11. Это не любовь

Ты часто проходишь мимо.
Не видя меня, с кем-то другим.
Я стою не дыша.
Я знаю, что ты живешь в соседнем дворе,
Ты идешь не спеша,
Не спеша...
О, но это не любовь...

А вечером я стою под твоим окном,
Ты поливаешь цветы, поливаешь цветы.
А я дотемна стою и сгораю огнем,
И виной тому ты, только ты...
О, но это не любовь...

Научи меня всему тому, что умеешь ты,
Я хочу это знать и уметь.
Сделай так, чтобы сбылись все мои мечты,
Мне нельзя больше ждать,
Я могу умереть...
О, но это не любовь...

Lado A

12. Eu quero ser foguista

Andei procurando trabalho,
Todas as noites às nove andei procurando trabalho.
Finalmente, achei trabalho:
Quero ser foguista
Que trabalha um dia e descansa dois.

Essa música é rock de foguista.
Essa música é rock de foguista.
Essa música é rock de foguista.
Essa música é rock de foguista.

Lado A

12. Я хочу быть кочегаром

Надело ходить на работу,
Каждый день к девяти на работу.
Я нашёл выход:
Я хочу быть кочегаром
Работать сутки через трое.

Эта песня - кочегара рок
Эта песня - кочегара рок
Эта песня - кочегара рок
Эта песня - кочегара рок

Lado B

01. Deixe-me

Eu estou sozinho em um canto escuro.
Eu não sei o que acontecerá comigo.
Tantos homens.
E todo o mundo quer dançar com você.
Deixe-me levar você para casa.
Deixe-me sentar com você na cozinha.
Deixe-me olhar nos seus olhos.
Me leve com você para esse paraíso.

Você me olha de frente,
E eu fico nervoso.
Eu tenho medo de sorrir para você.
Ainda assim quero estar ao seu lado.
Muitos aviões estão voando pelo céu azul.
E só um deles é o mais lindo,
Porque você está voando nele.
Deixe-me levar você para casa.
Deixe-me sentar com você na cozinha.
Deixe-me tocar em você.
Deixe-me olhar nos seus olhos.
Me leve com você para esse paraíso.

Lado B

01. Разреши мне

Я стою в темном углу.
Я не знаю, что случилось со мной.
Так много мужчин.
И все хотят потанцевать с тобой.
Разреши мне проводить тебя домой.
Разреши мне посидеть с тобой на кухне.
Разреши мне заглянуть тебе в глаза.
Возьми меня с собой в этот рай.

Ты смотришь мимо меня,
И от этого я сам не свой.
Я боюсь улыбнуться тебе.
Но позволь же мне быть рядом с тобой.
В синем небе летят самолеты.
И один из них самый красивый,
Потому что на нем ты летишь ко мне.
Разреши мне проводить тебя домой.
Разреши к тебе притронуться рукою.
Разреши мне заглянуть тебе в глаза.
Возьми меня с собой в этот рай.

Lado B

02. A música das ondas

Eu vejo como as ondas lavam rastros na areia,
Eu ouço como os ventos cantam canções estranhas,
Eu ouço como os ramos das árvores tocam músicas,
A música das ondas, a música dos ventos.
A música das ondas, a música dos ventos.

Aqui, é difícil dizer o que é asfalto.
Aqui, é difícil dizer o que é um carro.
Aqui, você precisa jogar água no ar com as mãos.
A música das ondas, a música dos ventos.

Quem de vocês se lembra daqueles que se perderam?
Quem de vocês se lembra daqueles que riram e cantaram?
Quem de vocês se lembra como é fria a coronha de uma arma?
A música das ondas, a música dos ventos.

Lado B

02. Музыка волн

Я вижу, как волны смывают следы на песке,
Я слышу, как ветер поет свою странную песню,
Я слышу, как струны деревьев играют ее,
Музыку волн, музыку ветра.
Музыку волн, музыку ветра.

Здесь трудно сказать, что такое асфальт.
Здесь трудно сказать, что такое машина.
Здесь нужно руками кидать воду вверх.
Музыка волн, музыка ветра.

Кто из вас вспомнит о тех, кто сбился с дороги?
Кто из вас вспомнит о тех, кто смеялся и пел?
Кто из вас вспомнит, чувствуя холод приклада?
Музыку волн, музыку ветра.

Lado B

03. Seja um pássaro

Seja um pássaro que vive no céu.
Lembre-se de que não há pior cárcere do que a mente.
Seja um pássaro, sem pensar no pão.
Eu serei o caminho.

Eu me lembro da transparência da água do mar.
Eu vejo a transparência do gás em chamas.
Seja um coração que pulsa no meu corpo.
Eu serei o sangue.

Eu vou fazer tudo o que posso.
Seja um livro para deitar sobre minhas mãos.
Seja uma canção para viver em meus lábios.
Eu serei a letra da canção.

Lado B

03. Стань птицей

Стань птицей, живущей в моём небе.
Помни, что нет тюрьмы страшнее, чем в голове.
Стань птицей, не думай о хлебе.
Я стану дорогой.

Я помню прозрачность воды моря.
Я вижу прозрачность горящего газа.
Стань сердцем, бейся в моём теле.
Я стану кровью.

Я буду делать всё, как умею.
Стань книгой, ложись в мои руки.
Стань песней, живи на моих губах.
Я стану словами.

Lado B

04. Passeio de um romântico

Tempestade além da janela,
Tempestade do outro lado da janela,
Luminárias do poste brilham e as sombras são esquisitas,
Eu olho na noite,
Eu vejo que a noite é escura,
Mas isso não vai atrapalhar o passeio de um romântico.

As tocas são terríveis,
Eu ouço as portas batendo.
Gatos pretos passam pela estrada.
Deixem correr,
Eu não acredito em superstições.
Mas isso não vai atrapalhar o passeio de um romântico.

Tenho dificuldade de andar,
Eu já andei por muito tempo,
E esta noite na casa dos meus amigos foi legal e feliz,
Eu bebi vinho,
Eu gosto tanto de vinho,
Mas isso não vai atrapalhar o passeio de um romântico.

Eu acordei no metrô,
Quando desligou a luz,
Um homen de chapéu vermelho me acordou,
É a linha circular,
E não há trem de volta,
Mas isso não vai atrapalhar o passeio de um romântico.

Lado B
04. Прогулка романтика

Гроза за окном, гроза
С той стороны окна,
Горят фонари и причудливы тени,
Я смотрю в ночь,
Я вижу, что ночь темна,
Но это не станет помехой прогулке романтика.

Подворотни страшны,
Я слышу, как хлопают двери.
Черные кошки перебегают дорогу.
Пусть бегут,
Я в эти сказки не верю.
И это не станет помехой прогулке романтика.

Трудно идти,
Я вышел уже давно,
И вечер в гостях был так приятен и весел,
Я пил вино,
Я так люблю вино,
Но это не станет помехой прогулке романтика.

Я проснулся в метро,
Когда там тушили свет,
Меня разбудил человек в красной шапке,
Это кольцо,
И обратного поезда нет,
Но это не станет помехой прогулке романтика.

| 247

Lado B

05. O último herói

A noite é curta e o caminho está longe.
À noite, muitas vezes quero beber.
Você vem para a cozinha,
Mas a água que você trouxe é amarga.
Você não pode dormir aqui.
Você não quer viver aqui.

Bom dia, último herói!
Bom dia para você e para aqueles como você!
Bom dia, último herói!
Olá, último herói!

Você queria ficar sozinho, mas a vontade logo passou.
Você queria ficar sozinho, mas não pode ficar sozinho.
O seu fardo é leve, mas sua mão está dormente.
E você amanhece fazendo papel de idiota.

Bom dia, último herói!
Bom dia para você e para aqueles como você!
Bom dia, último herói!
Olá, último herói!

De manhã você procura sair rápido.
O telefone toca como um comando: "Avante!"
Você vai para onde não quer ir,
Você vai lá mas ninguém te espera lá.

Bom dia, último herói!
Bom dia para você e para aqueles como você!
Bom dia, último herói!
Olá, último herói!

Lado B

05. Последний герой

Ночь коротка, цель далека.
Ночью так часто хочется пить.
Ты выходишь на кухню,
Но вода здесь горька.
Ты не можешь здесь спать.
Ты не хочешь здесь жить.

Доброе утро, последний герой!
Доброе утро тебе и таким, как ты!
Доброе утро, последний герой!
Здравствуй, последний герой!

Ты хотел быть один, это быстро прошло.
Ты хотел быть один, но не смог быть один.
Твоя ноша легка, но немеет рука.
И ты встречаешь рассвет за игрой в дурака.

Доброе утро, последний герой!
Доброе утро тебе и таким, как ты!
Доброе утро, последний герой!
Здравствуй, последний герой!

Утром ты стремишься скорее уйти:
Телефонный звонок, как команда "Вперёд!"
Ты уходишь туда, куда не хочешь идти,
Ты уходишь туда, но тебя там никто не ждёт.

Доброе утро, последний герой!
Доброе утро тебе и таким, как ты!
Доброе утро, последний герой!
Здравствуй, последний герой!

Lado B

06. Os dias ensolarados

Poeira branca cai na minha janela.
Eu uso chapéu e meias de lã.
Sinto-me mal em todo lugar e bebo cerveja com sofrimento,
Como poderia me livrar dessa saudade
De você e dos dias ensolarados?
Os dias ensolarados.
Os dias ensolarados.

As mãos e os pés estão congelando, e não há lugar para sentar.
Esta hora que parece uma noite perfeita.
Eu quero entrar num banho quente.
Talvez eu possa me livrar dessa saudade
De você e dos dias ensolarados?
Os dias ensolarados.
Os dias ensolarados.

O inverno me oprime, estou doente e durmo,
E às vezes penso que o inverno sempre vai permanecer.
Ainda falta muito até o verão, e mal estou aguentando.
Mas essa música talvez me liberte dessa saudade
De você e dos dias ensolarados?
Os dias ensolarados.
Os dias ensolarados.

Lado B

06. Солнечные дни

Белая гадость лежит под окном.
Я ношу шапку и шерстяные носки.
Мне везде неуютно, и пиво пить в лом,
Как мне избавиться от этой тоски
По вам, солнечные дни?
Солнечные дни.
Солнечные дни.

Мёрзнут руки и ноги, и негде сесть.
Это время похоже на сплошную ночь.
Хочется в тёплую ванну залезть.
Может быть, это избавит меня от тоски
По вам, солнечные дни?
Солнечные дни.
Солнечные дни.

Я раздавлен зимой, я болею и сплю,
И порой я уверен, что зима навсегда,
Ещё так долго до лета, а я еле терплю.
Но, может быть, эта песня избавит меня от тоски
По вам, солнечные дни?
Солнечные дни.
Солнечные дни.

Lado B

07. Toda noite

A chuva cai há três dias,
Desaba muita água.
Disseram-me para esperar aqui,
Disseram-me que isso é sempre assim.

Você sabe, toda noite eu sonho com o mar.
Você sabe, toda noite eu sonho com uma música.
Você sabe, toda noite eu sonho com uma praia.
Você sabe, toda noite...

Nós vamos para casa,
As pessoas vão de uma casa para outra,
Nós estamos sentados na janela,
Quer que eu te conte...

Você sabe, toda noite eu sonho com o mar.
Você sabe, toda noite eu sonho com uma música.
Você sabe, toda noite eu sonho com uma praia.
Você sabe, toda noite...

Lado B

07. Каждую ночь

Третий день с неба течет вода,
Очень много течет воды.
Говорят, так должно быть здесь,
Говорят, это так всегда.

Знаешь, каждую ночь я вижу во сне море.
Знаешь, каждую ночь я слышу во сне песню.
Знаешь, каждую ночь я вижу во сне берег.
Знаешь, каждую ночь...

Мы приходим домой к себе,
Люди ходят из дома в дом,
Мы сидим у окна вдвоем,
Хочешь, я расскажу тебе...

Знаешь, каждую ночь я вижу во сне море.
Знаешь, каждую ночь я слышу во сне песню.
Знаешь, каждую ночь я вижу во сне берег.
Знаешь, каждую ночь...

Lado B

08. Eu entre as pessoas

Eu estou entre as pessoas que saem todas as manhãs,
por volta das 7.
Embora no subsolo possa estar frio ou calor.
Amanhã seria igual a ontem, eu sei disso.
Eu sou quem sai de casa todas as manhãs,
por volta das 7.

Nesse horário da manhã, no andar de baixo, tudo parece um filme.
E eu pego a escova de dente, abro a janela.
Eu já me acostumei com tudo, que começou há muito tempo.
Sim, talvez, nesse horário da manhã, tudo pareça um filme.
Sento-me num transporte e vejo onde ele me levará.
Sento-me num transporte e vejo onde ele me levará.
Comigo, há uma pessoa indo para casa.
Por que estou indo se o que eu realmente queria
era ficar com você.

Eu sou o único que entrou num transporte para ver onde
vai me levar.
Eu estou entre as pessoas que saem todas as manhãs,
por volta das 7.
No meu quarto, talvez passe uma ventania cheia de malícia.
Não há sentido nessa música, ela é velha.
Eu sou quem sai de casa todas as manhãs,
por volta das 7.

Lado B

08. Я из тех

Я из тех, кто каждый день уходит прочь из дома
около 7 утра.
Что бы ни было внизу — холод или жара.
Я знаю точно: завтра будет то же, что и вчера.
Я — это тот, кто каждый день уходит прочь из дома
около 7 утра.

В это утреннее время там, внизу, все так похоже на кино.
И я беру зубную щетку, открываю окно.
Я ко всему уже привык, все началось уже давно.
Да, наверно, в это время там, внизу, все так похоже на кино.
Я сажусь в какой-то транспорт, и смотрю, куда он привезет меня.
Я сажусь в какой-то транспорт, и смотрю, куда он привезет меня.
Со мною рядом кто-то едет из гостей домой.
Зачем я еду, я ведь так хотел остаться с тобой.

Я тот, кто сел в какой-то транспорт посмотреть, куда он привезет
меня.
Я из тех, кто каждый день уходит прочь из дома
около 7 утра.
И в моей комнате, наверно, дуют злые ветра.
И в этой песне нет смысла, эта песня стара.
Я — это тот, кто каждый день уходит прочь из дома
около 7 утра.

| 255

Lado B

09. Nós ainda agiremos!

Nós queremos ver mais do que as janelas da casa em frente.
Nós queremos viver, e estar vivos, como os gatos.
E nós viemos para afirmar nossos direitos: "Sim!"
Você ouve capas de chuva tremular: somos nós...

Nós ainda agiremos!
Nós ainda agiremos!

Nascemos em prédios apertados numa cidade nova.
Perdemos a noção da inocência na luta pelo amor.
Nossas roupas se tornaram muito apertadas.
Essas roupas com que você nos costurou.
E nós viemos para lhe dizer que ainda agiremos...

Nós ainda agiremos!
Nós ainda agiremos!

Lado B

09. Дальше действовать будем мы!

Мы хотим видеть дальше, чем окна дома напротив.
Мы хотим жить, мы живучи, как кошки.
И вот мы пришли заявить о своих правах: "Да!"
Слышишь шелест плащей — это мы...

Дальше действовать будем мы!
Дальше действовать будем мы!

 Мы родились в тесных квартирах новых районов.
Мы потеряли невинность в боях за любовь.
Нам уже стали тесны одежды.
Сшитые вами для нас одежды.
И вот мы пришли сказать вам о том, что дальше...

Дальше действовать будем мы!
Дальше действовать будем мы!

Lado B

10. Está na hora

É bom ler livros, mas isso é perigoso como dinamite.
Eu não me lembro quantos anos tinha quando o percebi,
Hoje me incomoda assistir a um filme,
Eu já vi um ontem,
E como todo dia espero por sua noite.
Estou esperando pela frase: "Está na hora!"
É hora de abrir as portas,
É hora de acender a luz,
É hora de sair,
Está na hora!

Eu não sei como viveria se morasse sozinho,
O outono é apenas uma linda gaiola,
Mas me parece que já estava lá,
E passei meus quarenta dias ali, e hoje não é ontem.
Estou saindo, deixando uma folha com uma frase escrita:
Está na hora!
É hora de abrir as portas,
É hora de acender a luz,
É hora de sair,
Está na hora!

Lado B

10. Пора

Чтение книг — полезная вещь, Но опасная, как динамит.
Я не помню, сколько мне было лет,
Когда я принял это на вид,
Мне скучно смотреть сегодня кино,
Кино уже было вчера.
И как каждый день ждет свою ночь — Я жду свое слово — "Пора"!
Пора открывать двери,
Пора зажигать свет,
Пора уходить прочь,
Пора!

Я не знаю, как бы я жил, если бы я жил один,
Осень – это только красивая клетка,
Но в ней я уже, кажется, был,
И я прожил там свои сорок дней, и сегодня уже не вчера,
Я ухожу, оставляя листок с единственным словом — Пора!
Пора открывать двери,
Пора зажигать свет,
Пора уходить прочь,
Пора!

Lado B

11. Crianças que passam entre prédios

Eu sei que a noite deve ser escura.
E se for manhã deve ser clara.
Sempre foi assim, será assim por muito tempo.
Essa é a lei da natureza.
E as crianças que passam entre prédios sabem disso.

Eu sei que se for inverno deve nevar.
E se for verão deve fazer sol.
E eu sei disso, eu canto isso.
E espero que
As crianças que passsam entre prédios me ouçam.

Existem duas cores: preto e branco.
E há nuances maiores.
Mas nós não nos importamos
Com quem seja preto, ou seja branco.
Nós, crianças que passamos entre prédios, achamos nossa própria cor.

Lado B

11. Дети проходных дворов

Я знаю, что если ночь, должно быть темно.
А если утро, должен быть свет.
Так было всегда и будет много лет.
И это закон.
И дети проходных дворов знают, что это так.

Я знаю, что если зима, должен быть снег.
А если лето, должно быть солнце.
И я это знаю, я об этом пою.
И надеюсь на то,
Что дети проходных дворов услышат меня.

Есть два цвета: черный и белый.
А есть оттенки, которых больше.
Но нам нет никакого дела
До тех, кто черный, кто белый.
Мы — дети проходных дворов найдем сами свой цвет.

Lado B

12. Lenda

A garganta está cheia de gritos.
Mas chegou a hora, então grite! Não grite!
Depois alguém por muito tempo não conseguirá esquecer
Como, cambaleando, os guerreiros limparam suas espadas na grama.

E como um bando de corvos negros bateu as asas,
Como o céu riu e depois mordeu a língua.
E a mão daquele que sobreviveu tremeu.
E de repente um instante se tornou eternidade.
E o pôr do sol se queimou como fogo fúnebre,
E as estrelas atrás das nuvens assistiram lobos,
Como estavam deitados à noite com os braços abertos.
E como os sobreviventes, sem sonhar, dormiam um ao lado do outro.

A "vida" é apenas uma palavra.
Somente existe o amor ou a morte.
Ei! Quem vai cantar se todos dormirem?
A morte vale enquanto vive.
O amor vale enquanto espera.

Lado B

12. Легенда

В сети связок в горле комом теснится крик.
Но настала пора, и тут уж кричи, не кричи.
Лишь потом кто — то долго не сможет забыть,
Как, шатаясь, бойцы об траву вытирали мечи.

И как хлопало крыльями чёрное племя ворон,
Как смеялось небо, а потом прикусило язык.
И дрожала рука у того, кто остался жив.
И внезапно в вечность вдруг превратился миг.
И горел погребальным костром закат,
И волками смотрели звезды из облаков,
Как, раскинув руки, лежали ушедшие в ночь.
И как спали вповалку живые, не видя снов.

А "жизнь" — только слово.
Есть лишь любовь и есть смерть.
Эй! А кто будет петь, если все будут спать?
Смерть стоит того, чтобы жить,
А любовь стоит того, чтобы ждать.

Faixa bônus 01

Tipo sanguíneo

Um lugar quente, mas as ruas esperam os rastros de nossos passos.
Poeira de estrelas sobre as botas militares.
Uma poltrona macia, um cobertor xadrez, um gatilho não puxado na hora certa.
Um dia ensolarado nos sonhos deslumbrantes.

O tipo sanguíneo — na manga.
Meu número de registro militar — na manga.
Deseje-me sorte na batalha,
Deseje-me sorte
Para que eu não fique nesse mato,
Para que eu não fique nesse mato.
Deseje-me sorte,
Deseje-me sorte!
E é para pagar, mas eu não quero a vitória a qualquer preço.
Eu não quero pôr meus pés no peito de ninguém.
Eu queria ficar com você.
Simplesmente ficar com você.
Mas uma estrela no alto do céu me chama para o caminho.

O tipo sanguíneo — na manga.
Meu número de registro militar — na manga.
Deseje-me sorte na batalha,
Deseje-me sorte
Para que eu não fique nesse mato,
Para que eu não fique nesse mato.
Deseje-me sorte,
Deseje-me sorte!

Faixa bônus 01

Группа Крови

Теплое место, Но улицы ждут отпечатков наших ног.
Звездная пыль — на сапогах.
Мягкое кресло, клетчатый плед, не нажатый вовремя курок.
Солнечный день — в ослепительных снах.

Группа крови — на рукаве,
Мой порядковый номер — на рукаве.
Пожелай мне удачи в бою,
Пожелай мне
Не остаться в этой траве,
Не остаться в этой траве.
Пожелай мне удачи,
Пожелай мне удачи!
И есть чем платить, но я не хочу победы любой ценой.
Я никому не хочу ставить ногу на грудь.
Я хотел бы остаться с тобой.
Просто остаться с тобой.
Но высокая в небе звезда зовет меня в путь.

Группа крови — на рукаве,
Мой порядковый номер — на рукаве,
Пожелай мне удачи в бою,
Пожелай мне
Не остаться в этой траве,
Не остаться в этой траве.
Пожелай мне удачи,
Пожелай мне удачи!

Faixa bônus 02

Verão

A cidade a 25 graus — é verão!
Os trens suburbanos estão lotados,
Todos vão para o rio.
O dia dura quase o dobro, com apenas uma hora à noite — é verão!
O sol cai na caneca de cerveja,
O sol está na ponta do copo na mão.

Noventa e duas tardes — é verão!
Vinho do porto quente.
No copo de papel d'água.
Noventa e duas tardes — é verão!
Cai uma chuva de verão
À noite no quintal, como da garrafa.

Faixa bônus 02

Лето

В городе плюс двадцать пять — лето!
Электрички набиты битком,
Все едут к реке.
День словно два, ночь словно час — лето!
Солнце в кружке пивной,
Солнце в грани стакана в руке.

Девяносто два дня — лето!
Теплый портвейн.
Из бумажных стаканов вода.
Девяносто два дня — лето!
Летний дождь наливает
В бутылку двора ночь.

Cronologia de Viktor Tsoi

1962 – Nasceu em Leningrado (atual São Petersburgo), Rússia, em 21 de junho.
Filho único de Robert Maximovich Tsoi, engenheiro, e de Valentina Vasilievna Tsoi, professora de educação física.
1969 – Ingressou na escola onde a mãe trabalhava.
Mudou de escola três vezes em oito anos, para acompanhar o trabalho da mãe.
1974-1977 – Transferiu-se para uma escola de arte.
Formou a banda de rock A Sexta Ala, com Maxim Pashkov.
1978 – Saiu da escola de arte por falta de frequência escolar.
Trabalhou numa fábrica enquanto estudava à noite.
1979 – Ingressou na escola técnica, com especialização em escultura de madeira.
1981 – Formou a banda de rock Garin e Hyperboloid, junto com **Aleksei Rubin** e **Oleg Valinsky**.
Realizou seu primeiro concerto num clube de rock, em Leningrado.
Encontrou-se com sua futura esposa, Marianna Igorevna.
1982 – Gravou o primeiro álbum, *45*.
A banda de rock Kino realizou um concerto com os músicos da maior banda de rock da época, Aquarium.
Formou-se na escola técnica.
Trabalhou como técnico em restauração de madeira e logo mudou de emprego, trabalhando numa associação de jardinagem.
1983 – Realizou o segundo concerto da banda Kino. Aleksei Rubin saiu da banda.
Foi dispensado do serviço militar por doença psíquica.
1984 – A banda Kino participou do segundo festival nacional de rock da Rússia.
Gravou o álbum *Supervisor de Kamchatka*, com membros da banda Aquarium.

Novos integrantes da banda Kino (da segunda fase):
Viktor Tsoi, Yuri Kasparian, Georgy Guryanov
1985 – Casou-se com Marianna Igorevna Tsoi.
Participou do terceiro festival nacional de rock da Rússia.
Nasceu seu filho, Alexander [Aleksander Tsoi].
Trabalhou nos álbuns *Noite* e *Isso não é amor*.
1986 – Lançou o álbum *Noite*.
Participou do quarto festival nacional de rock da Rússia.
Ganhou o prêmio russo "Escritor".
Participou do filme *O fim das férias*.
Trabalhou como foguista em Kamchatka.
Atuou nos filmes *Rock* e *Assa*.
1987 – Participou do festival nacional de rock da Rússia pela última vez, e venceu o prêmio na categoria "progresso artístico".
Gravou o álbum *Tipo sanguíneo*.
Atuou no filme *Igla*.
1988 – Lançou o álbum *Tipo sanguíneo*.
Lançou o filme *Igla*.
Gravou o álbum *Uma estrela com nome de sol*.
Realizou uma turnê de 56 concertos.
1989 – Participou de concerto beneficente na Dinamarca para vítimas do terremoto na Armênia.
Visitou os Estados Unidos.
Participou do Festival Internacional de Cinema de Odessa.
Foi vencedor na categoria "melhor ator" da revista de cinema *Soviet screen*.
Lançou o álbum *Uma estrela com nome de sol*.
Realizou o último concerto da banda Kino, em Leningrado.
Lançou na França o álbum da banda Kino, *O último herói*.
Saiu no Japão o álbum *Tipo sanguíneo*.
1991 – Visitou o Japão. O filme *Igla* foi vencedor do *Granprix* no Festival Internacional de Nuremberg, Alemanha.
Realizou o último concerto no Estádio Lujniki em Moscou.
Gravou o último disco. O álbum póstumo foi lançado com o nome de *Álbum preto*.
Morre em acidente de carro e é enterrado no cemitério Bogoslovsky, São Petersburgo.
Choi Vitório nasce a 15 de agosto em Seul.

Este livro foi impresso pela Edigráfica
em papel Avena 70gr. em novembro de 2018.